W0293384

Jasmin Ramadan

Reality

JASMIN RAMADAN

REALITY

ROMAN

Weissbooks

FSC
www.fsc.org
MIX
Papier | Fördert gute Waldnutzung
FSC® C014889

Alle Rechte vorbehalten
© Weissbooks Verlagsgesellschaft mbH, Berlin 2025
Winsstraße 27, D-10405 Berlin
Umschlag, Gestaltung und Satz: Harald Hohberger Grafikdesign, Berlin
Druck und Bindung: Friedrich Pustet GmbH & Co. KG
ISBN 978-3-86337-230-9
www.weissbooks.de
info@weissbooks.de
insta: weissbooksverlag

Ihre Wut auf mich glühte. Die Schatten in ihrem Gesicht ließen Viktoria wie eine feministische Version von Dracula erscheinen. Sie trank den letzten Schluck Bier, knallte die Flasche auf den Küchentisch und baute mit Entschlossenheit den perfekten Joint.

Zufrieden betrachtete ich die Gier meiner Vermieterin. Ihr routiniertes, und doch wutfahriges Hantieren mit dem Rauschobjekt versetzte mich in einen Zustand der Versunkenheit. Die meisten Menschen fürchteten sich vor der Wut der anderen. Ich aber schätzte es, wenn sie Barrieren beschleunigt zum Einsturz brachte. Die Energie vom Ende der Distanz lullte mich immer wieder ein: wenn etwas geschah, etwas Funkelndes, das einander verband, und dieser unauslöschliche Moment das Urtümliche mit Wucht freigab. Intimität und dopamine Weite setzten zugleich ein, denn im Moment der Wut traten Menschen aus ihren verkappten Zonen und begaben sich in eine neue Realität. Mit heilsamer oder destruktiver Leistungsstärke kondensierte daraus Substanz: Freundschaft, Respekt, Liebe, konkurrierende Schwäche, vereinte Scham, Fragmente von Nähe oder eben ein längst überfälliger Abschied mit Pointe.

Viktorias Augen flimmerten wie die einer Stummfilm-Darstellerin. Wie aus weiter Ferne fixierten sie mich, Sterblichkeit drang in mein Bewusstsein, und ich infizierte mich mit dem Heiklen an meiner Situation. In ihrem Blick erkannte ich mich selbst, dort verdichtete sich alles.

Doch beunruhigt war ich keineswegs. Ich wusste um meine Autonomie. Und dass ich schon wieder nervenaufreibend bankrott war, änderte nichts daran. Gut mit Geld umzugehen, lag nicht in meinem Interesse. Wenn ich etwas hatte, gab ich es aus, und zwar nicht nur für mich allein.

Eine Weile war es schön gewesen zu teilen, ein bisschen abgesichertes Leben und Schlaf zwischen festen Wänden in der immer gleichen Gesellschaft, mit beschwipsten Werktagen, Glasnudeln mit Tabasco, verbrannter Zitronenschale, schwarzen Linsen, flambiertem Tofu, schiefertrockenem Rotwein, politischen Podcasts zum Dazwischenreden und grundlos schönem Latinjazz. Solange es um nichts ging, als sich besser kennenzulernen, oder zumindest so zu tun.

Ich genoss diese Choreografie des Werdens, der immer Mogelei, Hemmung und Weihe innewohnten, die nie von übellauniger Kritik und dreist-bitterem Ernst unterminiert wurde. Wir fiktionalisierten einander und verteilten all das Gute unseres ausgedachten Selbst auf ein paar irisierende Monatsweilen. Eigene und fremde Geheimnisse teilten wir zum Zweck der vertraulichen Anbindung, und natürlich teilten wir auch, grundlegend für alles Weitere und schlicht Alltägliche, die Miete. In diesem Fall ging sie an Viktoria, die zugleich Teil der Gemeinschaft war.

Schon bald würde ich wieder ohne feste Bleibe sein, denn ich hatte meinen Anteil wiederholt nicht bezahlt. Und man könnte zu Recht sagen: ohne mit der Wimper zu zucken. Ich sah meine nähere Zukunft in Viktorias Taxierung auf dem Siedepunkt, spürte aber keine manifeste Sorge, dachte nur diesen Gedanken, den ich meistens dachte, anstatt in einen Angstzustand zu geraten: Irgendwas fällt mir schon ein.

Ich versuchte meinem Passivitätsspuk ein aufwühlendes Mantra entgegenzusetzen: Panik und Aktivität, Panik und Aktivität ... Doch blieben es auch dieses Mal bloß Worte. Nie schaffte ich es, mich in jenen Zustand der magischen Verunsicherung zu versetzen, der andere zu Karrieren antrieb oder zumindest zu ein wenig Demut und Disziplin, einem regelmäßigen Einkommen oder unregelmäßigen Finanzschüben. Mich interessierte das durchaus, ich hätte gern eine finanzstarke Karriere, die mir ein schillerndes Leben bescherte und die Möglichkeit, auch anderen Hilfe anbieten zu können. Nur schaffte ich es nicht, mich von dieser Vorstellung dazu inspirieren zu lassen, meine Freiheit aufzugeben. Ich schaffte es nicht, mich dezidiert auf den kapitalistischen Mehrwert und das stabile Wachstum zu konzentrieren, verspürte stattdessen wiederholt den starken Wunsch, gefeuert zu werden. So richtete sich meine mehr oder weniger bewusste Aktivität immerzu auf diese Konsequenz, bis mein Ziel in Sichtweite geriet. So wie jetzt in Viktorias Blick.

Vor ein paar Wochen hatte sich ihre akute Gemütslage bereits angedeutet. Und ich ließ es einfach weiter und weiter aus der Komfortzone laufen. Trotzdem war Viktoria halbwegs nett geblieben, was mich beeindruckte, aber nicht umstimmte. Ihre simmernde Wut war zu verheißungsvoll und die Auferstehung aus gepolsterten Ruinen stand kurz bevor.

Viktoria hatte mir eben gerade noch bei vollem Bier ein Ultimatum in Form eines Zeitfensters offeriert, dann nahm sie den ersten Schluck, nun kiffte sie, doch auch das linderte ihren Zorn kaum. Ich stellte meine Augen schärfer auf ihre Gesichtszüge und begriff zum ersten Mal, dass sie eine Schönheit war. Bisher war sie mir bloß normal hübsch vorgekommen, aber jetzt konnte man sie sehen. Schönheit ist etwas Lebendiges, Waches, Schönheit ist ein Wespennest aus Kraft und Zärtlichkeit. Und seit Viktoria nun gesteigert wütend auf mich war, entfaltete sich ihr Äußeres in voller Pracht. Ob es ihr jemals substanziell genützt hatte, gut auszusehen? Ich könnte sie fragen, vielleicht nicht gerade jetzt, aber irgendwann, womöglich, wenn wir uns in ein zwei Jahren zu einem versöhnlichen Essen treffen würden.

Viktoria fragte: »Was sind überhaupt deine Werte, Lilith?«

»Du meinst jetzt alle? Ich soll alle aufzählen?«

»Nenn mir deinen wichtigsten Wert!«, rief sie wie ein geltungsgieriger Quizshow-Moderator.

»Nächstenliebe«, sagte ich und dachte: Freiheit.

Es war nicht zu erkennen, ob sie mir glaubte, und sie fragte mit mahnender Ruhe: »Bekommst du es hin?«

Ich fragte: »Nächstenliebe?«

»Das Geld aufzutreiben!«

»Wie viel Zeit noch mal?«

»Sechs Stunden!«

»Waren es vorhin nicht noch sieben?«

»Ich sagte, bis Mitternacht! Jetzt ist Zeit vergangen, es vergeht immer Zeit, ständig, es hört nie auf, die Zeit ist eine absolut gemachte und unabwendbare Sache, du solltest dich also beeilen, Lit.«

Meinen Namen betonte sie mit extra pointierter Schärfe auf dem T.

»Sechs Stunden, im Ernst?« Ich legte meine Hände auf die Wangen und riss die Augen bis zum Anschlag auf.

Viktoria seufzte künstlich und sagte: »Hör auf mit dem Provinztheater, das ist mein Ernst, und nein, nein, lass es, ich ertrage dieses Gesicht nicht mehr, diese Zeiten sind vorbei, und es gibt auch so gar keinen Grund mehr für dein blödes Teenager-Grinsen.«

Mir war nicht klar, dass ich die ganze Zeit über blöde gegrinst hatte. Aber ich wusste, dass ich das in Konfliktsituationen oft tat, man hatte es mir häufig gesagt, eher vorgeworfen. Ich war vermutlich ein aussichtsloser Fall.

Wir werden sehen, vielleicht habt ihr Lust, mich zu begleiten. Bei dem Versuch, mich zu ändern. Auf meiner Heldinnenreise? Ich weiß es nicht, aber ich hoffe, dass ich mehr bin als ein aussichtsloser Fall, denn ich mag mich so, wie ich bin, was womöglich das Problem ist, wenn man andere ständig wütend macht. Sogar die anderen, die man gern hat. So jemand nannte mich einmal »im Grunde liebenswert, trotz aller Lebensmeuterei«. Ob ich liebenswert bin, weiß ich nicht, das Wort scheint mir zu sehr am Marktwert orientiert, was ist wer wert und warum? Diese Wertigkeitsideen machen mich im Allgemeinen verdammt müde, und sie hinterlassen meist nichts als Muskelkater im Verstand. Oder seht ihr das anders?

Dann definiert »liebenswert« in drei Sätzen, oder nennt einfach Namen von Personen, die ihr für ausgesprochen liebenswert haltet. Und schreibt ihnen eine Nachricht mit genau dieser Information, ohne etwas dafür zu erwarten.

Natürlich kann ich das nicht überprüfen, genauso wenig wie ihr überprüfen könnt, ob ich existiere.

Trotz allem mache ich einfach mal mit und zähle auf: Sherife, Mimi, Sönke. Eigentlich auch meine Mutter, allerdings nur bis zu dem Ereignis, besser gesagt: ihrer Tat. Ich werde euch alles erzählen, gebt mir ein bisschen Zeit. Aber erwartet nicht, dass ich meine Gefühle erkläre, das ganze Durch- und Ineinander schlüssig zu definieren, da komme ich ins Stottern, das liegt mir nicht, nein, meine Gefühlswelt ist geradezu exotisch für mich, um es ganz deutlich zu sagen: Ich bin mir selbst mit Sicherheit intransparent. Ich habe ein paarmal versucht in mich hineinzublicken, aber davon bekam ich bloß Nasenbluten oder Ohrengeräusche, den Eindruck, mein Gesicht wäre schief, und andere schlüssige Symptome meiner Ausweichsuperkraft. Dabei ist Wanda, also meine Mutter heißt so, sie heißt Wanda, ja, wirklich: Wanda West, mit derselben Wucht wie James Bond, sogar noch alliteriert, und ich liebe sie, natürlich liebe ich sie, da komm ich nie wieder raus, aber sie hat eine Regel gebrochen, und ich bin in unserem Beziehungsgeflecht gerade sehr subjektiv und unaufgeräumt. So viel kann ich dazu sagen, darüber hinaus wird es schwierig und, wie mir scheint, unlösbar, so wie alles, was mit Liebe zu tun hat. Dr. West sagte in ihrem Psychologie-Unterhaltungspodcast mal sowas wie: Liebe löst man nicht, sie ist kein Problem, bei Liebe bleibt man da, geht man hin oder davon weg, lösen lässt sich da nix, nur entscheiden.

Romantische Liebe zu empfinden, ist mit Sicherheit absolut beunruhigend. Habt ihr schon mal, schon oft? Und wurde sie erwidert, ging es immer gut aus? Nein? Und wie hat sich das angefühlt? Ich bin mir sicher, ihr erinnert euch lebhaft …

Ich habe mich wohl irgendwann, in einem unbewussten Moment, dagegen entschieden und konnte es nicht rückgängig machen. Mir fehlt die Erinnerung an die Ursache, den Kern des Problems, vielleicht das Wissen um die entscheidende Wut. Auf solche Dinge komme ich, weil ich ja mit einer Therapeutin aufgewachsen bin, also ja, meiner Mutter, Dr. West. Sie wurde irgendwann furchtbar berühmt und stinkreich. Um Geld bitten würde ich sie jedoch nicht, das werdet ihr hoffentlich noch verstehen.

Ich wusste also von Haus aus, wie die menschliche Psyche zusammengesetzt ist, und theoretisch begriff ich sogar, dass ich irgendwann mal völlig aus der Fassung geraten sein musste. Dabei traf ich vermutlich schlafwandlerisch eine irreversible Liebesentscheidung. Meine Freundin Sherife hat mal gesagt, vielleicht sei es ein unbewusster sukzessiver Prozess gewesen, und sie könnte es wissen, denn sie ist Gehirn-Chirurgin, was jeden beeindruckt und euch nun hoffentlich auch. In beeindruckende Menschen verlieben sich andere Menschen oft mit großer Eile.

Und auch wenn ich beruflich nur Unbeeindruckendes erreicht hatte, passierte es mir, vermutlich durch meine Verhaltensauffälligkeiten, von Menschen geliebt zu werden. Sie wollten dann ständig in meiner Nähe sein, eine befremdliche Art von Zuneigung, so, als wäre ich ein Gratis-Rauschgift. Aber womöglich fehlte mir einfach das romantische Verständnis aus Mangel an Erfahrung. Denn ich wollte bisher nur ständig in Pandas Nähe sein, ich war ein Kind und Panda die Katze eines Nachbarn. Tatsächlich sah sie aus wie ein geschrumpfter Panda. Sie hasste alle Menschen und, ich glaube, auch alle anderen Katzen. Ständig war sie wütend, fauchte, stellte sich auf die Hinterbeine und schlug auch mal mit ausgefahrenen Krallen zu, wenn man zu nah an ihr vorbeiging, und sie wurde erstaunliche vierundzwanzig Jahre alt. Als Kind starrte ich Panda ständig an und war auf eine sehr zärtliche Art beeindruckt von ihrer Konsequenz, sie selbst zu sein. An ihrem Todestag weinte ich zum letzten Mal und bekam währenddessen meine erste Menstruation, und ich sehe darin einen bis heute schlüssigen und zugleich unergründeten Zusammenhang.

Meine grobe Pubertät ist eine Weile her, der Anfang von allem über dreißig Jahre, und mein vollständiger und hochoffizieller Name ist Lilith Innocentia West. Und ja, ich weiß, vollkommen überspitzt, bestenfalls fantasievoll, aber eher übertrieben, geradezu theatralisch. Klingt der Name nicht unheimlich danach, als wäre ich eine Romanfigur, dazu verdammt, ein Leben von Bedeutung zu führen? Was für ein zermürbender Druck, und deshalb: Ich überlege, aufzuhören zu erzählen, jetzt sofort, und ihr wüsstet nicht viel über mich, nicht mal, wie ich aussehe. Dabei könnte das durchaus relevant sein. Schließlich leben wir in Zeiten, in denen alle ihr Aussehen mannigfaltig präsentieren. Ihr seid also daran gewöhnt, Bescheid zu wissen. Und trotz grober Verfälschungen bekommt man einen gewissen Eindruck. Zumindest vom Grad der Eitelkeit der betreffenden Person. Aber ich könnte ja sonst was behaupten. Und das nicht nur über mich. Aber was spielt das überhaupt für eine Rolle? Diese Geschichte wird unsere gemeinsame Realität, ganz ohne Wutausbrüche. Entspannt euch also und sinniert: Bin ich blond oder dunkelhaarig, ein wenig grau? Habe ich meine Haare gefärbt, Locken? Ist das wichtig? Sehe ich sehr ... na, wie sagt man, weiblich gelesen aus?

Ihr könnt selbst entscheiden. Die meisten Dinge im Leben, der sogenannten Realität, kann man nicht kontrollieren, nicht mal, ob man überhaupt geboren oder erfunden werden wollte, und vor allem: als wessen Kind. Interessiert ihr euch für meine Kindheit? Wenn ihr schon nicht meine Haarfarbe, Körpergröße oder Nasenform kennt, sollte ich euch zumindest mit meinen Eltern und ihren Ausschweifungen näher bekannt machen.

*

Meine Eltern trennten sich Ende der Neunziger nach einem Vorfall bei der Loveparade. Ich war elf Jahre alt und weiß bis heute nicht, warum sie mich mitgenommen haben, und dann sah ich meine Eltern für ein paar zu lange Sekunden nicht mehr in der Menge, wusste aber noch für einen Moment, in welche Richtung sie gegangen waren, denn ich ließ das knallgrüne T-Shirt auf der blassen Haut meines Vaters nie aus den Augen. Doch in einer Masse von meist intoxikierten Menschen auf Beats verformt sich über Stunden zugleich alles und nichts mit spießig-konstanter Radikalität.

Anstatt meinen Eltern nachzulaufen, blieb ich einfach mitten in der Menge stehen, erstarrte und sah nach oben wie in einem Wald, inmitten dicht stehender Bäume. Es roch süßlich, und Nebelstaub hing bis in die Tiefen meiner Schneise. Um mich herum entgleisten Erwachsene, niemand schien meine Statur oder die Beschaffenheit meiner Situation zu realisieren. Sie alle waren so beschäftigt damit, munter die Kontrolle abzugeben, dass ich dachte, ich könnte das auch tun, indem ich ausharrte, statt auszuflippen, weil ich Wanda und Sönke aus dem Blick verloren hatte. Vielleicht waren es die Vorwehen der Pubertät, die mich dazu veranlassten, meine Eltern zu verlieren. Erwachsenwerden bedeutet, das Unvermeidliche zu erkennen, die Tristesse des Unperfekten: meiner Eltern, aller anderen, der Welt, der universellen Erklärungen. Es war kaum auszuhalten, und die nächsten zwanzig Jahre versuchte ich diesen Schreck wegzufeiern.

Vermutlich ist es irgendwann wichtig, mit gleichmütigem Ernst zu akzeptieren, dass es kein Zurück mehr gibt. In diesem Moment aber begriff ich mit einem lähmenden Schock, dass alles endlich war, auch ich selbst, und ich vermute, deshalb wusste ich nicht mehr, was geschah, bevor uns die Menschenmassen trennten und unmittelbar danach, all das fehlte in meinen Erinnerungen.

Das Zulassen des Verlustes meiner Eltern war womöglich ein subversiver Impuls, ein erster radikaler Schritt der Vorbereitung auf das Verlorensein in der Welt der Großen, in der niemand mehr offiziell dafür zuständig ist, dich nicht zu verlieren. Das Verschwinden mancher Erwachsener ist zu guter Letzt bloß noch kriminalistisch von Belang, und die Essenz der Einsamkeit und des Leids gipfelt unter gewissen Umständen in einer reißerischen True-Crime-Podcast-Folge.

Vollkommen erschöpft fand ich mich damals auf einer Polizeiwache wieder. Man hatte mir lauwarme Ovomaltine und Russisch Brot serviert, und eine abgewetzte nackte Skipper-Barbie lag neben mir auf dem säuerlich müffelnden Lederdrehstuhl.

Als Wanda und Sönke kein bisschen abgehetzt hereinspazierten, sahen sie durch meine müden Augen immerhin verschwitzt aus und rochen beide beschämend penetrant nach dem Kokos-Deo, das meine Mutter immer mit sich herumtrug und ökonomisch bedingt auch als Parfum benutzte.

Natürlich bin ich noch immer nicht im Reinen mit dem Geruch nach artifizieller Kokosnuss, das muss ich nicht erklären, dafür muss man keine Psychologin von Rang und Namen sein, so wie meine Mutter eine geworden ist. Und Dr. Wanda West versprüht Kokosraumduft noch heute im Bad, wann immer jemand eine Weile zu lang auf der Toilette war.

Meine Eltern blieben die ganze Fahrt über von Berlin zurück nach Hamburg ausgesprochen ruhig, sie wirkten vollkommen gelassen. Keine Spur wütend, nicht enttäuscht, kein einziger Vorwurf entwischte ihnen, und ich interpretierte diese emotionale Darbietung natürlich zu meinen Ungunsten. Sie sprachen weder mit mir noch miteinander, und die ganze Rückfahrt über lief Nachrichtenradio und versendete durchaus die eine oder andere nicht kindgerechte Schreckensmeldung, ohne dass meine Eltern eine Reaktion zeigten.

Wenige Wochen nach diesem Tag trennten Wanda und Sönke sich, ohne dass sie sich auch nur einmal vor mir angeschrien und weder groß noch klein diskutiert hatten.

Sie sprachen nicht mal vor mir aus, dass sie sich trennen würden, sie teilten mir wortkarg mit, dass Wanda umziehen und ich von da an zwei Orte und zwei Zimmer besitzen würde. Sie sagten es so, als wäre das ein Vorteil, ein quantitativer Beitrag zu meinem Kinder-Glück. Ich wusste nicht, ob man zusammenwohnen musste, um zusammen zu sein, ob Liebe bedeutete, dass man seinen Alltag teilte und sich ständig über den Weg lief, was Liebe überhaupt seltsam Ungreifbares war.

Meine beste Freundin Sherife sagte einmal mit Pathos, Liebe sei der Beweis für eine unabdingbare Macht in uns, im Universum, zwischen Himmel und Erde und darüber hinaus. In der Liebe subsummiere sich die Unergründlichkeit jeder genussvollen Sinnlosigkeit.

Bedeutet Liebe, dass man außerordentlich gern das Parfum von jemandem riecht, wenn diese Person abwesend ist? Oder ist es komplizierter? Zumindest wird man das Parfum einer geliebten Person nicht vergessen. Sherife benutzte noch immer Glow, das erste Parfum von Jlo – weil der Superstar in jedem Alter ihre Traumfrau sei und sie seit fast zwanzig Jahren eine ausgesprochen harmonische parasoziale Beziehung zu ihr unterhalte.

Vermutlich verwandelte sich eine Person, die man liebte, immer in eine Art Superstar, und Sherife ging die Sache eben von der anderen Seite aus an. Parasoziale Beziehungen oder gefühlsintensive Schwärmereien waren nun mal eine sichere Sache, was die Gleichförmigkeit des Lebens anbelangte, und somit ziemlich clever.

Und wenn der Duft von Kokos meiner Mutter über Jahre half, die innere Balance zu finden, mein Vater eigentlich das Zitrische bevorzugte und er trotzdem gern sein Leben mit ihr teilte und manchmal sogar das Deo, war das dann Liebe? Oder auch: Wenn man tagein, tagaus gut und ohne besondere Gerüche und Vorkommnisse miteinander auskam, nie stritt, sondern immer nachgab, um bloß keinen Verlust zu riskieren, war das dann Liebe, Masochismus oder Pragmatismus?

Vielleicht ist Liebe bloß das, wodurch die Strenge der Idee von Realität verblasst und sich diese entschärfte Version dann wie ein roter Faden elegant und sicher durch all die multiverse Unberechenbarkeit windet, die meistens als: das Leben bezeichnet wird.

Als ich vierzehn war, verstand ich, dass Wanda und Sönke sich getrennt hatten, und begriff sogar, was das bedeutete. Meine Erkenntnis trat durch mein eigenes Handeln ein, und weil ich vermutlich resilient genug geworden war, fähig zur Verarbeitung, denn: Ich machte mit meinem ersten Freund Schluss, einfach so, nach der

Schule vor dem Fernseher, weil er mich langweilte. Ich erinnere mich, von meinem adoleszenten Selbst beeindruckt, wie ich ohne jede Überlegung oder gar Abwägung mit vager Moral teenagerselig dachte: Ich muss gar nix.

Ich weiß nicht mehr, was ich ihm genau sagte, aber es war kurz und knapp und von hormonell unterwanderter Diplomatie.

Aber da ich nicht den Eindruck gehabt hatte, Falk wäre tiefgehender als ich in unser Liebesgetue involviert, erschien mir mein Benehmen durchaus adäquat. Ehrlich überrascht war ich dann darüber, dass ihm sofort eine Träne über das Gesicht lief, dann noch eine, und schnell wurden es immer mehr. Es schien ihm etwas bedeutet zu haben, mein Freund zu sein. Bis ich ihn bitterlich weinen sah, war es mir eher vorgekommen, als wären wir Freunde, die aus Mangel an Alternativen in stummer Absprache performten, mehr zu empfinden, und sich deshalb ab und zu vor anderen einen Kuss aufpressten. Wir hatten es so gelernt, dass man eben mit jemandem eine Liebesbeziehung führte, wenn man erwachsen wurde, und das wollten wir ja, erwachsen werden, um die Macht über unser Leben zu erlangen oder wenigstens so zu tun.

Falk versuchte mich mit Tränen auf den Lippen noch ein letztes Mal und das erste Mal ohne Zuschauer zu küssen. Ich konnte seinen Schmerz plötzlich fühlen, sogar schmecken, diese Unverblümtheit und seine nun unerwartet weichen Lippen verleiteten mich so sehr, dass ich dort an einem Dienstagnachmittag vor dem Fernseher auf dem bordeauxroten Veloursteppich mit ihm schlief, während *Familienduell* lief. Es war für uns beide das erste Mal, und Falk war sehr beeindruckt von Sex und wollte nun noch drängender weiterhin mein Freund sein.

Also erklärte ich ihm instinktiv, dass das für die Ausübung von Sexualität nicht nötig wäre, wodurch er Ruhe gab. Im Laufe der nächsten Wochen schliefen wir noch ein paarmal miteinander, und unsere Gemeinschaft gefiel mir auf diese Art viel besser als die lauwarme Pseudo-Liebes-Performance zuvor. Am liebsten hörte ich dabei PJ Harvey, womit er überhaupt nichts anfangen konnte, er behauptete sogar, von der Musik postkoitale Migräne-Attacken zu bekommen.

Manchmal versuchte er, mich vom Verliebtsein in sich zu überzeugen, indem er mich runtermachte. Er warf mir vor, dass ich für ein Mädchen ziemlich kalt und unromantisch sei, und noch nie habe er mich von Herzen lachen sehen, wie zum Beispiel Julia Roberts oder Cameron Diaz, ich solle mal ein paar romantische Komödien gucken und das Weibliche in mir erspüren, ich müsse die Muschel in mir öffnen, um weicher und gefühlvoller zu werden. Dabei wusste doch jedes Kind, dass man verschlossene Muscheln nicht gewaltsam öffnen durfte, weil man sich daran vergiften konnte. Doch stellte ich mir von da an manchmal vor – und fühlte mich dabei erhaben –, anstatt eines Herzens wie aus der Plastik-Schablone eine schillernde Muschel zu haben.

Einmal hörten wir Romantisches von Mariah Carey, als er in seinem Zuhause, einem villenartigen Haus, auf mir lag. Eigentlich war ich nicht gern bei ihm in diesem Design-Betonbau, er strahlte genau die trostlose Kälte aus, die Falk meinem Herzen so oft unterstellt hatte. Wir hörten ein Lied, in dem sehr viel rumgeschrien wurde, ohne dass es sich dabei nach einem einzigen echten Gefühl anhörte, und ich wusste nicht, was er sich davon erhoffte, aber ich musste einfach nur lachen, bis ich keine Luft mehr bekam.

Nach den Sommerferien kam er mit einer amerikanischen Austauschschülerin namens Joy zusammen, in die auch alle anderen Jungs verliebt waren, und ich denke, alle seine kapitalistischen Liebeserwartungen wurden damit erfüllt. Ich werde nie ihr Strahlen und durch und durch argloses Lächeln vergessen, mit dem sie sich allen mit einem Knicks und in der stoischen Überzeugung von der Wirkung der perfekten Komposition ihrer Verhaltensmuster vorstellte. Nichts daran wirkte unecht, und das beeindruckte mich, und zugleich verstand ich mit Erleichterung, dass ich ich war. Nach einem triumphal fiesen Blick in meine Richtung, während sie sich küssten, hörte Falk für immer auf, mich zu grüßen.

Es war okay, mich befriedigte die Dramaturgie, die halbgare Sache war ich los, und zudem ohne Schuld. Minus und Minus ergab Plus. Doch seitdem konnte ich Bordeaux nicht mehr leiden. Und Wanda behauptete, es habe mir doch etwas ausgemacht, dass Falk wegen Wunder-Joy radikal eilig über mich hinwegkam. Sie meinte, ich manifestiere es eben darüber, dass ich Bordeaux nicht mehr mochte. Sie sagte damals, ich solle mir die Zeit nehmen, es zu verarbeiten, doch ich wusste einfach nicht, wie und warum ich verarbeiten sollte, dass ich Bordeaux nicht mehr leiden konnte. Damit und ohne den romantisch verdorbenen Nachwuchs-Sexisten konnte ich ja gut leben. Die Angelegenheit Falk hatte ich partiell vergessen, bis jetzt, da ich euch von ihm erzähle.

*

In dieser Phase meiner Jugend wohnte ich meistens bei Wanda, da Sönke mit seinem ersten Buch ständig auf Lesereise oder mit anderen Karriereterminen beschäftigt war. Wanda stellte mir bald schon einen neuen Mann vor, er kam aus Indien, wirkte immer bemüht darum, Interesse an mir zu zeigen, obwohl er sich eigentlich nur für Mathematik und meine Mutter interessierte, und sie sprachen immer Englisch miteinander, was ich ja gerade erst lernte, so wie alles. Aber das mit Netin ging vollkommen klar für mich, denn Wanda war ständig bester Laune und benutzte nun Parfum jenseits von Kokos, *Eternity* von Calvin Klein. In alle Ewigkeit wird dieser Geruch mich an meine hormonelle Ungeniertheit erinnern, an Leere, Einsamkeit, Gruppenklebrigkeit und Größenwahn. Ich kam sehr gut mit Mädchen aus, wir hingen rum, gingen aus, waren zusammen überlegen, anziehend, abstoßend, am Boden, sachte, dröhnend und großartig, ich verliebte mich aber nicht in sie. Jungs interessierten mich auf diese hormonell überschwängliche Weise, aber Liebe, dazu waren sie nie interessant genug, zumindest glaubte ich, dass das der Grund war, aus dem ich bloß Spaß hatte, eine Menge sogar, mit ihrem Geist, ihren Lippen, der Wärme ihrer Haut, doch darüber hinaus generierte sich nie mehr Nähe als nötig.

Netin war einer von vielen interessanten Typen, in die sich meine Mutter seit der Trennung von Sönke verliebte, und ich glaube, nach meinem Vater hatte Wanda keinen einzigen deutschsprachigen Freund mehr, und keinen, der auch nur minimal künstlerisch aktiv war, nicht mal einen Hobbyaquarellisten. Und ich fragte mich kein einziges Mal, warum Wanda sich zu wem hingezogen fühlte, und es fiel mir überhaupt erst auf, als eine Nachbarin es mir gegenüber erwähnte, und zwar so: Meine Mutter habe es wohl nicht mehr so mit den Einheimischen! Das mit dem Mangel an Künstlern schien ihr gar nicht aufgefallen zu sein. Ich glaube, Frau Sod drängte mir ihre Gedanken auf, weil meine Mutter schon lange nicht mehr mit ihr sprach, und auch sonst kaum jemand. Ein anderes Mal sagte die Sod zu mir: So ohne festen Mann, das könne ja nicht gutgehen im Leben einer Frau. Und ich fragte mich von da an, was wohl ein fester Mann sein könnte, und dachte an die Tonarbeiten, die wir in der Grundschule angefertigt hatten und die zum Festwerden in einen Ofen kamen. Bis heute habe ich keinen Mann aus Ton getroffen, und auch sonst keinen, den ich als metaphorisch oder sonst wie fest für die Ewigkeit empfunden hätte, auf meinen Vater traf diese Bezeichnung sicher auch nicht zu. Er war nicht mal festgefahren, sondern mein ganzes Heranwachsen über immer äußerst rege, was mir gefiel.

Nun, seit einer ganzen Weile allerdings schon verhielt mein Vater sich ein wenig seltsam. Um es zu veranschaulichen: Bis auf Edeka und Rossmann verfolgte er keine Ziele mehr, und ich war wohl die einzige Person, die das wusste, und er schätzte es, dass ich ihn nicht allzu direkt darauf ansprach – denn ich hatte ja während meines Aufwachsens beobachten können, dass er das gar nicht gut vertrug.

Er ging für seine Brillenputztücher, Müllbeutel, Magnesium, Vitamin C, D und B, Selen, Zink, Algenöle, Aloe-Gesichtscreme und Waschprodukte zu Rossmann, nie zu dm oder Budni oder Müller. Irgendwo im Internet habe er gelesen, der Herr Rossmann behandele seine Mitarbeiter gut. Also hielt mein Vater seine Einkäufe für einen politisch-sozialen Akt. Wenn ich darüber nachdenke, wie besessen er früher für seine Romane recherchiert hatte, war es ziemlich erstaunlich, wie unreflektiert er diese

Rossmann-Sache durchzog. Vielleicht bedeutete, zur Ruhe zu kommen, sich von all seinen Enttäuschungen und der Unkontrollierbarkeit des Universums im Allgemeinen abzulenken, indem man begann, an stimmige Zusammenhänge der alltäglichen Routine zu glauben. Womöglich reichte es zur Stärkung der inneren Sicherheit, immer dasselbe Duschgel zu benutzen. Mein Vater integrierte dafür eines mit Limetten-Minz-Duft der Rossmann-Eigenmarke in seinen Alltag der Dinge, obwohl er nach wie vor genug Geld für Chanel oder zumindest Calvin Klein übrig hatte. Auch huldigte er dem Öko-Test, seine Kaufentscheidung verhalte sich absolut kausal zu dessen Ergebnissen. Ohnehin dozierte er oft rational erregt über Inhaltsstoffe und Umweltrelevanzen wie andere Leute über politische Zusammenhänge oder zumindest Serien. Da Sönke West aber eben ein großartiger Erzähler war, hörte ich ihm auch bei Ausführungen über das in Vergessenheit geratene Ozonloch, einen Mangel-an-Vitamin-D-und-Magnesium-Zusammenhang mit individuell instabilen Psychen und somit der ganzen Gesellschaft gerne zu. Vielleicht hatte er sogar recht, wenn er behauptete, die Hinweise – man möge sich bitte immer, also wirklich immer mit einem hohen Lichtschutzfaktor einschmieren, sogar im Winter – hätten nachhaltig zu Vitamin-D-Defiziten in weiten Volksteilen und somit zu beschissen gelaunten Bürgern, Pegida, weitaus mehr Corona-Toten und dem Ausschlag der Rechten geführt. Das gesteigerte Gefühl einer sich anbahnenden Apokalypse hätte mit Vitamin-D-Mangel mehr zu tun als mit dem Internet an sich, das Internet habe nur die Symptome verstärkt. Die meisten Menschen hielt mein Vater für willenlose Zellhaufen, die nicht mitdächten, sondern bloß mitsickerten. Alles hänge mit allem zusammen: Klima,

Depression, Politik, Fast-Food, Wut, Amok und Technik. Aber aus diesem Wulst einen Roman zu schreiben, lag ihm fern, das erschien ihm absurd, das, womit er sich die ganze Zeit beschäftigte, war ihm nicht eine einzige Notiz wert, so manifestierte er sich dystopisch im Vagen und schrieb bloß immerzu Einkaufslisten, obwohl er seine Vorlieben und das Warenangebot in den Gängen seiner vertrauten Märkte ohnehin auswendig kannte.

Vielleicht hatte diese Rossmann-Fixierung zu guter Letzt auch mit Herrn Rossi zu tun, dieser italienischen Cartoon-Figur, die meinen Vater mit Leichtigkeit zerstreute, wenn er ihr mit Verzückung beim Herumtollen im TV und mittlerweile bei YouTube zusah. Vielleicht war es in einer wundersamen Parallelwelt so, dass Herr Rossmann und Herr Rossi ein und dieselbe Person waren, und nur mein Vater hat das verstanden und so endlich ein unverwüstlich-subjektives Glück gefunden.

Bitte versteht mich nicht falsch, mein Vater ist keineswegs, ja nicht einmal ansatzweise ein verrückter Mensch, er hat einfach nur Spaß am Denken, und bis auf weiteres hat er dabei eben seinen Stil geändert. Als ich ein Kind war, hat er mir leidlich oft empfohlen, man müsse jeden Tag etwas tun, das man noch nie vorher getan habe. Wanda sagte dann, er solle mich bloß nicht so unter Druck setzen, jeder Tag sei doch schon neu genug. Ich regelte die Sache, meine Eltern subsumierend, mit dem Gedanken, dass ich ja noch nie am folgenden Tag gelebt hatte und der Auftrag meines Vaters sich somit Tag für Tag, Dank des kritischen Hinweises meiner Mutter, von allein erledigte. Dass meine Eltern sich virtuos ergänzten, wusste vermutlich nur ich, und auch, dass sie nie aufgehört hatten, sich zu lieben. Das wusste ich sogar im Schlaf und ohne je darüber nachgedacht zu haben. Es gibt Dinge, die nie enden, auch wenn es von außen betrachtet den Anschein hat, und es gibt Neuanfänge, die keine sind, sondern Wiederholungen, Aufschübe, Nährböden. Und was meinem Vater früher die stetige Erneuerung war, ist ihm nun die Wiederholung und Kontinuität.

Er ernährte sich seit dem letzten Winter nur noch von grünen Lebensmitteln, vorläufig, wie er betonte. Wegen ihrer antientzündlichen Beschaffenheit. So nahm ich an, bis alle seine Wunden verheilt und alle Entzündungen abgeklungen sein würden. Worunter er litt, blieb Ellipse, und ich ließ sie ihm.

Seit er keine Romane mehr zu Ende schrieb, redete er viel lieber über die Fakten und Vorteile von Stachelbeeren und Okra, als über die antihumanistischen krankmachenden Aspekte des Kapitalismus. Und der Zustand einer jeden Gesellschaft hinge im Grunde daran, wie viel Glück in Form von Tryptophan buchstäblich verdaut werde, wenn die Sonne schon zu wenig auf zu hohe Lichtschutzfaktoren scheine. Manchmal leitete er mir Links zu Artikeln weiter, die ihn besonders überzeugt hatten. Dazu schickt er mir ein rotes Herz-Emoji.

Warum nicht Dunkelblau? Welche Farbe hat Lieben? Wenn ich an Junius denke, sehe ich keine Farbe. Kann man Liebe veranschaulichen? Mit Männern, mit denen ich gerade etwas habe, stelle ich mir mit kindlicher Fantasie vielleicht vor, pappstarr in einem Diorama zu stehen, das ich dann zuklappe …

*

Wanda und Sönke wurden nach ihrer Trennung mit gesellschaftlich überdurchschnittlich anerkannten Berufen weit überdurchschnittlich erfolgreich. Keine Ahnung, ob mit Recht, Glück, harter Arbeit, Zufall oder Schicksal. Es ist eben passiert, und Erfolg schien mir während meiner ausklingenden Kindheit wie die selbstverständlichste Sache der Welt.

Meine Eltern hatten, während sie dann und wann exzessiv feierten und ein Kind aufzogen, offenbar eifrig und eilig studiert. Es hatte auf mich recht mühelos gewirkt, vielleicht waren sie Genies, zumindest waren sie meistens hellwach und agil. Nie habe ich meine Eltern faul herumliegen sehen, falls sie das jemals taten, dann während ich schlief, und ich schlief verdammt viel, so viel, dass ich mich rückblickend frage, ob sie mir Schlafmittel in den Ananassaft tropften, um ihr Leben durchzuziehen. Aber ich glaube eher, ihre stete lebensimmanente Aktivität, der ganze arbeitsame Trubel, dazu die geselligen, streitlustigen Runden mit Freunden, die sie auch werktags oft einluden, erschöpften mich in beständiger Reizüberflutung.

Ich war ein Versehen aus sinnlicher Verliebtheit und starker Verbundenheit, ich war längst da, während sie wurden und wuchsen. Zu Sönke G. West und Wanda West. Er nahm ihren Nachnamen an und schrieb unmittelbar danach seinen ersten Bestseller, ein Publikumsliebling, dazu fast durchweg von der Kritik gelobt, im Großen und Ganzen eine literarische Ausnahmeerscheinung. Sein Erfolg blieb auch mit dem zweiten Roman stabil und verkam fast schon zur Gewohnheit, zur selben Zeit wurde Wanda West mit ihrem ersten Buch die bekannteste Psychologin Deutschlands. Sie veröffentlichte im Laufe der nächsten zwanzig Jahre Bestseller zu jeder Störung, die sich populär aufbereiten ließ, und betrieb mittlerweile einen erfolgreichen Podcast, da sie natürlich immer mit der Zeit und ihrem Ehrgeiz ging. Bis heute weiß ich nicht, wie die beiden es angestellt haben, diese Personen im hellsten Sonnenschein des Erfolges zu werden. An einer glücklichen Kindheit kann es nicht gelegen haben, was ich der Tatsache entnehme, dass beide beim Eintritt der Volljährigkeit den Kontakt zu ihren Nazieltern abgebrochen hatten. Ich weiß nicht, ob meine Omas und Opas Akademiker-Nazis waren, da Wanda und Sönke es vermieden, ausführlicher über sie zu sprechen, so blieben meine Großeltern ein schmerzliches Gebilde des Schweigens, und womöglich haben Wanda und Sönke das Erlebte auf diese Art pulverisiert. Was auch immer ihnen zugestoßen war, hielt sie nicht davon ab, einander zu lieben.

Wanda sagte oft zu mir: Lit, du weißt, ich liebe dich. Sie sagte es nie einfach so: Ich liebe dich, sondern immer nur mit der Unterstellung, dass ich es wisse. Und Sönke widmete mir jeden seiner sieben Romane. Für L. Und ich wurde zwischen dem behaupteten Wissen von Liebe und gedruckten Widmungen von Liebe irgendwie erwachsen, ohne zu begreifen, was mir das abverlangen würde und dass nichts vom Himmel fiel, selbst dann nicht, wenn man ständig hinaufschaute, um es nicht zu verpassen oder auszuweichen.

Wanda und Sönke nahmen meine relative Streblosigkeit hin, sie verlangten nie dezidiert etwas von mir, sie sagten mir nicht, wie ich zu sein oder was ich zu werden hatte, sie forderten mich nur auf, ich selbst zu sein und mich von nichts und niemandem davon abbringen zu lassen. Ohne dass sie es je aussprachen, bemerkte ich, dass sie es sehr schätzten, wenn ich mich mit mir selbst beschäftigte, allein klarkam, ihnen vermittelte, dass ich sie im Grunde nicht brauchte, außer für das Allernötigste, solange ich noch keine Selbstversorgerin war. Und ich bin mir ziemlich sicher – ich würde sogar sagen, ich weiß es –, sie dachten, verfrühte Unabhängigkeit wäre etwas Gutes, vielleicht sogar Magisches. Dabei hatten sie vollkommen verpeilt, dass sie meine Lehrmeister waren. So lehrten sie mich ohne Worte, dass Liebe bedeutete, nichts und niemanden zu brauchen.

Braucht ihr jemanden? Und hat es etwas Beunruhigendes, jemanden zu brauchen? Wenn jemand einem beinahe organisch verbunden scheint, so wie den meisten ihr Smartphone? Erfüllt es euch mit Angst, wenn ihr genauer darüber nachdenkt, was Verlust bedeutet? Das schmerzvolle Ausmaß, die Liebeskrise ... Lebenskrise ... Ich weiß vieles darüber von Sherife, meiner besten Freundin, man braucht Freunde, um Gedanken zu teilen, sich selbst zu zeigen, und um in verlässlich guter Gesellschaft zu sein, Freunde sind unbezahlbare Wärmelampen, hochkonzentriertes Platinum Serotonin, der einzig unentbehrliche Luxus. Zuletzt hatte ich nicht die Zeit zur angemessenen Pflege, aber jetzt hab ich ja euch ...

Wir sind keine Freunde, schade, oder? Vielleicht lernen wir uns noch besser kennen, zwischen den Zeilen, jenseits der Interpretation, im Strudel der Projektion. Ich weiß nichts von euch, außer: dass ihr eure Zeit mit mir teilt. Vielen Dank, einfach mal so. Es tut gut. Vielleicht werde ich euch am Ende sogar ein wenig stolz machen.

Von Beginn an waren meine Eltern stolz auf mich, wenn ich sie nicht brauchte, so viel begriff ich anhand ihrer wohlwollenden Gesichtsausdrücke und Bemerkungen. So war es folglich das, was ich mitnahm, in alle meine Geschichten, in die Gestaltung meines Lebens (denn die Psyche ist bei all ihrer eigentümlich individuellen Verschlüsselung ein relativ logisches System), sodass an vorderster Front immer die Unabhängigkeit auf meiner Fahne stand. Die Freiheit, und immer auch die Krise. Vielleicht ist daran nichts verkehrt, wir werden geboren, müssen Probleme lösen und Entscheidungen treffen, Tag um Tag. Zum Beispiel müssen wir jeden Tag das Problem unserer Nacktheit lösen, ordnungsgemäß essen und trinken, um gesund zu bleiben, unser bloßes Überleben ist ständig Teil des schattenhaften Plans. Das wird gedanklich oft kaschiert, in einem Land der überdurchschnittlich Wohlsituierten. Wenn der Körper gut versorgt und in Sicherheit ist, kann man anfangen, sich um sich selbst zu drehen, sich moralisch aufwendige Fragen stellen, verspielte Narzissmen entwickeln und unterhaltsame Ermittlungen anstellen, zum Beispiel darüber, wie man sich bestenfalls ernährt. Ich aber bin gerade höllisch pleite, und ich habe den Ärger mehr oder weniger selbst herbeigeführt. Aber was ist dieses verdammte Selbst?

Ich hatte keine Ahnung davon, wer ich war, als meine Eltern damit anfingen, mir zu sagen, ich solle ich sein, und als ich meine Mutter einmal direkt fragte, sagte sie: Na, du bist das, was deine Realität ganz individuell subjektiv für dich scheint. Und als ich sie fragte, was das ist, die Realität, da sagte sie, die Realität sei das, was ich dafür hielte, und alles, was ich fühlte, auf meine Weise erinnerte, all das sei richtig, all das sei meine Realität. Und ihre Ruhe und Lust, alles immer weiter und weiter zu erklären, ohne die Geduld zu verlieren, wenn ich wieder und wieder nachhakte, machte mich nervös. Sie trug bei diesen Gesprächen in meiner Erinnerung immer eine sehr plüschige Strickjacke in Kamelbraun. Bloß erinnere ich mich nicht daran, wie sich die Jacke angefühlt hat. Oft träume ich noch heute, ich würde auf einem Kamel schlafen, während es sanft und langsam bei perfekter

Temperatur durch eine unsichtbare Nachtlandschaft streift.

Meine Eltern haben es immerhin geschafft, mich mit einer Art von fragmentarischem Ego auszustatten, das dafür sorgte, dass ich mich nicht selbst zerstörte, sondern nur so gut wie jeden stabilisierenden Lebensumstand. Stets hielt ich mich dabei auf eine individuell magische Weise für groß und stark. Ohne den Drang, es jemand anderem zu beweisen.

Nach dem Vorfall bei der Loveparade begann diese Haltung zum ersten Mal eine feste Größe zu werden, denn mir wurde auf konfuse Weise klar, dass ich für die Trennung meiner Eltern und somit auch für ihre Karrieren verantwortlich war.

*

Obwohl meinem Vater seit einer Weile schon keine Romane mehr gelangen, er sich irgendwann nicht einmal mehr Notizen zu einem geplanten Werk machte, glaubte ich noch immer an seine substanzielle Größe und Extravaganz. Mit beharrlicher Geduld erwartete ich die nächste Widmung als realen Liebesbeweis auf einer der ersten Seiten, noch bevor seine neuste Fiktion auf langer Strecke begann.

Aber zunächst müsste er seine gut vierhundert Seiten schreiben, sich dabei einen spannenden, dazu politisch gesellschaftlich relevanten Plot mit dem nötigen Ernst ausdenken und das kunstvoll komponiert in einen gut lesbaren Text bringen. Selbst, wenn er nichts Gigantisches schreiben würde, die Veröffentlichung war ihm sicher, sie wurde vom Publikum mit geradezu literarischer Sehnsucht erwartet.

Immer, ja wirklich, immer, wenn ich bei Sönke klingelte, dauerte es minimal zu lang, bis er an die Tür kam. Er öffnete meist in eines seiner abgewetzten, bunt gepunkteten Handtücher gewickelt, mit ebenso einem Turban, und dann sagte er mit ironischer Förmlichkeit, er bitte für die Verzögerung um Entschuldigung, er käme gerade aus der Wanne. Manchmal jedoch war er dabei nicht die Spur nass. Er bewohnte in unserer ehemaligen Familien-Sechs-Zimmer-Wohnung nur noch das Schlafzimmer, die Küche und eben beizeiten das Bad. Es duftete mitunter betörend nach Zitronenmelisse, seinem bevorzugten Badeöl.

Vermutlich war ich der einzige Mensch, der ihm wegen seiner offenkundigen Krise nicht besorgt auf die Nerven ging. Obwohl ich mich sehr über eine weitere Liebeswidmung gefreut hätte, konnte ich meinen Vater in diesem ätherischen Zustand schrulliger Überentspannung mit depressiver Nuance gut leiden. Auch den zitrisch-wohligen Geruch, der nun meist in unserer alten Wohnung hing, selbst in den dunklen ungenutzten Zimmern. Sönke ließ Türen zu gern weit offen stehen, was meine Mutter damals stets liebevoll-kühl als exhibitionistische Neurose bezeichnet hatte.

Meine Eltern hatten sich als Heranwachsende auf einem Campingplatz verbündet. Ihre Eltern waren sowas wie befreundet und urlaubten dort jährlich aus Geiz und wegen der rechtsnationalen Gruppendynamik im geschützten Mikrokosmos dieser Anlage.

Von diesem politisch-menschlich abgründigen Milieu waren beide gleichermaßen angewidert, und sie erzählten oft mit feierlichem Stolz, wie sie sich immerzu wissend und stumm Pläne schmiedend in die Augen sahen, wenn die Eltern bei großangelegten Grillabenden rassistisch gesellig hetzten.

Wanda und Sönke hatten aufgrund seelisch akuter Dringlichkeit früh angefangen, so viel zu jobben, dass auch räumliche Unabhängigkeit bald möglich wurde. Den Kontakt nach Hause brachen sie unmittelbar zur Volljährigkeit ab und zogen in eine große WG. Und Wanda quartierte, kaum wurde dort ein weiteres Zimmer frei, auch ihren kleinen Bruder Lothar, meinen Onkel Mimi, ein. Wanda nannte ihren kleinen Bruder wohl dann und wann ihre Mimesis, ohne das je genauer zu erläutern, und so war sein Spitzname entstanden. Trotz klarer politischer Abneigung beeinträchtigten ihn starke emotionale Probleme bei der Ablösung von seiner Mutter. Einmal hatte er sie sogar in die WG gelassen, und sie führte sich dort brachial auf, beschimpfte ihre Tochter und einen griechischen Mitbewohner gleich mit und schleuderte zudem alle Eier aus dem Kühlschrank einzeln auf den Küchenboden. Wanda ließ Mimi von da an die Wahl, er musste sich entscheiden und brach dann ebenso mit den Eltern, die Wanda längst nur noch »die Rechtsradikalen« nannte. Bald schon verliebte Onkel Mimi sich in die fünf Jahre ältere Asta, eine Soziologiestudentin. Bestimmt ein Jahr musste er um sie kämpfen, bis sie ihn in ihr Herz und Leben ließ.

Die Eltern von Wanda und Onkel Mimi waren wegen eines fulminant gesteigerten Alkoholkonsums ein paar Jahre darauf und kurz hintereinander verstorben, doch Sönke hatte seine Eltern vor wenigen Jahren bei einer Demo im Fernsehen wiedergesehen. Sein sehr alter Vater hielt die grimmig schweigende Mutter untergehakt und brüllte mit sich überschlagend zittrigem Elan Düsteres über Deutschland in das Mikro des Reporters, auch das

Wort »vergasen« benutzte er zackig und mehrfach hintereinander weg. Mein Vater hatte ohne identifizierbare Emotion gesagt: »Lit, das ist er, da ist er, das ist dein Opa.«

Dann schaltete er mehrfach und sehr schnell um, bis er bei einem Film über Nagetiere in der Wüste hängenblieb.

Seit einer Weile trug mein Vater den ganzen Tag über einen Fahrradhelm. Hatte ich das schon erwähnt? Wenn er badete, setzte er ihn ab und wickelte sich stattdessen sein gepunktetes Handtuch um den Kopf. Ich habe ihn nicht gefragt, warum er das tat, hätte ich ihn fragen sollen? Interessiert es euch?

Der Verleger meines Vaters, Fons Dohl, den sie nach Eintritt meiner Pubertät aus einer Laune des Überraschungs-Erfolgs heraus zu meinem Patenonkel befördert hatten, wusste nichts von dem Fahrradhelm.

Manchmal rief Fons mich an, wenn er Sönke wieder einmal nicht erreichte. Dann versuchte er etwas von mir zu erfahren, also eigentlich immer dasselbe, nämlich, ob Sönke denn regelmäßig schreibe. Und da ich meinen Vater oft beim ausgiebigen Schreiben von Einkaufszetteln beobachtete, sagte ich zu Fons, ja, ich würde ihn oft schreiben sehen.

Mein Vater vertröstete seinen Verleger seit zwei, drei Jahren, er würde an etwas Langkettigem arbeiten, einen Titel dafür hatte er auch erfunden: Das Einrad in der Nebelklause.

Was sollte man sich darunter vorstellen? Obwohl der Verleger nichts über die Handlung wusste, ließ er ihn machen und machen und forderte nichts von dem sechsstelligen Vorschuss zurück. Immerhin performte mein Vater halbwegs gut gelaunt Zoom-Interview-Termine, wann immer im Ausland wieder mal eines seiner Bücher erschienen war. Zudem sprach er außer Englisch, Spanisch, Französisch seit einer Reha nach einem Treppensturz sogar ein bisschen Japanisch. Für Small-Business-Talk reichte es, und seine Bücher verkauften sich gut in Japan. Fons konnte also recht zufrieden sein und weiterhin mit einem gewissen Polster und von mir gewährter seliger Unwissenheit in Kapital-Optimismus schippern.

Jede Form von therapeutischer Aktivität lehnte Sönke mit einer schnittigen Handbewegung ab. Oft hörte er den ganzen Tag über Podcasts, aber nie aus dem Bereich der Psychologie. Lange schon ließ Sönke Wanda nicht mehr in seine Wohnung. Er wusste, dass sie nichts an ihm übersah und alles zur Sprache brachte, ob er es wollte oder (meist) nicht. Sie kannten einander in- und auswendig, vermissten sich trotzdem, auch romantisch, nichts, was sie voneinander dachten, war ihnen egal, doch war da irgendeine scheinbar unlösbare Blockade, die nicht benannt wurde, nicht mal von Wanda West, der Top-Therapeutin, obwohl sie doch sonst alles beim Namen nannte oder sich eben einen herbei dachte.

Seit Wanda ihren wöchentlichen Podcast hatte, befüllte sie ihn opulent, gern auch mit Geschichten aus dem inneren Kreis, wie sie ohne Scham zugab. Alles musste ständig gedeihen und praller werden. Meine Mutter partizipierte mit großer Lust im Geist des Akuten, als liefe ihr die Zeit davon, und ich weiß nicht, ob es ihre Persönlichkeit veränderte oder herauspulte. In ihren Sendungen fielen die Tabus in redselig bester Laune, und ihre Bücher verkauften sich immer besser, selbst die ganz alten. Sönke nannte Wanda eine listige rational-emotionell-kapitalistische Person mit Brösel-Moral.

Kürzlich hatte sie in ihrem Podcast über mich gesprochen, oder zumindest über das, was sie sich mittlerweile unter mir vorstellte. Und seitdem war ich noch ein wenig mehr aus der Bahn. Etwas, das ich bisher nicht gekannt hatte, untergrub mein ohnehin schwankendes Befinden. Doch zumindest war ich in der Lage, dieses Kümmernis zu identifizieren. Dieses Können sprach meine Mutter mir in anderen Kontexten ab. Ich litt unter dem Verlust der Loyalität einer Vertrauensperson, ausdrücklich meiner Mutter. Es gab nicht viel, auf das ich mich immer verlassen hatte, doch Wandas Loyalität war ein fester Baustein meines ansonsten defizitären Grundvertrauens in die ganze weite Welt gewesen. Das mit der Loyalität merkt man erst dann, wenn eine Reduktion stattgefunden hat, denn Loyalität gibt es nicht in Scheibchen.

*

In sechs Stunden war Mitternacht. Viktoria saß mir gegenüber am Tisch, sie hatte den Zeigefinger in die leere Bierflasche gesteckt. Mit Sicherheit hegte sie den unseriösen Gedanken, dass ich das Geld für die ausstehenden Mieten einfach bei meinen Eltern abholen könnte. Denn sie waren ja nicht bloß erfolgreich und berühmt, sondern ebenso wohlhabend. Für mich allerdings wäre es ein kleineres emotionales Wagnis, eine Bank zu überfallen, als meine Eltern um Geld zu bitten. Von Tante Asta und Onkel Mimi würde ich vielleicht Geld für einen Einkauf annehmen, für ein gemeinsames Abendessen, aber 1789 Euro? Mein Risiko, meine Bilanz. Ich war bereit für die Konfrontation mit Viktoria, die mich irgendwann einmal, weit nach Mitternacht und viel Bier, ihre allerechteste Freundin genannt hatte.

Viktoria war oft pathetisch und manchmal sprachlich verwaschen, jetzt aber lehnte sie sich mit einer extra Performance der Macht-Schwere in ihrem Stuhl zurück, zog eine Augenbraue hoch, was sie wirklich gut konnte, und sprach abgebrüht hoheitsvoll, als hätte auch sie den Mafioso im Sinn.

»Genaugenommen, Lit, genaugenommen schuldest du mir 2568 Stunden!«

»Was?«

»Drei Monate und einen halben bist du mir die Miete schuldig, und du laberst immer irgendwas, redest dich raus, versaust dir jeden Job, wie ein Teenager, und ich bin so kulant und gebe dir noch sechs Stunden obendrauf!«

»Und dafür danke ich dir«, sagte ich ehrlich bewegt von ihren mathematischen Ausführungen.

Aber das mit den Jobs war *genaugenommen* falsch. Zuletzt war es nämlich nur *ein* Job gewesen, den ich verloren hatte, den anderen hatte ich noch und außerdem vielleicht bald wieder eine Ausstellung – und gerade als ich das ohne Inbrunst, aber ebenso in Zahlen ausführen wollte, ergriff Viktoria mit vorausschauender Geistesschnelle das Wort.

»Du hast sechs Stunden, und ich will jetzt nichts von einer angeblichen Ausstellung hören, Galeristen zahlen keine Vorschüsse, außer vielleicht, hier ... du bist hier ... jemand wie der schmuddelige Jonathan Meese oder jemand anders doll Erfolgreiches, der sich nicht mal die Haare waschen muss, um eine Wohnung zu bekommen, und wenn du mir die 1789 Euro bis zur Geisterstunde nicht bar hier auf den Tisch legst oder meinetwegen paypalst, dann schick ich dir einen Code für das Schließfach am Hauptbahnhof. Da kannst du deine Sachen rausholen, den ganzen Kram. Aber deinen ollen Laptop, die Kleiderstange, die Matratze und den Klapptisch behalte ich als Pfand.«

Meine Haare könnte ich mal wieder waschen, da hatte sie einen Punkt. Der Klapptisch war in Wahrheit Schreibtisch, Esstisch, Beinliege, Stuhl, in meiner Welt war der rostrote Tisch ein magisches Ding und viel stabiler, als der Anblick implizierte. An dem Tisch fiel mir immer etwas ein (nichts Weltbewegendes, aber doch was Neues, was den Tisch aber nicht verließ, und dennoch zumindest für einen Moment auch mal die Leichtigkeit einer Zukunft in wunderlicher Ordnung ermöglichte), und er ließ sich gut für ein kleines Dinner umfunktionieren, er war ein Multifunktionstisch, und man konnte ihn in der U-Bahn transportieren; wenn man sehr geschickt und kräftig genug war, sogar auf dem Fahrrad, wo war eigentlich mein Fahrrad? Ich hatte es vor Monaten irgendwo angeschlossen und war dann alterslos über ein oder zwei Tage ausgegangen. Ernstlich betrübt über meinen bevorstehenden Verlust sagte ich: »Ich respektiere dich Viktoria, ich respektiere deinen Willen, und du bist im Recht, nur: Wie soll ich das Geld auf die Schnelle auftreiben, und warum willst du mir auch den Klapptisch nehmen, du weißt, er ist eine Art Metamorphose-Apparat?«

»Lit! Ein Klapptisch ist ein Klapptisch, stell ihn meinetwegen in eine Galerie und nenn das dann so, aber hör auf, mich mit deinen exponierten Spinnereien um den Finger wickeln zu wollen, meine Güte, *Game over*! Und wegen der Knete: Frag doch einfach deine Mutter, für sie sind das doch Smarties, sie ist seit Monaten wieder mal in den Top-Ten und hat bestimmt schon einen mehrstelligen Vorschuss für ihr nächstes Buch bekommen!«

»Peanuts.«

»Was?«

»Man sagt nicht Smarties, du meinst Peanuts.«

»Es ist mir egal, und wenn es Lakritzschnecken sind, du schuldest mir scheiß viele davon.«

Ach, ich mochte sie und ihre Haudrauf-Willensperformance, mit einem Hauch Anarchismus, Haribo-Anarchismus, aber das sagte ich ihr an dieser Stelle nicht, stattdessen sagte ich (und auch das meinte ich so): »Findest du nicht, unsere Beziehung hat eine ziemlich kapitalistische Dynamik entwickelt?«

Ihre Unterlippe begann zu zittern, es sah kurz so aus, als würde sie anfangen zu weinen, und ich bekam davon beinahe Gänsehaut, aber sie schrie stattdessen leider bloß: »Ich bin keine verfickte Kapitalistin, weil ich die Miete einfordere, sie steht mir zu, ich will nur, was mir zusteht, mir steht zu, worauf ich dem Gesetz dieses Landes nach das Recht habe, ich habe dir nichts getan, es ist mein Geld, meins!«

Ich fragte mich, was die doppelte Nutzung des Possessivpronomens psychologisch bei ihr begünstigte und ging empathisch darauf ein.

»Das ist richtig, es ist dein Geld, deins! Aber brauchst du dieses Geld denn wirklich zum Überleben?«

»Überleben? Brauchen? Das ist nicht der Punkt! Ich habe ein Recht auf dieses Geld!«

»Das ist hochoffiziell richtig, Viktoria, aber ich schulde dir doch sonst nichts, außer Geld, und ich finde diese Gesprächs-Situation ist der Angelegenheit nicht angemessen, dein Akt des Sprechens schießt weit über das Ziel hinaus, genauer gesagt, geht es eben nur um Geld, und nicht um unsere Freundschaft, deine, meine Würde oder Wertigkeit als Mensch, oder?«

Ich war sehr ruhig, und leider ging mein Plan nicht auf, sie noch weiter zu provozieren und völlig zum Ausrasten zu bringen. Sie schien mir unmittelbar seit dem Wort Freundschaft impulsiv entspannt zu sein.

Viktoria stand (vermutlich fake-) grinsend auf, ging zum Kühlschrank, nahm noch eine Flasche Estrella heraus, öffnete sie mit Wumms an der Tischkante und sagte: »Egal bist du mir auch nicht, Finanzen hin oder her. Aber: Was hat das hier für dich genau mit Freundschaft oder Respekt zu tun?«

Ich zuckte mit den Schultern, sagte: »Ich hab dich einfach trotzdem lieb«.

Sie fror kurz ein, stand mit unlesbar starrer Mimik da wie eine Skulptur, die ich mit meinen Worten über Emotionalität unmittelbar erschaffen hatte. Eigentlich kannten wir uns kaum, es hätte in dieser Nacht beginnen können, wäre da nicht das Geld, das elende Geld, auch seine Notwendigkeit taugte gut dazu, das Unbekannte zu untermauern. Kaum etwas können wir übereinander wissen bevor wir unsere Gründe kennen.

Viktoria studierte BWL und war samstags Barista aus Bock. Sie vermietete drei Zimmer, vermutlich bereicherte sie sich daran, aber ich konnte es nicht beweisen, und ich wusste nicht, ob das verboten war, ich wusste nicht, ob sie erpressbar war, ich wusste nicht, ob die Hausverwaltung zugestimmt hatte, aber ich wusste, dass meine Gedanken in die falsche Richtung liefen und meine eigentlichen Probleme nicht lösen würden. Und dann sagte Viktoria etwas Nettes oder Verlogenes: »Ich fühle mich seit Monaten von dir verarscht, und mich stresst das, denn ich mag dich, das weißt du, ich mag dich noch immer, es ist schwer, dich nicht zu mögen oder keine gute Zeit mit dir zu haben, du bist so ... ja, außergewöhnlich charismatisch, positiv und freigeistig, interessierst dich für alles und jeden, erwartest nichts von niemandem, deine Gedanken bringen etwas Neues in jeden Sachverhalt, deine Umarmungen haben eine intensive, ja infektiöse Wärme, ich weiß nicht, wie du das machst, aber ich schwör dir, Lit, ich werf dich trotzdem raus, es reicht, ich bin doch nicht dein Kasperle!«

Ich betrachtete Viktoria mit großer Zuneigung und Hoffnung, seit sie eine Wortfolge meiner Mutter benutzt hatte. Doch was hatte es mit der Kasperle-Metapher auf sich? Ich hakte nicht nach, sondern sprach: »Wenn du mich und das, was ich geben kann, so sehr schätzt, dann lass mich doch umsonst hier wohnen, du kannst es dir doch leisten.«

Ich wusste, meine Worte waren ein Ding der Unmöglichkeit, und so erwartete ich den lang ersehnten Ausbruch des Vulkans.

Viktoria huschte etwas übers Gesicht, das einen neuen Gedanken verriet, aber sie riss sich zusammen und sagte: »Gib mir deinen Schlüssel, du halbgarer Punk, jetzt.«

Ich griff widerstandslos in meinen Rucksack und legte den Schlüssel auf den Tisch.

»Willst du den Meerjungmann nicht abmachen?«, fragte Viktoria.

»Nein, du kriegst dein Geld um Mitternacht oder wann anders, und dann kriege ich meinen Meerjungmann zurück, so lange kannst du dir was wünschen, wenn du seinen Bauch streichelst.«

»Der stinkt doch, der sieht aus, als wäre da Dreck der letzten Jahre drin verwachsen.«

Ich fand das sehr beleidigend für den eitlen Meerjungmann, legte den Finger auf die Lippen und sagte dann:

»Wer ein bisschen Schmutz nicht aushält, ist selbst nicht sauber.«

»Kalendersprüche retten nix!«

Sie hatte recht, ich aber auch, dachte ich mit Interesse. Nun kam jemand Drittes in die Küche und verwässerte die fortschreitende Intimität des Konfliktes. Nuria trug dabei einen Schlafanzug mit neonfarbenen Alpakas, sie gähnte und sagte: »Stör ich? Ich wollte kochen.«

»Nein, ich muss los, kurzum ein Wunder finden, Viktoria schmeißt mich raus.«

Nuria sagte einen koffeinlosen Moment zu lange nichts, und dann: »O Mensch, Lilith, du bist so abnorm, ich weiß, eines Tages wird das noch ganz groß, dann glitzert der ganze Mist, den du verzapfst am Ende doch. Aber du musst vorher auch mal an die Mentalitäten der anderen denken, weißt du, ist nicht spirituell, aber ganz schön kausal.«

Viktoria zog die Augenbrauen hoch, und ich hörte mich lachen, so als hätte Nuria einen echt guten Witz zum Abschied erzählt. Auf einer Beerdigung lachen manche Menschen, weil ihnen die Traurigkeit über den Rand läuft, ohne dass sie die Traurigkeit überhaupt auf dem oberen Punkt gefühlt haben, andere schlafen einfach ein.

Ich mochte an Nuria, dass sie immer verschlafen wirkte in verschiedenen Pyjamas, sie trug nie etwas anderes, wenn sie nicht gerade, als Rettungssanitäterin im Einsatz war. Die Erschöpfung gehörte zu ihrem Selbstverständnis, sie war das Ergebnis zu vieler Überstunden, ungefilterter Eindrücke von Leben und Tod, ohne Zeit oder gar Ruhe für die Verarbeitung. Sie klagte nie, sie liebe, was sie tue, es ließe sie aufhören, sich über den Sinn ihres Daseins Gedanken zu machen, den Konnex von allem. Und nein, sie sei nicht übermüdet, sie sei in einer alltäglichen Trance, alles bestens. Das war ihre Wahrheit, und sie funktionierte.

Manchmal bekam sie Migräne, dann legte sie sich in ihr abgedunkeltes Zimmer und nahm etwas starkes Verschreibungspflichtiges ein. Wenn es durchlitten war, machte sie eben weiter, bereitete eine fantastische Tajine zu, und wenn es uns schmeckte, schaute sie selig in sich hinein. Ich konnte sehen, dass sie alles von sich selbst wusste und fühlte.

Dass ich nicht fühlte, was ich fühlte, kam oft vor, und ich denke, wenn man seine Gefühle nicht fühlt, dann kennt man sich nicht besonders gut, dann ist man nicht so richtig gut mit sich befreundet, und so weiß man nicht, was das Richtige ist, also Freunden gibt man ja gute Ratschläge, weil man ihre Historie kennt, ihre Kopflast und Fehlerkreationen durchschaut und sie trotz allem liebt.

Ein paar Dinge zumindest waren mir zu diesem Zeitpunkt vollkommen klar: Ich würde nicht zu meinem Vater in seine akute Ordnung aus gepunkteten Handtüchern und Einkaufslisten ziehen oder mit ihm zusammen unter einem Helm leben. Onkel Mimi und Tante Asta waren auch keine Option. Sie steckten laut ihrem Sohn Leif in einer Liebeskrise. Die eskalierte Ratlosigkeit gegenüber Leif, ihrem auffällig schönen Sohn, habe dazu beigetragen. Er war ein Star des Reality-TVs, was alle ihre Werte und den Intellekt nicht nur beleidigte, sondern untergrub. Er hatte Verrat an ihrer Idee von Liebe und Bindung, ihren Werten im Allgemeinen begangen, indem er sich mit kapitaler Konsequenz der Oberfläche hingab, seinen Körper sowie die Seele, die sie aufgezogen und beschützt hatten, mit Leidenschaft ans Fernsehen und Internet verkaufte. Er inszenierte seine Auftritte mit viel Trara, mit Sex, Machtspielen und gebrochenen Herzen, all das, was die Menschen eben interessierte. Er schöpfte sein Potential aus, ohne mit der Wimper zu zucken, und legte seine moralischen Standards selber fest. Ganz so, als gehöre er zu guter Letzt nur sich selbst, mit Haut und Haar.

Was schulden wir Menschen, die uns lieben und die uns die meiste Zeit gut behandelt haben? Dass wir zumindest dieselbe Vorstellung davon haben, wie viel öffentliche Nacktheit vertretbar ist? Peinlichkeit ist eine Notwendigkeit beim pubertären Ablösungsprozess. Warum also ist Scham so verpönt? Ist sie nicht ein kraftstrotzender Hinweis darauf, dass uns etwas wichtig ist? Und sind Hinweise dieser Art nicht in jedem Fall Gold wert? Wofür habt ihr euch zuletzt geschämt? Würdet ihr es mir anvertrauen? Vertrauen ist immer ein Risiko, ob Geld im Spiel ist oder Liebe oder eben beides.

Meine Mutter hatte mich verraten und einen neuen Freund, was ihr wie immer viel konzentrierte Verliebtheit und Vertrauensvorschüsse abforderte. Vielleicht könnte man es damit entschuldigen? Ich denke nein. Auch über ihn hatte sie in ihrem Podcast gesprochen. Shakir wohnte bereits bei ihr, sie war polymonogam, zumindest hatte sie es so genannt, und sie hatte in derselben Sendung eben auch Folgendes über mich preisgegeben: Wenn ich etwas fühlte, begriff ich es oft nicht oder im besten Fall zeitversetzt, und diese Angelegenheit hieß *Alexithymie*. Nur ein Wort. Vermutlich bestand alles nur aus Wörtern, über deren Bedeutung wir unsere Wirklichkeit erlernt hatten und immer weiter erschlossen, wir jonglierten und balancierten damit, semantisch-syntaktisch in vollendet ausbuchstabierten Lebenserklärungen.

Aber ich wollte nie alles im Detail verstehen, ich wollte verblendet bleiben, missverstehen, ich wollte meine Existenz umdeuten, ich glaubte nie, dass es nur eine, womöglich überprüfbare Wahrheit gab, wie sollte es dann noch weitergehen?

Meine Mutter hatte mich bezeichnet, mit diesem einen Wort, sie behauptete das Wort über mich, das selbst nur eine – immerhin medizinische – Diagnose aus Buchstaben war. Es spielte keine Rolle, ob auf mich zutraf, was sie sagte. Selbst, dass die Behauptung bloß eine Behauptung war, war ja nichts als eine Behauptung.

Meine Mutter hatte das Wort *Alexithymie* in der Folge oft benutzt und wirklich gut erklärt, schließlich war sie vom Fach, und sie sprach dezidiert über ihre Tochter. Ohne meinen Namen zu nennen, doch sagte sie während ihrer amüsant diagnostischen Ausführungen etliche Male zu oft *meine Tochter* und spann so Fäden weit hinein in mein erweitertes soziales Umfeld und Leben. Natürlich riefen diese Fäden Reaktionen hervor, die zu mir gelangten. Viele verschiedene Leute hatten mir den Link zu der Folge weitergeleitet, alle mit der mehr oder weniger gleichen Notiz: Schon gehört?

*

Viktorias Stimme drang nun unvermittelt in meine abschweifende Erinnerung ein, sie sagte etwas zu Nuria. Die beiden führten in meiner Gegenwart ein Gespräch über mich in der dritten Person.

»Sie kann nicht von der Kunst leben.«

Und Nuria sagte mit zittrig ambivalentem Dusel: »Sie ist die Kunst, das ist das Problem.«

Viktoria sagte: »Das müsste kein Problem sein, ihr fehlt der Geschäftssinn, sie hat nicht mal Instagram, YouTube, TikTok oder was es da noch so gibt.«

Nuria schüttelte den Kopf und flüsterte: »Nicht mal Facebook.«

Das stimmte nicht ganz, ich hatte mir dort 2014 mal ein Profil unter falschem Namen angelegt – den ich längst vergessen habe –, mit meinem Klapptisch als Profilbild.

Viktoria hatte mal wieder recht, ich war eine Null in Neoliberalismus, digital und analog. Vielleicht könnte sie mich managen. Viktoria hatte mal etwas von mir gekauft, als sie durch Zufall während einer Partynacht mit ihren ebenso geldschweren Kindheits-Freunden in eine kleine Gruppenausstellung im Karoviertel geraten war. An dem Abend lernten wir uns kennen, und sie kaufte den Klumpen Glitzer, wie sie es nannte. Sie hatte nicht genau hingesehen, nicht erkannt, was es wirklich war, aber das war okay, es entsprach der allgemeinen Beschaffenheit im Zusammenspiel von Kunst und Knete.

Viele Kunstschaffende regten sich darüber sehr auf, besonders, wenn sie wodkabetrunken waren. Einige weinten manchmal aus Verzweiflung, weil niemand ihr Genie verstand, und das bedeutete, sie würden bei aller Beharrlichkeit und trotz großen Fleißes arm sterben oder eben etwas Ödes arbeiten müssen und mit Kollegen auskommen, deren Interessen und Temperamente sie nicht teilten – bis sie tot umfielen. So wie die meisten Menschen. Da kann man schon mal ausflippen!

Doch ich kannte nur Ruhe oder ein wenig Unruhe, egal, worum es ging. Ich war ein Klumpen aus Dingen, die ich nicht verstand, und manchmal sah ich Glitzerpartikel vor mir schweben, dann war ich eventuell wütend ...

und manchmal setzte ich mich dann schnell in eine Ecke und schlief einfach so ein.

Ich weinte seit Pandas Tod doch noch einmal ein paar klebrige Tränen, als ich letzten Oktober irgendwann früh am Morgen unter dem Himmel und ein paar lichtbrauen Wipfeln saß. Ich denke, ich war vollkommen erschöpft und ebenso allein. Einen günstigen Nero d'Avola in der Tasche, doch sogar zu matt zum Trinken, war ich zugleich aufgewühlt: irgendwas bei der Arbeit, Unmut über Menschen, die mir nichts bedeuteten, und der zu nichts geführt hatte, außer zu Gefasel und schlechten Hormonen während einer Zehn-Stunden-Bar-Schicht. Beinahe hätte ich jemanden angeschrien, er hatte es geschafft, etwas Unbekanntes in mir zu provozieren, ein abscheulicher Gast, ein Fremder, es ergab keinen Sinn. Und dann war ich nach Feierabend endlich allein, ging Umwege zu Fuß, eine Verlängerung durch den Park. Gerade fällt mir der Moment wieder ein, der Akt des Schauens, und ich erkannte etwas, aber nicht, was es war. Etwas Schemenhaftes in der inneren Ferne berührte mich, ich verharrte, und wie bei einer wunderwirkenden Marien-Statue drifteten zwei rare Tränen aus meinen Kanälen. Danach ging es mir auf eine zerbrechliche Weise gut, flüchtig erlebte ich eine Ahnung von Wohlbefinden. Auch das bin ich, ging mir wie entziffert durch den Kopf, dann war es vorbei.

Eine Freundin meiner Mutter hatte mal gesagt, immer, wenn sie sowas wie glücklich sei, habe sie den bizarren Drang, sich umzubringen, und sie ist irgendwann beim Wandern in Nepal verschollen.

Ich hatte meine Tränen mit den Fingerkuppen befühlt und gedacht: Jetzt bin ich also traurig, und ich hatte immerhin dieses Wort. Also immerhin das Atom einer Erzählung über mich selbst. Vielleicht wird nun sukzessive ein großes Ganzes daraus. Ihr könnt das am Ende besser beurteilen als ich. Nur zu.

Wanda und Sönke hatten mich gelehrt: Worte sind die ganze Struktur Welt. Aber jetzt sagte mein Vater, der großangelegte Schriftsteller, das nicht mehr, jetzt trug er in der Wohnung einen Fahrradhelm, notierte auf einem Post-it *grüne Paprika* und *Edamame* und so weiter und klebte es nicht mal irgendwo dran. Wanda redete sich hingegen um Kopf und Kragen, und ihre Energie wurde immer ausufernder. So ging sie das Weitere eben an, und Sönke ging daran oder an irgendetwas anderem ein. Und es gab einen Zusammenhang zwischen ihnen beiden, den ich ohne Worte verstand, aber nie benennen könnte.

Nichts war nur ein Klumpen, und zugleich war alles nur ein Klumpen, so fühlte sich zumindest mein Leben an. Welche Form und Konsistenz hat euer Leben? Falls ihr mal ein bisschen Lust habt, rumzufantasieren.

Die landläufige Definition von Kunst lautete: Braucht kein Mensch. Das, finde ich, ist ein guter Witz. Wenn ich mit den Händen arbeitete, etwas formte, dann war alles erträglich, und ich würde sagen, das war doch schon mal nicht schlecht. Ging es nicht darum? Man wurde geboren, und dann war man im besten Fall an die hundert Jahre damit beschäftigt, die Angelegenheit zu gestalten, Probleme umzudekorieren, zu dekonstruieren, zu übermalen und umzuformen. War nicht schon deswegen Knetmasse so beliebt bei jedem Kind?

Meinen Atelierplatz hatte ich längst verloren, und ich schuldete den Leuten noch immer Geld, aber die hatten humanistisch mit den Schultern gezuckt und ebenso gesagt: Gib, wenn du meinst, du hast es über. Und ich denke: *Wenn du meinst* ist ein progressiver und zugleich bequemer Satz. Es kam eben darauf an, was man so meinte, aber worauf eigentlich? Ob man schon was gegessen hatte? Unterzuckert sollte niemand streiten, das predigte meine Mutter immer, und mein Vater erwiderte stets, für den Tipp habe sich das Studium der Psychologie ja dann gelohnt.

Nuria holte Pommes aus dem Gefrierfach und stellte die Fritteuse an, ich strich mir über den Kopf und fragte Viktoria: »Kann ich noch mal ins Bad?«

»Klar, aber geht alles von deiner Zeit ab.«

»Ich habe ein Treffen mit einem überreichen Galeristen, da sollte ich mir vielleicht mal die Haare waschen.«

»Dann wasch dir die Haare, meine Güte.«

Ich haute schnell ab ins Bad, duschte ein letztes Mal heiß mit diesem fantastischen Wasserdruck, wusch mir die Haare mit Viktorias Schadenlöscher-Shampoo und benutzte die *Total Repair Leave In*-Kur von wem auch immer. Mehr Selbstwirksamkeit war heute bis auf weiteres womöglich nicht drin.

*

Junius hatte gesagt, das Restaurant, in dem er mir den Galeristen vorstellen wolle, sei übel schick. Das Wort *übel* benutzte er immer, wenn er einer Angelegenheit feierlich Nachdruck verleihen wollte und er zog das Ü dabei absurd in die Länge. Er habe mich schon übel gern, hatte er nach unserer ersten körperlichen Intimität gesagt, eigentlich sogar schon währenddessen, und ich habe keine Ahnung, wieso er mich plötzlich so sehr mochte, dass er den Drang verspürte, es direkt anzusprechen, vielleicht produzierte sein Körper zu viel Dopamin, so wie wenn das Immunsystem überreagiert, bei Lupus oder so, ihm entglitt auf jeden Fall eine verbale Liebes-Überreaktion, und ich konnte mir einfach nicht vorstellen, dass das etwas mit mir zu tun haben könnte, ich war ja nicht mal besonders nett zu ihm. Ich war nie ausgesprochen nett zu Männern, mit denen ich schlief. Sex und Freundlichkeit, was ist da los? Klickt da was? Habt ihr dazu spekulativ-unterhaltsame Ideen? Alle Menschen haben ja Expertise in Liebessexdingen, weil es ja das Wichtigste im Universum ist, na, außer Macht und Geld natürlich.

Später im Verlauf unserer Was-auch-immer-Liaison (junge Leute nennen es zu dieser Zeit wohl Situationship) begriff ich, er gehörte zu diesen Menschen, die sich ständig verlieben und binden wollten, die einfach keine Angst hatten, weil es ihnen immerzu und schnell passierte, sich aufs Neue zu entzücken, ein flexibler Konsument, so einer war er. Dazu hübsch wie geschnitzt, also eigentlich war er eine Art menschlicher Golden Retriever, sah auch außerhalb seines Spiegelbildes immer nur das Schöne, was schnell ziemlich problematisch werden konnte, die Dimension seiner Wahrnehmung war ziemlich weltfremd, das war interessant, denn die meisten Männer neigten eher zu Nihilismus und Misanthropie in allen intellektuellen Schattierungen. Mich interessierten kaputte Menschen, aber nie sonderlich lange, ich schob sie schnell auf Abstand und hielt mich lieber in der Nähe derer auf, die ihr Herz gleich und gerne auch pochend auf den Tisch legten. Ich hatte was übrig für die mit den laufenden Tränen, mit zittriger Empörung über jede Ungerechtigkeit. Echte Gefühle waren für mich die beste Droge, ich wollte sie nicht nur deutlich sehen, sondern sie sollten flimmern, glitzern, empathisch wabern.

Junius war mitunter so begeistert, dass er für wenige Sekunden grell strahlte. Er war dann noch schöner, ach so, ich sollte erwähnen: Seine Mutter war ein deutsches Topmodel und sein Vater ein russischer Balletttänzer. Nicht alles kommt von innen, glaubt mir.

Bleiben wir also entschieden bei der Außenansicht: Junius' Vollkommenheit überstieg zuweilen das Maß des Erträglichen. Doch wenn ich den Perfektionsgrad seiner Positivität als eine geniale Art der Behinderung betrachtete oder unsere nicht gelabelte Beziehung als Studie, funktionierte unser Miteinander verblüffend gut. Was mich wiederum in die mir eigentümliche Unruhe versetzte. Und dann verwandelte ich ihn mit starkem Vorstellungswillen temporär in einen Golden Retriever und streichelte ihm den Kopf.

Wir hatten uns durch meinen Job als Katzensitterin kennengelernt. Ich hatte außer meiner Anbetung für die Katze Panda keine Ahnung von Haustieren im Allgemeinen, da meine Eltern mir aus ethischer Überzeugung nicht mal ein Aquarium gestattet hatten. Junius hatte drei Katzen, was seine Attraktivität auf absurde Weise noch steigerte. Nana, Nunu und Momo stammten aus einem Wurf, waren perfekt ignorant und nur dann aggressiv, wenn man sich ihnen zu schnell näherte. Wenn Junius mal zu lang unterwegs war, war ich eben da und bewachte ihre Existenz. Auf keinen Fall wollte er, dass sie zu lang ohne menschliche Gesellschaft waren, dabei interessierten sie sich überhaupt nicht für mich, ihn aber liebten sie, und sie wälzten sich in wohliger Erwartung auf dem Rücken, wenn sie seine Schritte hörten. Im Tierheim hatten sie als schwer vermittelbar gegolten. Anti-

Kuschelkatzen. Nunu beherrschte die Kunst, gleichzeitig zu knurren und zu schnurren, und er hatte einen Instagram-Account. Das mit Instagram war sowieso Junius' Ding, weil er da natürlich einfach so ziemlich viel Bonus-Bestätigung erhielt. Das lag neben seiner Oberflächenschönheit daran, dass er als Podcaster und nun auch noch als Talkshowhost ökonomisch brillierte, er hatte eine verteufelte Karriere, arbeitete jeden Tag, wirkte kein bisschen erschöpft und war fast zehn Jahre jünger als ich.

Neulich hatte uns jemand zusammen im Dunkeln auf dem Weg nach irgendwo fotografiert, und die Bilder erschienen auf ein paar Promiportalen, und da stand dann: Wer ist diese Frau?

Und was soll ich sagen: Das fragte ich mich ja auch ständig. Die Kommentare und Folgetexte dazu brachten mir leider keine Erkenntnis über mich und mein Sein. Da stand immer nur, wer ich nicht war. Immer wieder wurden zwei Namen genannt, von Frauen, die als ausgeschlossen galten, diese Frau zu sein. Seine Influencer-Ex-Freundin und eine Schauspielerin, mit der ihm zuletzt eine Affäre nachgesagt wurde. Dass ich diese beiden Frauen nicht war, wusste ich jetzt zumindest. Meine Mutter hatte immer gesagt, das wichtigste Wissen sei das Wissen darüber, was man nicht wisse.

Ich weiß, wer ich nicht bin, also bin ich? Wisst ihr mehr über diese Angelegenheit, also euch?

Die Summe aller Menschen, die ich nicht war, war also ich. Eigentlich ganz einfach. Zumindest fügte Junius meinem Ichgefühl ein paar wirklich gute Hormone hinzu, und andere Drogen konnte ich mir derzeit genauso wenig leisten wie mein WG-Zimmer oder ein Atelier.

Also war es okay, wenn er ab und zu »Ich liebe dich« zu mir sagte, egal ob es stimmte oder nur seine Vision war. Ich mochte es, ich mochte, wie es klang, ganz ohne semantischen Zugang, ich hatte ein Gefühl dazu, nur eben nicht das, was gemeinhin erwartet wurde. Ich brauchte Worte und Klang, Onomatopoesie statt Diagnosen. Einige Angelegenheiten brauchten Diagnosen, sowas wie Knochenbrüche, die Wirtschaftslage, Politik brauchte Diagnosen, Politik musste Dinge in Ordnung bringen, zumindest verbessern. Im utopisch besten Fall verheilte dadurch die ganze Welt. Das wird natürlich nicht passieren, weil Menschen damit zu tun haben, man konnte sie nicht mal aus den kühnsten Träumen raushalten.

In einer Welt in Frieden wären außerdem alle so gut drauf wie Junius, was die Sache dystopisch verunstalten würde. Perfektion war ein Hirngespinst, die Realität hatte damit nichts am Hut. Wie sah ein Hut aus, der wie für die Realität gemacht war? Ich würde sagen, er hätte ganz sicher eine Feder. Und man wüsste nicht, ob der Vogel sie verloren hatte oder dafür gestorben war.

Hab ich euch schon erzählt, dass ich mich vor Federn ohne Vögel ekele? Wenn eine da so defizitär auf dem Gehweg liegt. Hat es einen Kampf gegeben? Kann der Vogel trotz des Verlustes noch fliegen? Ist die Feder von Bakterien befallen?

Ist sie jedoch Teil des Gefieders eines munteren Vogels, finde ich sie wunderschön, egal welche Farbe. Ich habe dafür keine Erklärung, ich verstehe nichts von Federnpsychologie. Aber es gibt nur diese zwei Sachen, die ich verabscheue: einzelne Federn und Verfolgungsjagden – ich spule dann immer vor, obwohl das Tempo ohnehin hoch ist. Junius war dann immer ein wenig unzufrieden, da er das für den besten Teil jedes Films hielt. Die Verfolgungsjagd. Im schlechtesten Sinne männlich, unnötig in die Länge gezogen. Warum mochte Junius sich das Gehetze so gern ansehen? Und identifizierte er sich dabei mit den Verfolgten oder den Verfolgenden? Vermutlich hing das an der Dramaturgie, dem Plot, dem Federnlassen. Vielleicht ging es auch um die aufgewühlte Seele in bequemer Haltung. Ich hätte nur seine Katzensitterin bleiben sollen. Nebenbei bemerkt, hatte ich keine Ahnung von der Seele einer Katze, genaugenommen hatte ich nicht die geringste Vorstellung, was eine Seele überhaupt war, vielleicht ein freischwebendes Gefühlsgebilde, destilliert aus anarchischer Rationalität.

Einmal sagte Junius in süßlich undurchdachter Modalität, Katzen seien reine Gefühlsmenschen, und von dieser miserablen Hybrid-Fiktion war ich für ein paar Sekunden vollkommen überfordert, darunter konnte ich mir nichts vorstellen und schob sie und Junius deshalb sofort beiseite.

Seid ihr Gefühlsmenschen? Was bedeutet das?

*

Oft lauschte ich als Kind, wenn Wanda zuhause Patienten bearbeitete – so nannte es Sönke mit männlicher Vorwitzigkeit –, und ich hatte kaum je was von dem verstanden, was dort an problematisch Ausgewachsenem besprochen wurde. Aber eines eben doch: All die Emotionsgeflechte waren subjektiv einzigartig, Gefühle existierten mit voller Kraft, wenn man sie nur ließ, für jeden war etwas anderes anders, und es gab keine Argumente gegen die Wahrnehmung.

Damals hatte meine Mutter noch keine Bestseller geschrieben, wir hatten wenig Geld, aber ein altgelbes Samtsofa, das sie stets aus dem Wohnzimmer in mein Kinderzimmer schob, bevor die Patienten kamen. Die zwei Lesesessel verblieben im Wohnzimmer, und fertig war der Behandlungsraum.

Vom Liegen in einer therapeutischen Situation hielt Wanda nichts, sie hegte sogar eine tiefe Abneigung dagegen, sich überhaupt irgendwo hinzulegen. Erst wenn der Tag vollkommen zu Ende und man tadellos erschöpft war, hielt sie es für eine gewisse Option. Meistens schlief sie, kaum zu Bett, schon im Sitzen mit einem Buch auf dem Schoß ein.

Bitte versteht mich nicht falsch, Dr. Wanda West war eine erstaunliche Mutter, ich kann mir keine andere vorstellen, sie war eben meine Mutter und gehörte zu mir und all den Wendungen meiner Geschichten, vordergründigen und beiläufigen Entwicklungsschüben, ungewollten Verletzungen und vor allem der Gewissheit geliebt zu werden. Aber nun ignorierte ich ihre Nachrichten, ich ghostete sie, wie man so sagt.

Damals, als ich Wanda und ihren Patienten zuhörte, wurde ich sehr ruhig, besonders, wenn jemand zu weinen begann, selbst dann noch, wenn seltsame und auch schreckliche Dinge besprochen wurden, von denen ich kaum etwas begriff. Oft knetete ich währenddessen. Ich formte, was ich hörte, was ich mir dazu vorstellte. Zuletzt versah ich die Knete mit dem Lidschatten meiner Mutter, und sie bevorzugte damals den metallischen Look. Ich denke, so einfach kam ich zur Kunst, und ich gestehe, ich habe sie seitdem nicht sonderlich weiterentwickelt und zu Recht keine beeindruckende Karriere hingelegt. Das trifft auf viele andere Kunstschaffende allerdings nicht zu, und einige Karrieren sind vollkommen aus der Luft gegriffen, die Ungerechtigkeit stinkt unbeachtet von Geldgebern vor sich hin. Mich berührt das alles nicht, da ich nicht viel investiert habe, weder Mühe, Willen noch Wut.

Wie hoch ist derzeit euer Kontostand, würdet ihr mir was leihen? Okay, ich hör schon auf, sonst wird es noch unangenehm zwischen uns, alles gut, wirklich, ich würde mir auch kein Darlehn geben.

Drei Monate Miete war ich schuldig, dreieinhalb, wenn man es genau nahm, und Viktoria nahm es genau, *genaugenommen* war sogar ihr Lieblingswort, zumindest war es das Wort, das Viktoria vermutlich am häufigsten benutzte.

Ich hatte diese drei Monate, die 1789 Euro Miete inklusive WLAN, Strom und Wasser, in Viktorias Augen blitzen sehen, die Summe bebte, weil Viktoria ein grundkorrekter, jedoch tendenziell geiziger Mensch war, der zu gern Großmut performte. Viktoria wollte haben, was ihr rechtmäßig gehörte, und sie wollte niemandem weh tun, schon gar nicht mir. Niemand will anderen wehtun, außer Psychopathen, das hatte ich aus Wandas Podcast gelernt. Und die wollten es auch nur, weil es ihnen nichts ausmachte, sie wussten nicht, wie der Schmerz der anderen sich anfühlte, oder eben wie Mitgefühl ging.

Ich zwang Viktoria also mit meinem Benehmen, zu einer materiellen Entscheidung und der damit verknüpften Härte, mich auf die Straße zu setzen. Ich hatte den Bogen überspannt. Mit 1789 Euro. Die Zahlenfolge bildete außerdem den Zeitpunkt der Französischen Revolution ab. Aber ich wusste wirklich nicht, was das bedeuten könnte ... Die sich fortsetzende Wirkung der Aufklärung bis zum heutigen Tag könnte ich nicht fehlerfrei aufsagen. Falls es eine Bedeutung auf der Metaebene gab, die andere gerne das Universum nannten, stand ich auf dem Schlauch oder hatte eben zu wenig zu dem Thema gegoogelt.

Die wichtigsten Dinge lassen sich ohnehin nicht durch Googeln verstehen, so wie Kunst, und sie ist das Beste am Erwachsenwerden, neben der Tatsache, dass man so lange wach bleiben darf, wie man will.

Viktoria hatte die Wohnung von ihren Eltern zur Volljährigkeit geschenkt bekommen, und deshalb konnte sie in gewisser Hinsicht ein guter Mensch sein, nicht zu viel Miete nehmen, sympathischen Leuten eine Wohnung geben. Das war beneidenswert. Nicht mehr, nicht weniger. Vermutlich ist *Wohnungsbesitzerin* der bestmögliche Zustand innerhalb einer urbanen Lebensweise. Die Wohnraumsuche löst ziemlich viel Stress aus, wofür der Mensch mit Sicherheit nicht angelegt wurde. Behagliche Höhlen gab es doch vermutlich in Fülle, bevor sie zugunsten einer urbanen Architektur von der Erdoberfläche geschabt wurden.

Viktoria hatte mich schon bei unserer ersten Begegnung gefragt, ob ich davon leben könne, also von der Kunst, und das war ärgerlich, aber okay. Die meisten Menschen fragten das einfach so dahin, so wie sie auch fragten, ob man Kinder wolle oder noch konventionell Fleisch esse. Es ist keine große Sache, es gehört eben in den Katalog.

Mein Vater hatte, als ich klein war, mal bei einem Dinner mit all seinen Freunden behauptet, dass alles, was man nicht sofort verstehe, im Grunde Kunst sei. Das hatte dazu geführt, dass ich im Laufe meines Aufwachsens ziemlich vieles für Kunst hielt. Den Aufkleber in öffentlichen Verkehrsmitteln, der die Plätze für Behinderte markierte, genauso wie den roten Hammer, um die Scheibe einzuschlagen, außerdem das Verhalten unserer Nachbarin und natürlich jede Fremdsprache.

Meine Mutter war weniger aufgeschlossen und betrachtete Kunst eher als eine Art zu schöne Lebensweise im Allgemeinen, und sie hatte Viktorias Frage längst beantwortet, als ich vor vielen Jahren an der Kunsthochschule angenommen wurde und ihr davon erzählte. Da sagte Wanda mit ihrer eingängigen Podcast-Stimme, die sie möglicherweise in genau diesem Moment erfand: »Du weißt, ich liebe dich, aber davon kannst du nicht leben, mein Schatz, das solltest du dir wieder abschminken, Punktum.«

Ich arbeitete seit Jahren als vieles, mit dem ich Geld verdiente, mit der Kunst tatsächlich eher das Trinkgeld des Lebens. War die sich durch mich erfüllende Prophezeiung meiner Mutter schuld? Jetzt war ich gerade hauptberuflich Katzensitterin bei dem Mann, mit dem ich dann und wann ins Bett ging. Der letzte Barjob hatte sich vor ein paar Wochen erledigt, denn ich war ein paarmal ein bisschen zu betrunken gewesen, und das letzte Mal artete es in eine wirklich gute Party aus. Zu Nirwana auf einem Tresen herumzuspringen, entsprach tatsächlich gar nicht meiner Gemütslage, aber genau das hatte ich getan, und zudem alle Gäste auf Kosten der Barbetreiberin eingeladen. Grundlose Euphorie an einem Dienstag, die sich nur Reiche oder Erstsemester leisten konnten.

Meine Mutter sagte oft, der Mensch könne nicht dosieren, und das gelte für etliches, deshalb gebe es ihren Beruf, und aus ihrer Sicht sei deshalb alles bestens.

Mein letztes Werk war bei einer Benefizaktion für das Mindestgebot gekauft und eben nicht mal ersteigert worden. Ich lebte also nicht mal mehr im Komparativ, der Superlativ war fern von allem, was mich betraf.

Junius war ein Superlativ, und trotzdem brauchte er immerzu Bestätigung in Tröpfchen, was ihn natürlich zu einem ausgezeichneten Prime-Time-Moderator machte. Er liebte alle seine Gäste, weil er wollte, dass sie ihn liebten, und deshalb stellte er nie allzu investigative Fragen, und wenn doch, signalisierte er zügig großes Verständnis für die ins Spiel gebrachten Fehltritte, entschuldigte fortfolgend alles mit therapeutischer Seelenruhe, rückte die Sache geistesgegenwärtig wieder gerade, indem er das allzu Menschliche pries. Politiker aller Parteien, Bosse, Lobbyisten und Gecancelte aller Branchen kamen gern in seine Sendung.

Natürlich wurde er dafür kritisiert, und auch dafür zeigte er überall und auch direkt im Anschluss in seinen Social-Media-Stories großes Verständnis. Seine ständige Liebesaktivität steigerte seine Popularität noch, und die Einschaltquoten waren unglaublich, bald würde er auch noch den Montag bekommen, und dann die ganze Woche. Auch meine Mutter war schon ein paarmal zu Gast in seiner Sendung, und sie liebäugelte gekonnt zurück.

Seit ein paar Wochen versuchte Junius mich dazu zu überreden, bei ihm einzuziehen, und deswegen erhöhte er mein Honorar trotz zweimaliger Nachfrage nicht. Einen Teufel würde ich tun.

Gern würde ich behaupten, dass ich noch nie eine längere Beziehung hatte, läge an Problemen mit meinem Vater, aber das stimmte nicht, ebenso wenig war mein ausdauerndes Solo kausal verknüpfbar mit dem Verhalten meiner Mutter. Es war eine Entscheidung, die ich niemandem unterjubeln konnte, die ich selbst wieder und wieder aufs Neue traf und mit der ich mich fühlte, ohne weiteres Adjektiv.

Emotionale Exkurse, Erinnerungen und spitze Reflektionen über andere waren unterm Strich vor allem kräftezehrend. Gut, dass ich längst auf dem Weg zu meiner Verabredung in ein unanständig populärteures Lokal mit betörender Küche war, Junius hatte mich mit der Aussicht auf die Zukunft dorthin gelockt.

Der Fahrstuhl in den zwanzigsten Stock erzeugte keinerlei Erschütterung und keinen Sound. Ich stand starr in einem Spiegelkabinett. Nur ein Hauch milder Luft an meinem linken Ohrläppchen ließ die Ahnung einer lokalen Veränderung zu. Mein Vater hätte es als poetisch empfunden oder einfach bloß so genannt, das wusste man bei ihm nie. Ich dachte an seinen Helm und dass der Helm es verhindert hätte, die verräterische Brise am Ohrläppchen zu spüren. Nun, plötzlich verstand ich auf diesem Weg, was mein Vater mit sich herumschleppte, unter dem Helm, ich hatte es begriffen. Und so fasste ich mir an mein Ohrläppchen und empfand, was seine Nervenenden mir gerade erzählt hatten, dass mit mir irgendeine Veränderung passierte, wenn auch nur vertikal.

Im Spiegel identifizierte ich mich mit mir selbst, das klappte nicht immer. Irgendwie waren meine Haare in den letzten Monaten absichtslos verdammt lang geworden. Und nun sah ich im Großen und Ganzen aus wie eine gar nicht uninteressante Schrottversion von Pocahontas. Aber das mit Pocahontas kam wirklich nur von den Haarpflegeprodukten anderer. Bis vor kurzem wusste ich nicht mal, wer das war, denn meine Eltern verachteten in Harmonie Massenspielzeug, Mainstream-Amüsement und Disney-Plots. Junius jedoch hatte ein ganzes Zimmer voll mit solchen Sachen für Besuche der Kinder seiner großen Schwestern. Dort lehnten Akkumulationen leuchtbunter Knetmasse bergig an der Wand, noch fest eingepackt in Folie. Die Katzen lagen oft in dem Zimmer in einem Haufen Kuscheltiere herum und strahlten dabei eine Ruhe aus, die ich nie aus mir selbst heraus empfunden hatte. Aber nun, in diesem Himmelsfahrstuhl des hyperneuen Hotels, verstand ich plötzlich, was die Katzen zwischen dem Flamingo, Alpaka, der pinken Schlange, Pocahontas und dem lachenden Stinktier fanden: Gleichmut ... Und da hörte ich Wandas Stimme: Wenn du es dir vorstellen kannst, ist es, ist alles bereits da. Meine Mutter war einfach genial, ich denke, sie weiß, dass ich sie liebe.

Die Tür des mobilen Spiegelsaals öffnete sich, und vor mir lag eine Restaurantlandschaft, die meinen Verstand mit kapitalistischer Schönheit geradewegs einfing. Junius stand auf und lief mir entgegen, kurz sah es aus, als tanzte er Samba. Der ovale Tisch stand direkt am Fenster, und Hamburg leuchtete uns passivdynamisch zu. Hoch oben über einer Stadt überteuert zu essen wie in einem Elfenbeinturm, hat etwas anstößig Transzendentes. Kaum hatte ich mich gesetzt und in die Runde gegrüßt, wurde mir eine Entscheidung aufgetischt: Wir nehmen alle das Menü, wir haben schon bestellt, sagte einer, dessen Gesicht und soziale Rolle in diesem Geflecht ich nicht kannte. Am Tisch tauchte wie aus dem Nichts die Sommelière auf, sie sah wie eine nicht binäre Madonnenstatue aus und goss mir weihevoll den zuvor erwählten Rotwein in mein Glas. Er schmeckte wie das Gegenteil alles Schnöden und Bodenständigen, mit einer verruchten Eleganz, die die Wirklichkeit mit all ihren Schnüren und Haken in den Himmel schoss. Es gab diese Momente der Gewissheit, dass es eine verdammt gute Idee war, sich zu betrinken. Jeder Schwindel war mir ohnehin bis auf weiteres herzlich willkommen. Und während des Essens wurde passenderweise auf eine beiläufig wichtigtuerische Art ausreichend geredet und geredet, ohne dass ich zuhören, nicken oder etwas hinzufügen musste.

Nun kam eine Frau in einem metallic-blauen Schlauch an den Tisch, und sie wirkte, als hätte sie uns etwas zu geben, etwas Einmaliges. Alle lächelten gleichförmig zu ihr hoch, während sie pseudoteilnahmsvoll von der Cleverness einer bekannten Sängerin in der Psychiatrie erzählte, die unentwegt Videos hochlud, ihr Exhibitionismus sichere ihr das Comeback. Die Metallic-Frau nannte das ein »emotionell großzügiges Manöver«, und die ganze Zeit über versuchte ich, keinen Gedanken daran zu verschwenden und trank mehr und mehr.

Nach dem Dessert verschwand Junius auf die Toilette, und er hatte mir zuvor einen Blick zugeworfen, der besagte, jetzt machst du es klar, jetzt tütest du deine unmittelbare Zukunft ein, Lit, es kommt nur noch auf dich an, Lit, mehr kann ich nicht für dich tun, bei aller Liebe.

Der Galerist hieß Collins Brauser, mit diesem Namen war alles möglich, oder? Stellt ihr euch einen schönen Mann vor? Was ist ein schöner Mann? Viele würden antworten, groß, im Zweifel groß, was ich anzweifele. Sein Name ließ Fantasie zu. War er vielleicht zum Teil Amerikaner, aus Texas? So saßen wir nun da in ökonomisch hohler Erwartung nebeneinander, während um uns rum alles weiterlief wie gehabt, und ich versuchte Konversation:

»Ist das dein echter Name? Collins Brauser?«

»Ja, meine Eltern mochten das Internationale daran, und ich wurde in L.A. geboren, mein Vater war wegen Business dort.«

»Was für ein Business?«, fragte ich und trank den nächsten Schluck Wein mit beginnender Übelkeit.

»Finanzen.«

Wegen zu rasant aufsteigender Magensäure schaffte ich es nicht mehr, irgendwas Egales zu antworten. Plötzlich wurde sein Ton sehr schlicht und das Tempo hoch, er näherte sich und flüsterte mir feuchtwarm ins Ohr: »Pass auf, Junius will gern, dass ich dir eine Chance gebe, und das werde ich tun, wenn du mir noch vor Mitternacht hier auf der Toilette ordentlich einen bläst. Wenn dir die Toilette zu schäbig ist, es gibt da auch einen Nebenraum vorm Entrée den Gang runter, da hab ich den Schlüssel für. Und das bleibt unter uns, klar?«

In meinem Kopf drehte sich nun alles, und aus seinen Augen schossen fiese kleine Blitze, ich atmete gegen die Übelkeit an und sagte schließlich sehr ruhig und mit voller Konzentration: »Du weißt schon, dass das wirklich gar nicht mehr zeitgemäß ist?«

»Jetzt komm mir nicht mit Feminismus-Trara, es ist absolut gängig, mich interessieren die Theorien und all die ungefickten Frauen mit und ohne Talent nicht, mich interessiert nur die Wahrheit der Praxis, die Abfolge der Dinge, wie sie eben ist, solange diese Welt eben noch meine ist.«

»Was hat der Wein gekostet?«, fragte ich.

»Alle Flaschen zusammen 1789 Euro«, sagte er oder mein Gehirn.

»Das ist verdammt noch mal so schade«, sagte ich, beugte mich über seinen Schoß, kotzte alle fünf Gänge in Bordeauxrot hinein, ich steckte mir auf die Schnelle noch den Finger in den Hals, damit die Fischstäbchen und der Rosenkohl von heute Mittag auch noch rauskamen. Er brüllte und schlug nach mir, war jedoch nicht besonders treffsicher, da Ekel die Koordination erheblich stören konnte, und ich knallte ihm spontan ein volles Schnapsglas an den Kopf, stand auf und lief schnurstracks in Richtung Ausgang.

Im Fahrstuhl nach unten ignorierte ich Junius' Anrufe und blockierte ihn, und als ich die Eingangshalle schnellen Schrittes durchquerte, kam mir eine Frau mit langen weißen Locken in einem dunkelblauen Anzug entgegen. Sie trug kein Make-up, nur ihre Lippen waren knallrot geschminkt. Ich fragte: »Wie spät haben wir?«

»Es ist Zeit.« Sie zwinkerte mir zu.

»So viel ist sicher«, sagte ich und begann durch die leergefegte Nacht in Richtung Bahnhof zu laufen. Tatsächlich kam es mir vor, als wäre ich keinem einzigen weiteren Menschen begegnet, auch eine Art der selektiven Wahrnehmung.

*

Ich betrat den Bahnhof, lief weiter, vorbei an allem, was sich bot, geschlossene und offene Läden, Fremde, die sich nicht in kalkulierter Weise für mich interessierten, und mein Kopf beruhigte sich dadurch langsam, und auch mein Magen fand zurück zu hinreichender Ausgewogenheit.

Auf den Stufen runter zu den Gleisen traf ich auf einen Herrn in einer gutsitzenden tomatenroten Uniform, lächelnd lief er mir entgegen. Er warf einen Blick in sein aufgeschlagenes Notizbuch und sagte: »Sie habe ich hier so früh noch nie gesehen!«

Als er mich ansprach, wurde die Bahnhofshalle mit einem Mal heller, und ein Duft nach Kardamom erwachte kurz, aber lebhaft in meinem Hirn. Der Herr erinnerte mich an eine altmodische Version meines Onkels, und es kam mir sehr gelegen, genau jetzt an ihn zu denken. Ruhe fand ich immer bei ihnen, bei Onkel Mimi und seiner Frau, Tante Asta. Wären sie in diesem Moment hier, ich würde mich vielleicht noch davon abbringen lassen, diese improvisierte nächste Reise anzutreten. Ich würde mich zurück in ihre Vertrautheit krümeln, mit ihnen zu Fuß nach Hause gehen, denn sie gingen immer zu Fuß, wenn es möglich war. Ohne Widerstand würde ich mich ins Bett bringen lassen. Sie hatten mich schon meine ganze

Kindheit über daran erinnert, was mir in meinem Familienkosmos mit Sönke und Wanda fehlte, aber ich konnte es ja nicht einfach bei ihnen abzwacken. Solange man ein Kind war, bestand man immer aus dem, wohin man eben gehörte und zu wem. Auch Mimi und Asta waren meine Familie, dennoch musste ich in meiner eigenen Schneekugel verbleiben.

Als ich noch ein kleiner lustiger Organismus war, der in ihrer Wohnung herumlief, meist ihrem Sohn Leif auf den Fersen, und brüllte, fing Onkel Mimi mich irgendwo ab, dann warf er mich hoch, fing mich auf und grinste mir mit aller Liebe ins Gesicht, und dann griff ich nach seinem langen Schnurrbart, zog daran, bis ihm beinahe die Tränen kamen, und für einen Moment war alles, wirklich alles, gut. So gut, wie es als Erwachsene nie mehr werden würde.

Onkel Mimi trug immer nur Strick, und er streute in jedes Getränk ein wenig Kardamom, sogar in seinen Gin Tonic. Wegen der inneren Wärme, wie er uns dann und wann ungefragt informierte.

Leif war nicht Mimis biologischer Sohn, das konnte man phänotypisch sofort erkennen, er sah aus wie eine hochgewachsene kubanische Model-Version Astas. Asta hatte entweder eine Affäre gehabt, oder sie hatten es geplant, eine zweckgebundene sündige Nacht. Das würde zu ihnen passen, und das meine ich keineswegs abwertend, Eifersucht, romantische Zwänge, patriarchale Rollen- und Besitzansprüche verabscheuten beide ebenso wie Mimi seine Nazieltern. Sein Gesicht verzog sich, wenn die Sprache auf akute gesellschaftliche Veränderungen und die der Parteienlandschaft kam. Er winkte mit großer Geste ab, wenn man ihn fragte, was man dagegen tun könnte, nichts fürchtete er mehr als Deutschtümelei, und Reinrassigkeit nannte er eine absurde menschgemachte Fiktion aus intellektueller Unanständigkeit.

Onkel Mimi war Biologe, Ökotrophologe von Beruf und ein Verfechter der Evolution des Guten. Asta stand ihm in nichts nach, sie leitete eine Stiftung zur Förderung politisch verfolgter Künstler*innen und war immerzu damit beschäftigt, Gelder aufzutreiben und die Stipendien auszuweiten, für Visa, Folgejobs, Studiengänge, permanente Aufenthalte und zu guter Letzt Einbürgerungen. Es war Tante Asta ein Anliegen, sich für diejenigen einzusetzen, die durch den Zufall der Geburt kapital benachteiligt waren. Leif hingegen war die Ausgeburt des Kapitalismus, äußerlich ausgezeichnet gelungen, was ihm längst selbst aufgefallen war und was er ja längst als Währung gewinnbringend einsetzte. Rational-neoliberal war er bemüht darum, den Idealismus seiner Eltern zu unterminieren und zu viel Geld mit wenig Mühe und Inhalt zu machen. Bei den Reality-Dating-TV-Shows stellte er sich beeindruckend dumm, um als Mann besonders angreifbar, begehrt und zugleich unterhaltsam zu wirken. Als Fuckboy und Red Flag, auf keinen Fall durfte er sich einer Frau gegenüber gut verhalten, denn das galt als langweilig. Möglichst kurze Beziehungen mit durchschnittlich doll operierten Frauen und brachiale Trennungen stützten dieses Image. Immer neue chauvinistisch-sexistische Tätowierungen, am besten bis hoch zum Hals, waren von Vorteil. Es gab Shows zu jedem Beziehungsstatus. Ab einem bestimmten Grad galt man als Reality-Star, bekam das Label VIP, und dann wiederholten sich alle Shows mit diesem Status als Zusatz im Titel.

Vor allem die stark abweichende Vorstellung von Feminismus machte seinen Eltern zu schaffen, wobei Leif wie ein Saugroboter argumentierte, das Hyperfeminine sei eine transzendente Hochform des Feminismus und die Frauen selbstbestimmt in ihrer operativen Selbstausgestaltung. Was sollte man dazu noch sagen? Ich hatte keine Ahnung, was davon stimmte und wie es diesen Frauen ging, ich verstand ja nicht mal mich selbst. Ich mochte Leif, er war kein schlechter Mensch, er hatte gewisse Normen verinnerlicht und eben eine Art gewählt, darin zu leben, innerhalb des Systems, in dem er großgeworden war. Offenbar verschaffte es ihm ausreichend Selbstwirksamkeit, als Mann, der einen gewissen Geschmack bediente, wahrgenommen zu werden und damit einen Haufen Geld zu verdienen. Er hatte so viele Follower, dass er ständig Werbedeals angeboten bekam. Der ganze Sport, den er dafür trieb, war zudem gut für seinen Organismus, was Mimi immerhin ein wenig milde stimmte.

Doch im Großen und Ganzen rätselten Mimi und Asta seit langem mit zermürbender Frustration darüber, was sie falsch gemacht oder nicht bedacht hatten, sie wussten es natürlich nicht, denn während seiner Kindheit hatte sich dieser Teil der Welt noch nicht abgezeichnet, außer vielleicht in der Gedankenwelt Andy Warhols. Man konnte sich über diese neue Form der Wirklichkeit aufregen, über all die Äußerlichkeiten und blanken Oberflächen. Und zu Recht stellte sich die Frage, was diese Art von Unterhaltungsfernsehen eigentlich mit der Realität zu tun hatte. Aber was war denn die Realität, und gab es nicht so viele Realitäten, wie es Menschen beziehungsweise Smartphones gab? Also waren es heutzutage im Verhältnis etwa doppelt so viele Realitäten wie noch vor dreißig Jahren. Und dem wohnte doch ein quantitativer Zauber inne, oder nicht?

Am Esstisch stritt sich meine Mutter einmal bis zum Siedepunkt mit dem neuen Freund ihres besten Freundes – über Reinkarnation. Wanda wollte wissen, wo denn all die neuen Seelen herkommen würden, da es ja immer mehr Menschen auf der Welt gebe, ob die irgendwo am Fließband produziert würden, und er, ich meine sein Name war Frank, sagte darauf, Wanda bräuchte einfach mehr Fantasie, und auch die Technik schreite ja immer weiter voran, und da passierten ja auch ständig Dinge, die wir uns jetzt noch gar nicht vorstellen könnten. Der quantitative Aspekt der Seelenwanderung war noch immer ungeklärt, aber Frank hatte gewissermaßen recht, heute erschufen sich alle Menschen eine zweite Realität mit einem akkubetriebenen Gerät von wenig Gewicht. Dort bastelten sie innerhalb weniger Gedankengänge, aber mit pfiffiger Eitelkeit eine eigene Realität von sich selbst für andere. Und alle begannen zum Selbstzweck mehr und mehr zu glauben, was sie bei anderen sahen. Denn nur auf diesem Weg wurde auch die Selbstkreation eine unhinterfragte Lichtgestalt und im Zirkelschluss Ego um Ego abgesegnet.

Vielleicht waren wir alle nur Figuren, aber wahrscheinlich keine Roboter, auch wenn einige meiner Künstlerkolleg*innen das gern in Interviews behaupteten. (Ich wurde noch nie interviewt, ihr? Und wenn ja, zu welchem Thema?)

Leif wurde oft interviewt, es gab etliche Podcasts zum Thema Trash-TV, und er war in jedem, der sich Gäste einlud. Kein Spott war ihm zu groß, keine Frage zu intim oder zu hohl. Und er sprach dort immer in einer anderen Stimmlage, in etwa so wie ein leicht angetrunkener Schlingel, er hatte es echt drauf, ihr müsstet ihn kennenlernen, die meisten verliebten sich sofort in ihn, aber sein Herz war schon lange schmerzlich vergeben. Nicht an mich, nein, nein.

*

Ich fühlte mich vollgekotzt und war an einem Bahnhof, ja, ich befand mich noch immer am Bahnhof, bisher war ich in keinen Zug gestiegen, ich hatte furchtbaren Durst, schlief fast im Stehen ein.

Der Herr in Uniform sah mich wachsam an und sagte: »Einen Glückspfennig für Ihre Gedanken!«

»O nein, davon wollen Sie nichts wissen, guter Mann, bleiben sie besser in Ihrer Welt, Ihrem Mikrokosmos der Züge und Menschen im Vorbeigehen.«

Er lächelte beseelt und sagte: »Junge Dame, ich mag Sie.«

Um das hier mal zu betonen, er war der letzte Mann auf Erden, der mich folgenlos so nennen durfte, und ich klärte ihn weder über mein Alter noch über Sexismus auf und fragte stattdessen: »Wann fährt der nächste Zug, und was ist die Endstation?«

»Möchten Sie einsteigen?«, fragte er.

»Das möchte ich.«

Mit Augenglitzern sagte er: »Oh, das ist gut, eine wirklich gute Entscheidung.«

»Der Zufall oder das Ziel?«

»Beides«, sagte er und überreichte mir ein Ticket aus Esspapier. Zugleich ploppte auf meinem Display ein QR-Code auf. Mit einem Zwinkern salutierte er und zerbarst mit dem Lächeln eines Zeitreisenden in alle Richtungen.

Als mein Regionalzug sich mit geöffneten Fenstern in Bewegung setzte, hatte ich schon eine gute Stunde dort in meinem Sitz gehangen. So wie viele andere ohne Reservierung auch, die mit Vorsatz Reisenden jedoch hellwach und bepackt mit Plastiktaschen, Rollkoffern und Jutebeuteln. Der Tag konnte kommen, Vorfreude dominierte den Raum und blieb mir, wenn auch ohne Abneigung, dennoch fremd.

Der Platz neben mir war frei, womöglich roch ich nach Erbrochenem. Mit meinem letzten Rest Desinfektionsgel hatte ich mich sogar um den Mund herum betupft, aber das verschissen Menschliche war nun mal lebendiger als alles Transparente aus den Drogerien. Ich sehnte mich nach einer zu heißen Dusche, um das Erlebte abzuwaschen, eine Dusche, die die Haut meines ganzen Körpers erröten ließe. Hitze oder Kälte sind zuweilen die letzte Reiz-Reaktions-Rettung bei einer schlappen Seele, und da, mein Handy leuchtete auf und riss mich aus meinem angekaterten Phlegma.

Ich musste einen Anruf machen, wegen des Versprechens, das wir uns in Freundschaft gegeben hatten.

Habe ich Sherife schon erwähnt? Ich denke schon, da ging es um ihr Parfum. Könnt ihr euch erinnern? Dann wüsstet ihr, wonach sie riecht, falls ihr den Duft kennt, es ist Glow von JLo, sie hat seit den späten Nullerjahren nichts anderes mehr benutzt, sie wurde zu dieser Zeit in allem sehr konsequent, vor allem darin, sie selbst zu sein, denn es ging ja um den Rest ihres Lebens.

Es gab kein Wenn und Aber in dieser Sache, der freundschaftlichen Liebe. Früh schon hatte Sherife zu viele Probleme für ein heranreifendes Herz. Darin waren wir uns ähnlich, nur waren ihre familiären Beschwerden deutlicher zu erkennen. Wir waren immer nachsichtig miteinander und gaben, was wir konnten. Manchmal war das nicht viel, aber der Wille, um den die andere immer wusste, zählte. Wir hatten das Wichtigste gemeinsam: Beide waren wir der festen Ansicht, dass man sich aus jeder Scheiße erstmal autonom raushieven musste, man musste es zumindest versuchen, bevor man anderen damit auf die Nerven ging. Ich hatte keine bessere Definition fürs Erwachsensein, habt ihr eine? Eigenes Geld verdienen, am besten so viel wie möglich, sagen manche, zu denen ich keinen Alltagskontakt zulasse.

Sherife und ich waren als Heranwachsende fantastisch darin, unsere Schwächen zu verbergen, aber niemals voreinander. Sie würde mich nicht mal dann verlassen, wenn ich das Schlimmste getan hätte, das ihr euch jetzt vorstellen könnt. Was ist das Schlimmste, das ihr euch vorstellen könnt? Bevor es aufgrund dieser Überlegung womöglich allzu düster in eueren Seelen zugehen könnte, erzähle ich lieber weiter ...

Sherife arbeitete wie eine Verrückte und machte Karriere, während ich einfach nur lebte wie eine Verrückte. Wodurch unsere Erwachsenenleben im Alltag nicht mehr so gut zusammenpassten. Das Einzige, was wir voneinander verlangten, war: immer mal wieder unseren Standort mittzuteilen und wie es uns gerade geht, unaufgefordert.

Selbstmitleid verachteten wir beide, denn Selbstmitleid ist nichts als Selbstmitleid. Total authentisch, aber scheiße. Wachstum gleich null. So viel zu meiner kapitalistischen Seite, aber ich weiß nicht mal, ob ich sie wirklich habe oder mir nur angeeignet habe, um den Kapitalismus irgendwie lieb zu haben, also in etwa so wie beim Stockholm-Syndrom.

Im Fall von Sherife und mir war eine unglückliche Liebe die Zündung für unsere Freundschaft gewesen. Sobald Menschen sich in die sogenannt richtige Person verliebten, wurde es unterkomplex, so richtig plemplem, im Gehirn und drumherum. Glücklich Verliebte waren so ... nichtssagend. Es gab keine Geschichte, keinen Nutzen für die Gemeinschaft, die gute Gesellschaft oder, jaja, die Kunst, glücklich Verliebte hatten von außen betrachtet im Grunde den gleichen Mehrwert wie zerpflücktes Styropor.

Bei Schieflagen jedoch wurde es wunderbar, und nie war das Unglück auserzählt. Unerfüllte Liebe porträtierte im Grunde die Idee des ewigen Lebens. Die Leidensspirale der Unendlichkeit als Basis für alle nächsten Staffeln bis zur utopischen Erfüllung aller Schäume. Ins Leere brennende Herzen hielten alles am Laufen, vor allem natürlich den Kapitalismus inklusive seiner Spiegelkabinette und Plastikpartikel. Die Idee, die Popmusik verkauft, Popmusik in all ihren Qualitätsabstufungen und den resistenten Ohrwürmern aus den Tiefen und Untiefen der bis oben hin vollgeheulten Glitzertonne. Kennt ihr »I want to know what love is« von Foreigner? Das ist Sherifes Lieblingslied seit der Kindheit, sie kannte es aus der Klangwelt ihrer da noch verehrten älteren Schwester.

Und immer, wirklich immer, wenn Sherife irgendwas an Drogen konsumiert oder gesoffen hat, will sie dieses Stück kummerschweifigen Superkitsches hören und heulen, bis sie Kopfschmerzen davon bekommt und dann vierzehn Stunden auf ihren verwüsteten Hormonen durchschläft. Seit der Sache damals mit Falk ist das so. Sherife hatte mir pubertär-verschwörerisch anvertraut, dass sie furchtbar verliebt in Falks Schwester Finja war. Da Falk zu der Zeit noch mein Freund war, hatte ich sie bekannt gemacht, und sie waren Freundinnen geworden, bis Sherife ihre Liebe zu Finja Finja offenbarte und diese wiederum impulsiv und gesellschaftlich determiniert eine absurde Scham darüber zu empfinden schien, dass jemand desselben Geschlechts in sie verliebt war.

Sherife wurde Gehirnchirurgin, und das nur, weil ihre vormals über alles geliebte große Schwester damals zu ihr gesagt hatte, in ihrem Kopf stimme was nicht, da sei was kaputt und müsse repariert werden.

Sherife hatte sich ihr als Teenager anvertraut, sich einfach zu Popmusik am Nachmittag geoutet, weil sie eine so starke und tiefe Bindung zueinander hatten. Die Schwester brach ihr das Herz, erzählte es allen, der ganzen großen Familie, und sie baten Sherife zu einem Familientreffen. Meine Mutter und sogar mein Vater, der sich sonst für gewöhnlich jenseits des Fiktionalen in der Tat aus allem, was ihn eigentlich nichts anging, raushielt, sagte Sherife, sie solle unbedingt eine Waffe einpacken oder zumindest eine Schusssichere Weste (die mein Vater tatsächlich besaß) unterziehen. Und so hatte Sherife mit der schusssicheren Weste meines Vaters unter ihrem Jeanshemd im Wohnzimmer auf einem Stuhl gesessen und ihre Eltern, die verräterische Schwester, die zwei Brüder, drei Tanten und Onkel und alle Cousins und Cousinen saßen ihr gegenüber auf der Couch und dem Boden und redeten auf sie ein. Alle auf einmal oder hintereinander, das erinnerte sie nicht mehr, auch nicht, wer genau was sagte, aber sie alle meinten, in Sherifes Kopf sei was falsch und es gebe da diesen Arzt im Grenzgebiet zu Albanien nahe ihrem Heimatort, der könne die Sache wohl in Ordnung bringen, indem er einen Draht über das Ohr ins Gehirn einführen, das Störelement finden und entfernen würde. Oder so ähnlich. Es war die Bedingung der Familie, dass sie diese Operation an sich vornehmen lassen sollte, um weiterhin ein aktiver Teil der Familie zu bleiben.

Sherife war nach diesem Tribunal nie mehr in die Wohnung ihrer Familie zurückgekehrt.

Eine bekannte ungeoutete Schauspielerin wurde später ihre erste feste Freundin, eine große Liebe, die dennoch scheiterte, da Sherife es nicht ertrug, dass die Deutsche sich der Öffentlichkeit nicht anvertraute. Sie, die alles riskiert und aufgegeben hatte für dieses Leben. Sie konnte ihrer großen Liebe nicht verzeihen, dass sie ein Geheimnis bleiben musste. Zumal die deutsche Familie der Schauspielerin es nicht zur Bedingung gemacht hatte, das Störelement per heißem Draht übers Ohr aus dem Kopf zu beseitigen.

Sherife war nie über diese Brüche hinweggekommen, den Verlust ihrer Familie, die sie vermisste und verabscheute, und sie tat nichts gegen ihr leidendes Herz, als Hirn um Hirn zu operieren und zu operieren, ohne jemals ein Störelement in den Windungen zu erspähen. Und sie hätte es niemals zugegeben, aber manchmal hatte sie Angst, sie würde doch irgendwann etwas entdecken. Wir hatten uns im letzten Jahr nicht oft gesehen, zuletzt Weihnachten bei Tante Asta und Onkel Mimi, und ich wusste nicht, wie es ihr ging, nachdem seit fast einem Jahr mit ihrer Freundin Schluss war.

Nur wusste ich, sie war auf etlichen Dating-Apps unterwegs und operierte weiter, schlief vermutlich kaum und verlor sich dann und wann ein wenig in kurzweiligen Berührungen. Wir hatten die Abmachung, dass wir, wenn wir die Stadt verließen, einander persönlich Bescheid gaben, keine Text- oder Sprachnachricht, ein Anruf war das freundschaftliche Minimum. Selbst, wenn sonst niemand davon erfahren würde und niemand wusste, wohin die Reise ging, wir würden es uns sagen. Wir waren einander analoger Notfallkontakt. Also klickte ich ihren Namen an und drückte mir das Telefon fest ans Ohr. Es klingelte, sie machte ihr Telefon niemals aus oder stellte es auf lautlos, selbst die Vibration war stets aktiviert. Womöglich, falls sich ihre Schwester doch einmal melden und um Verzeihung bitten wollte.

So oder so gehörte Sherife zu den wenigen Menschen, die immer ans Telefon gingen, sie sprach gern ohne Taxierung, nicht unbedingt lang, aber präzise im Austausch. Sie schätzte die schlichte Intimität eines Telefonats und verabscheute Emojis, da sie die Fehlinterpretation fürchtete.

Da mein Zug längst fuhr und ich mich an Verabredungen hielt und die erste Station bereits außerhalb Hamburgs liegen würde, musste ich sofort mit Sherife sprechen. Wieder und wieder klickte ich auf ihre Nummer, um ihr die Dringlichkeit zu verdeutlichen. Sie sollte wissen, dass ich unterwegs war, erneut blindlings, wodurch mein Gehirn hellwach blieb. Denn darum geht es ja, wenn wir uns von Ort zu Ort bewegen, ohne allzu tief nach innen zu schauen, oder? Habt ihr schon mal etwas verdrängt? War es die richtige Entscheidung? Und woran macht ihr das rückblickend fest?

Und warum ging Sherife nicht ans Telefon? Etwas stimmte nicht.

Schließlich, nach über einem Dutzend Versuchen ging eine Frau ran und fragte mich perfekt dosiert freundlich, ob es wirklich so sehr eile, und nachdem ich bejahte, hörte ich bald Sherife mit krächzend schwächlicher Stimme: »Wo bist du, was ist los, Lit?«

»Im Zug, ich verlasse die Stadt, ich fahre bis zur Endstation, und dann nehme ich wohl eine Fähre, ich lege den ganzen Weg zurück, von dem die Leute um mich herum sprechen, ich laufe einfach mit, und dann mal sehen. Wo bist du, wie geht es dir?«

»Ich habe geschlafen, Lit, ich habe so viel geschlafen, so viel, ich weiß nicht, welcher Tag heute ist und wie spät es ist, ich bin in einer Klinik.«

»Bist du krank?«

»Ja, Lit, ich denke, ich bin sehr krank, sie sagen, es war ein ... na ja, es klingt bescheuert, aber wahr, ein indirekter Selbstmordversuch wegen der ganzen Tabletten und des Kokains, ein bisschen viel Wodka, ja Wodka auch, sie sagen, ich sei nicht nur süchtig, sie sagen, ich wollte wohl sterben, ich sei ja selber Arzt und müsse es wissen, was das in meinem Organismus anrichtet, aber ich hab nur gesagt, das wissen andere auch, jedes Kind weiß das, weiß, was man sich nicht in den Mund stecken sollte, aber ein Kind tut es trotzdem, ich bin ein Kind, Lit, ich bin wie ein Kind, ich will immer nur fühlen, und nicht hören, immer lieber sein, statt sollen.«

»Wolltest du denn sterben?«

»Nicht alles in meinem Ich wollte das, ich wollte nur ein bisschen weg sein, ein bisschen viel vielleicht, ich hab den Überblick verloren, hab den Schmerz nicht angesehen.«

»Soll ich kommen?«

»Nein, nein, fahr, nimm eine Fähre, trink schlechten Filterkaffee und lass dir das Hirn durchpusten, los, fahr auf eine Insel.«

»Was ist mit dir, was ist mit deiner Arbeit?«

»Ja, sie haben es jetzt mitbekommen, es ist, als hätte ich drauf gewartet, ich hab richtig Scheiße gebaut, weißt du, ich hab trotzdem immer weiter operiert, keinen Fehler gemacht, es ist verrückt, keinen einzigen, ich war sogar noch besser als sonst auf den Scheißdrogen, aber dann, nach drei Tagen ohne Schlaf und auf ... ich weiß nicht mehr, was alles, ich weiß es wirklich nicht, da habe ich es gesehen, Lit, den Störfaktor, im Kopf eines älteren Herrn, ein Politiker, CDU, offen schwul, ich habe es gesehen, und es hatte kleine scharfe Zähne und zornige Augen, es hat mich listig angefunkelt, es hat mich erkannt, und dann war ich weg, bin zusammengesackt und hatte einen Krampfanfall im OP, sie haben alles aus mir rausgeholt, den ganzen Dreck und haben meine ganze Unmoral herausgefunden, dabei war ich so hochgeschätzt, aber es hatte sich ohnehin nie richtig angefühlt, jetzt fühlt es sich richtig an, jetzt bin ich hier.«

»Aber du lebst«, sagte ich, weil mir wirklich nichts Besseres einfiel.

»Ja, ich lebe, und ich denke, ich hätte besser Herzchirurgin werden sollen, Lit, ich glaube, da liegt mein Problem, mit meinem Herz stimmt was nicht.«

»Mit meinem auch nicht. Bitte entschuldige, ich weiß, bei dir ist es schlimmer.«

»Nein, Lit, es ist immer so schlimm, wie es ist, für uns alle, es gibt da kein Maßband, du bist in dir, und ich bin in mir, und wir kommen aus der Nummer nicht raus, bis wir eben tot sind, und dann vielleicht auch nicht, falls all die Gläubigen mit oder ohne Religion doch recht haben.«

»Aber du hättest auch dein Herz nicht flicken können.«

»Du hast recht, ich sollte zu deiner Mutter gehen, ich sollte mit Wanda reden und sie an dieses irre Ding namens Psyche ranlassen, das klingt ja selbst schon wie eine Verletzung. Das ist es, Lit, man wird geboren, und dann wird man verletzt, allein die Geburt ist eine Verletzung, ein Kick aus der Komfortzone, und die Suchtklinik ist wie eine Variation der Gebärmutter.«

»Ich rede nicht mehr mit ihr, sie hat gesagt ich sei gefühlsblind, aber das stimmt nicht, ich sehe die Gefühle anderer.«

»Ich weiß. Was ist mit deinem Zimmer in der WG?«

»Vorbei, alles vorbei, sie haben sogar meinen Klapptisch.«

»Brauchst du Geld? Ich geb dir mein ganzes Geld, ich bleib sowieso erstmal hier, das Essen ist umsonst, so schmeckt es auch, aber was solls.«

»Nein, ich komm klar, du wirst dein Geld selber brauchen, du hast deine Arbeit verloren.«

»Ja, richtig, aber sie sagen, ich kann mich rehabilitieren, weil ich krank bin, nicht schlecht.«

»Es tut mir leid, dass ich nicht für dich da war!«, sagte ich, und ich hörte, wie die Krankenschwester in besänftigendem Ton, aber mit Strenge sagte, es sei nun genug und sie müsse weiterschlafen, der Organismus zur Ruhe kommen.

Sherife sagte leise: »Du hättest nicht für mich da sein können, niemand. Du bist für mich da, indem du auf dich aufpasst, mach keinen Scheiß, bleib mir erhalten, okay?«

»Okay, aber du auch, bitte!«

»Versprochen.«

»Versprochen.«

Wir legten auf. Es war wichtig, Menschen, die man liebte, etwas zu versprechen. Diese Versprechen sollten die Verbindlichkeit und somit Stabilität eines Stahlgerüsts haben. Und diese Menschen konnten auch identisch mit einem selbst sein. Und auch wenn ich auf euch durchaus lässig und ein wenig neben der Spur wirke, so bin ich dennoch ein moralisch kultivierter Mensch. Ein bisschen Ordnung innerhalb der ganzen Identitäts-Fetzen musste sein.

Mein zweiter Notfallkontakt nach Sherife war Leif, einfach bloß, weil er der undramatischste Mensch war, den ich kannte. Und wenn es einen Notfall gab, dann wäre er jemand, der mich mit Sicherheit einfach bloß irgendwo abholte oder hinfuhr, ohne Fragen zu stellen oder eine panisch-besorgte Atmosphäre zu erzeugen.

Als der Zug sich nach dem ersten Halt wieder in Bewegung setzte, ging ich meinen Gefühlen nach. Ich wusste, dass ich vermutlich traurig und in Sorge war, und ich spürte Magensäure aufsteigen, bekam Sodbrennen und Nackenschmerzen.

Sherife stellte ich mir in einem riesigen Raum mit absurd hohen Decken ohne Stuck vor, in gelbstichigem Licht lag sie in Embryonalhaltung auf einem unlackierten Metallbett mit grünlicher Patina. Alle langen Fenster waren geöffnet und die transparenten Vorhänge wehten hinaus und hinein, und Staub zirkulierte glitzernd in schmalen laserartigen Sonnenstrahlen. Die nonnenhaft gekleidete Krankenschwester neben Sherifes Bett saß auf einem unsichtbaren Hocker und war eine Sitzriesin. Sie trug eine metallische Haube und las in einer knallbunten Illustrierten einen Artikel über den beliebtesten Politiker des Jahres, der eine komplizierte Gehirn-Operation erstaunlich gut überstanden hatte und jetzt aus der Reha schon wieder Wahlkampf über Social Media machte. In Windeseile hatte er soundso viele Follower bei hier und da hinzugewonnen. Krankheit macht beliebt, resümierte ich, Schwäche macht Fremde liebenswürdig, Erleichterung kann Bäume versetzen, vollendete ich meine Gedanken über andere. Man vermeidet all die Unerträglichkeit nur für sich selbst, niemand verlangt, dass man das Messer stecken lässt oder es mit einem hübsch bestickten Tuch bedeckt, dachte ich, wählte die Farben, entwarf das Muster des Tuches und schlief darüber endlich ein.

Vor zwei Monaten war ich auf die Insel gekommen. Sie trug einen Namen, der ein wenig klang wie ein auf eine schräge Art niedliches und versteckt lebendes Tier. Fällt euch dazu was ein?

Es ging mir seit ein paar Tagen besser. Sherife hatte mir gerade ein Foto von ihrem leeren Apartment geschickt. Sie war wieder ein wenig bei Kräften, aber sie wollte nicht groß reden, erklärte kurz, sie müsse erstmal ein paar Dinge mit sich selbst abmachen und dabei gehe sie viel zu Fuß, Schritt um Schritt, weit über die lebensverlängernde Anzahl pro Tag hinaus, ohne ein Ziel zu verfolgen. Das müsse vorerst reichen. Natürlich hatte meine Mutter es hochprofessionell abgelehnt, sie zu therapieren, aber ihr jemanden empfohlen, und bis auf so gut wie alles, was mich betraf, verfügte meine Mutter über ein erstaunlich wertvolles Einschätzungsvermögen.

Ich bewohnte ein möbliertes Zimmer in einer kleinen Villa mit pelzigem Dach. Die Besitzerin lebte in der oberen Etage, ich unten direkt an der Küche im alten Dienstbotenzimmer. Miete wollte sie keine, ich musste bloß zweimal am Tag ein bisschen Dosenessen aufkochen und putzen und ihr ab und zu zufällige Seiten aus Nachkriegs-Romanen vorlesen. Alles deutschsprachige kanonisierte Autoren, die mein Vater ausnahmslos verachtete. Frau Auve hatte einfach nichts anderes im Haus als diese männergewichtigen Buchwerke. Beim Vorlesen saß ich vor ihrer Schlafzimmertür, denn sie litt unter einer nicht näher benannten Lichtempfindlichkeit, die heutzutage viele schlicht als Depression bezeichnen würden. Nie verließ sie das Bett, schemenhaft sah ich ihre Umrisse und, diesen Schattenzeichnungen immanent, die immer selbe helmartige Perücke und eine großflächige medizinische Sonnenbrille.

Alles in allem war meine Aufgabe nicht besonders kompliziert, aber natürlich war alles an Frau Auves Zustand bedrückend, zumal ich nichts weiter über sie wusste, nicht mal ihr Alter und ob ein reicherfülltes Leben hinter ihr lag. Doch schien es mir höflicher und auch unausgesprochen erwünscht, niemals danach zu fragen. Wir verblieben in der Situation des undurchdringlichen Austausches, redeten in den Lesepausen vielleicht hier und da mal über politisches Tagesgeschehen, den Gang der Welt. Aber auch diese oft negativen Zusammenhänge blieben in der Besprechung ohne emotionale Ausschläge, bis Frau Auve nach zwei Monaten begann, mir überraschend direkt Fragen über mich selbst zu stellen. Sogar danach, wie es mir ginge und wie es mir denn so ganz persönlich gefiele, heutzutage eine Frau in meinem Alter zu sein. Ich glaube, sie hatte meine Abneigung gegenüber der exklusiven Männerei ihrer ganzen alten Bücher gespürt. Vielleicht hatte ich hier und da auch mal unwillkürlich eine Bemerkung fallen lassen.

Darüber, wie es mir gefiel, eine Frau in dieser Zeit zu sein, hatte ich tatsächlich noch nie differenzierter nachgedacht, na, zumindest nicht wissenschaftlich, aber auch nicht am Rande, in irgendeiner Weise sortiert, nein, eigentlich nie, es war bestenfalls eins von vielen unbeachteten Gefühlen. Mir war nicht klar, wie ich mein emotional instabiles Gefüge auf eine allgemeine Ebene hieven könnte. Zumal ich beinahe religiös an die Subjektivität glaubte und als Heranwachsende sogar zeitweilig dem Solipsismus pubertär-pathetisch huldigte.

Könntet ihr einfach so aus dem Stand eine interessante, womöglich erhellende Antwort auf diese Frage geben? Wie gefällt es euch, eine Frau, ein Mann oder eine non-binäre Person heutzutage in eurem Alter zu sein?

Was würdet ihr Frau Auve jetzt, in diesem Moment, dazu erzählen? Würdet ihr notgedrungen einfach etwas raushauen? Um ihre Neugier zu befrieden? Manchmal kommen die Erkenntnisse beim Sprechen, und oft denke ich, ich würde lügen, mir bloß etwas ausdenken, bis ich erkenne, dass es die Wahrheit ist, die ich sage, dass alles im Grunde genauso so ist, wie ich es erfunden zu haben glaubte. Und in diesen Momenten denke ich, die Realität ist doch der Knüller. Mein Vater hat das Wort »Knüller« oft benutzt, wenn ihn etwas begeisterte, aber er hat es nie in einem seiner Bücher verwendet.

Ich erzählte also drauflos, berichtete Frau Auve unmittelbar von dem, was mir vermutlich seit langem durch den Kopf schwirrte, und ließ im Zuge dessen auch jede Zwischenfrage zu, was eine gewisse Hellsichtigkeit in meiner Selbstwahrnehmung erzeugte. Die Frage nach dem Geschlechtsbefinden ist in etwa so gewichtig wie die nach dem Einfluss des Aussehens auf das ganze Leben, diese Determinanten können alles bedeuten und doch nichts, im Kontext des politisch-gesellschaftlichen Systems, der persönlichen Lebenssituation, und, zu guter Letzt, der Dosis an Liebe und Respekt in jeder Hinsicht.

Über die heutige Zeit im Allgemeinen wollte Frau Auve auch immer mehr und mehr Bescheid wissen, sie fragte immer wieder nach, zum Beispiel wie das Fernsehen sich entwickelt habe, wie Kinder erzogen werden, ob es noch Tabus gebe und welche neuen Parteien, und was es überhaupt mit dem Internet und dessen Verknüpfung mit dem richtigen Leben auf sich habe und ob man das Internet den Kindern mühselig erklären müsse, so wie den Tod, oder ob sie dessen Existenz einfach so annähmen, als sei es das Natürlichste von der Welt. Sie sagte, sie fühle sich in etwa so, als würde sie in einer Schachtel leben, und so in etwa stelle sie sich auch das Internet vor ... wie eine Schachtel, in der die ganze Welt drinstecke, nur eben in tausend Teile zersprungen und auf verschiedene Arten immer wieder neu zusammengefügt.

Ein paar Tage später besorgte ich ihr in einem Gebrauchtwaren-Shop in der Nähe des Bahnhofs eine Bluetooth-Box und ein Smartphone, sodass sie Podcasts hören konnte. Ich abonnierte ihr zu jedem Themenbereich eine Auswahl, dann schaltete ich die Folgen an, da auch das Licht aus dem Telefon ihr nicht geheuer war, manchmal klingelte sie deswegen auch nachts nach mir.

Ein paarmal die Woche kam eine Frau namens Angel, die vor einer Weile von den Philippinen zusammen mit anderen als Pflegekraft angeworben worden war. Sie half Frau Auve beim Waschen, Frau Auve half ihr beim Deutschlernen. Auch ein sehr alter Arzt, der eigentlich schon im Ruhestand war, kam ab und zu und sah nach dem Rechten. Einmal fing ich ihn auf dem Flur ab und fragte ihn direkt, was genau mit Frau Auve los sei, aber er zuckte nur mit den Schultern und sagte, er wisse es auch nicht, das Leben setze manchen Menschen eben zu.

Frau Auve wollte, nachdem sie genug von der Welt im Allgemeinen und den Krisen der Welt und des Planeten verstanden hatte, zunehmend und vor allem Privates über mich wissen, und ich erzählte ihr mindestens alles, was ich euch bereits erzählt habe, und darüber hinaus noch viel mehr, ihr würdet vielleicht staunen, und sie staunte ebenso, lachte sogar manchmal und nannte mich eine talentierte Erzählerin.

Im Putzen war ich nicht besonders talentiert, und da sie das untere Stockwerk nie betrat, verheimlichte ich ihr diesen Umstand. Doch durch unsere Gespräche und ihr reges und vielleicht sogar liebevolles Interesse an mir und meiner Sichtweise auf Sachverhalte der Gegenwart, wuchs sie mir so sehr ans Herz, dass ich sie nicht länger belügen mochte.

So gestand ich also, dass das gesamte von mir servierte Essen aus Dosen stammte. Ihr mache das nichts aus, ihr Geschmacksempfinden sei ihr schon lange abhandengekommen, sagte sie seufzend, und ich hakte nicht nach, ob sie es biologisch oder geistig meinte. Sie fuhr auch schon fort, vollendete ihre Aussage, jedes bessere Essen würde sie ohnehin nur an ihr verblichenes Leben erinnern und in prämortale Trauer stürzen, beiläufig fügte sie hinzu: Ohnehin würde sie sich nicht für prophylaktische Super-Ernährung und ein in die Länge gezogenes Leben interessieren.

So beließen wir es dabei, und sie bat explizit um die Hochzeitssuppe aus der Dose, die könne sie eigentlich jeden Tag essen, und sie stellte für mich eine Putzhilfe ein. Frau Auve schien mich zu mögen, und wieder einmal hatte ich keine Idee, wie genau ich das erwirkt hatte, und es war ja auch nie mein Ziel. Ich wollte einfach nur nicht vorgeben, jemand anderes zu sein, ich konnte mich ja nicht noch mehr von mit entfremden.

Frau Auve sagte, sie erschauere manchmal vor Heiterkeit darüber, dass die Zeiten sich so sehr verändert hatten, egal, dass sie nicht direkt davon profitiere. Für sie gab es nicht mehr Schrecken, Kriege oder Böses an sich, sie fand, da gebe es keinen Unterscheid zu allen Zeiten, aber die verschiedenen Möglichkeiten, eine Frau oder ein Mann zu sein, der offene Kampf für Menschenrechte, gegen Diskriminierung, all der Aktivismus, die Diversität, das war für sie eine so hoffnungsbringende Entwicklung, ein Sieg des Guten an der Basis. Ein Zuwachs, mit dem sie in ihrer Jugend nie gerechnet hätte, nicht einmal vorstellbar sei so etwas gewesen, wenn überhaupt, dann gänzlich utopisch. Dieses Tempo, so resümierte sie, könne nur das Internet ermöglicht haben, und dass es dort auch alle Abgründe zu finden gab, die den Menschen ebenso ausmachen, erschien ihr keineswegs verwunderlich. Es liege eben in der Natur der Menschensache und müsse reguliert werden. Und in einer der folgenden Nächte sah ich, wie sie längst selber auf ihr Telefon schaute, dem mattgestellten Licht mutig zugewandt, und ein reges Lächeln erhellte ihr Gesicht.

Ich ging nach draußen, schloss leise die Tür und lief zweimal mit geschlossenen Augen tastend um das Haus herum. Die »blinde« Übung an vertrauten Orten war irgendein Tipp meiner Mutter, dessen Sinn ich vergessen hatte ... und zu Beginn von Runde drei öffnete ich die Augen, weil mein Telefon klingelte, Junius rief an. Ich ging ran, er wirkte verhuscht, be- oder schlaftrunken, vielleicht eine Sekunde wütend und dann, bereits nach wenigen Sekunden, hocherfreut, dass ich den Anruf angenommen hatte.

Als ich ihm dann, ohne den Grund seines Anrufs abzuwarten, mit ruhiger Stimme berichtete, wie verächtlich sein Freund Collins Brauser sich verhalten hatte, ja, dass sein Freund von mir verlangt hatte, oral in einer Abstellkammer befriedigt zu werden, um meiner Kunst eine Chance zu geben, da erlebte ich keine Überraschung. Junius verfiel sogleich in einen Redeschwall der Rechtfertigung, um mich und Brauser in Einklang zu bringen: Er wisse mittlerweile von Brausers Methoden, seiner rückwärtsgewandten Haltung, aber er verurteile Collins nicht, er habe sich für Mitleid und Verständnis entschieden,

Collins sei eben eine kaputte Männerseele, alte Schule, zugleich Opfer und Täter des Patriarchats, der Alkohol tue das Übrige, vor allem der sei schuld, diese Förderdroge der alten aggressiven Hierarchien. Collins Brauser trinke viel zu viel, immer, wenn er unter Leuten sei, Geschäfte mache, Enttäuschungen verteilen müsse, anderen etwas abverlange, abschlage, er sei eigentlich wohl introvertiert, womöglich hypersensibel, trotzdem habe er es in dieser Welt zu etwas bringen wollen, sich mehr und mehr verhärtet, im Grunde trinke er täglich gegen die Tatsache an, dass sein Lebensfinanzkonstrukt es ihm nicht ermögliche, ein guter Mensch zu sein, der Alkohol mache ihn fortfolgend zum kapitalen Lüstling, er habe noch nie eine Frau geliebt, er komme da nicht an sein Emotionsdepot, wenn Collins Brauser eine Frau wirklich gefalle, würde er sie sofort demütigen, aus tief sitzender Angst vor Verletzung, und er brauche keine Verurteilung, sondern einfach Hilfe. Er sei das Opfer seiner anerzogenen Männlichkeit, dieser jahrhundertealten Geschichte, zu guter Letzt des Kapitalismus. Fast ohne Denk- und Atempause hob Junius dann mich in den Himmel, ich sei nie ein Opfer, er würde in jedem Moment vor mir auf die Knie gehen, ich müsse es nur verlangen, denn ich sei die stärkste Frau, die er kenne, eine über alles erhabene Erscheinung. Und er habe noch mal mit Brauser geredet, ich könne bei ihm ausstellen, selbstredend ohne Bedingungen, welcher Art auch immer. Er sprach siegessicher und mit Stolz, aber ganz ohne Humor. Junius war faszinierend und zugleich abstoßend in seinem festen Willen, alles schönzureden. Schließlich schlug er mir vor, mich und Brauser gemeinsam in seine Sendung einzuladen, um die Sache medial-psychologisch aufzuarbeiten, gern auch noch mit meiner Mutter als mediativem Sidekick. Ich sagte, dass ich mir keinen geschmackloseren Vorschlag vorstellen könnte, ich hätte ihm außerdem schon oft gesagt, dass ich niemals in seine Sendung kommen würde, um mich selbst oder andere darzustellen, legte auf, blockierte ihn erneut und lief einfach los.

Da ich Frau Auve gegenüber nicht mehr vorgab zu putzen und so oder so ein wenig Geld für ein bisschen Inselaußenaktivität gebrauchen konnte, zog ich zum ersten Mal los, also weiter ins Innere als bis zum possierlichen Insel-Edeka.

Mit so einem Gegenwind hatte ich mir noch nie einen Job gesucht, dachte ich zum ersten Mal seit Monaten wieder nüchtern amüsiert. Ich lächelte also alleinbräsig vor mich hin (was das beste allen Lächelns ist), schritt in eine zufällige Richtung und war zuversichtlich, noch an diesem Tag einen Job zu finden. Meist bekam ich es mühelos hin, gewissermaßen im Vorbeigehen irgendwo eingestellt zu werden, selbst wenn man gar niemanden im Betrieb brauchte, irgendwie mochten Leute es, wenn ich da war, um sie herum, keine Ahnung, warum, das ist die Wahrheit, ich wusste nicht, wie ich das machte, ich bin einfach bloß ich. Und dieses Ich schaffte es ja auch immer, jemanden in mich zu verlieben, Anfänge waren mein lässig unwillkürliches Ding, nur im Aufbau und bei der Instandhaltung des Errungenen war ich eine echte Niete. Das Ende bekam ich dafür meist wieder mit Originalität hin, sodass ich oft einen noch chronischeren Eindruck im Abgang erzeugte als zu Beginn.

Die Sache ins Gegenteil zu verkehren und Jobs ohne Aufwand wieder loszuwerden, passierte mir ebenso impulsiv. Wie beinahe alles ... Ich trieb durch mein Leben wie eine Obst-und-Gemüse-Tüte aus Leichtplastik im Wind, könnte man meinen, aber ganz so war es nicht, denn ich hatte ja ein Gehirn. Und anstatt über den Unterschied zwischen mir und einer Tüte nachzudenken, Schlüsse zu ziehen und mein Leben zu ändern, stellte ich mir so eine dünne Tüte aus Schrumpelplastik vor, wie sie da im Wind wirbelte, und zwar mit einem klitzekleinen niedlichen Gehirn und großen verträumten Augen, und sie sah eigentlich ganz zufrieden aus, wenn sie vom starken Wind angehoben wurde, und ihr putziges Gehirn sprühte Funken und färbte sich immer in der Farbe dessen ein, das sie im Sinkflug passierte, um dann mit Schwung neu coloriert wieder nach oben geschleudert zu werden. Die Tüte wollte niemandem gefallen, deshalb konnte ich sie gut leiden und mit meiner Fantasie bespielen. Und natürlich hatte sie moralisch ein einwandfreies Profil, sie hatte nie darum gebeten, hergestellt zu werden, sie wusste nichts von der weitreichenden Problematik ihrer Beschaffenheit, und es war ihr unter keinen Umständen möglich in ihre Existenz einzugreifen. Konnte man neidisch auf eine Tüte sein, ohne ihr zu ähneln? Ich lief immer weiter, bis ich den Strand erreichte. Keine Ahnung, warum ich begann die Strandkörbe zu zählen, sie waren alle leer. Zählen schafft Ordnung, und ich brauchte irgendeine Ordnung, ich wusste, dass ich noch immer sauer auf Junius war, jedoch spürte ich nur eine gewisse Schwere oder Müdigkeit.

Später an diesem Tag hing ich noch immer schläfrig von der Nervigkeit des Telefonats in einem der elf Strandkörbe rum. Das Bescheuerte daran klebte noch immer an meinem Geist, und ich wünschte mir, ich könnte Junius anschreien vor Wut und dachte dann darüber nach, nie wieder Sex zu haben, doch mir war das Ziel dieser Idee nicht ganz klar. Eigentlich ging es mir bei Sex nie um Sex, eher um flüchtige Nähe zu jemandem, der anders war als ich. Intensität, die im nächsten Moment wieder vorbei war, die noch ein wenig nachwirkte und eine Art intellektuelles Schlendern freisetzte. Irgendetwas daran gefiel mir. Ich denke, um Sex wird viel zu viel Wind gemacht, analog und digital. Ich glaube zu guter Letzt ist Sex nur ein Rauschmittel, aber ich weiß es natürlich nicht besser als ihr oder irgendwer, ich bin eben nicht romantisch veranlagt oder habe keinen Zugriff auf ... was sagte Junius ... mein deepes Depot in dieser Thematik. Mich bringt Sex zu oft in Schwierigkeiten, und ich erinnere mich nicht daran, jemals mit jemandem geschlafen zu haben, den ich zweifelsfrei mochte. Menschen, die ich sehr mag, würde ich nie mit Sex in Verbindung bringen. Sex war mir vollkommen egal, solange ich ihn nicht gerade hatte, und ich entschied mich, einfach nie wieder über Sex nachzudenken. Vielleicht könnte ich für immer in einem Strandkorb mit Sicht auf das friedvolle Wasser sitzen, bis mein Skelett übrig blieb, in bequem lebensmüder Pose.

*

Als ich die Augen wieder öffnete, hatte sich eine Frau vor mir und meinen Gedanken aufgebaut, sie wippte mit verschränkten Armen vor und zurück, und sie sah ein bisschen aus wie Sherifes Krankenschwester aus meiner Imagination, ihre ganze Präsenz vermischte sich mit meinen inneren Reizen, und da hielt ich sie für eine Vision, jemanden, den ich erschaffen hatte, um ein wenig Strenge und Strategie in meinem Geist zu erzeugen. Aber so jemand wäre anders angezogen, so jemand trüge ein Gewand aus Sackleinen oder zumindest irgendwie Boho und vielleicht auch einen Turban. Doch diese Frau war bekleidet wie ihr Teenager Alter Ego. Zu ihrer grauen stonewashed Jeans, deren Bund bis über den Bauchnabel reichte, trug sie einen minimal kurzen rosa gelb gesprenkelten Hoodie. Sie hatte ein Klemmbrett vor der Brust, rosé lackierte Acrylnägel mit Strass beklebt, die Haare durchgestuft und toupiert in tristem Splissblond, und als ich mich gerade in all diesen Details verlor und mich fragte, ob sie die große Schwester war, die mich vor allem hätte retten können, da öffnete sie ihre Lippen in Perlmutt und sprach mit weltweiser Heiserkeit: »Hast du schon gezahlt, Stadtfrau?«

»Nee, ich wusste nicht, dass das Sitzen hier was kostet.«

Sie zog beide Augenbrauen hoch.

»Wie lange sitzt du hier schon, Stadtgirl?«

Wie hatte ich das Downgrade von der Frau zum Girl in Nullkommanichts geschafft? Oder war es ein Upgrade? Ihrem Look nach war Girlieness ihr Nonplusultra, womöglich aber unbewusst, sie war eine durchweg erwachsene Frau im Mädchenpelz. Ihr Stech-Blick drängte mich, aufzustehen und wegzurennen, doch gleichzeitig lähmte er mich. Ihre Verachtung musste damit zusammenhängen, dass sie mich für unreifer hielt als noch kurz zuvor im Schweigen. So schnell kann man schrumpfen, Worte sind magisch.

»Gefühlt sitz ich hier noch nicht so lange, echt nicht«, murmelte ich.

»Jede angebrochene Stunde 15,50 Euro!«

»Ach was, warum so teuer?!«

»Ich hab gern mehr als genug Platz in meiner Wohnung und trinke nur den besten Wein, das Leben ist kurz und mein Wille länglich!«

»Lebenslänglich?«, fragte ich und wusste selbst nicht, ob es ein Witz sein sollte.

Sie zog eine Augenbraue hoch, wie es sonst nur Viktoria vermochte und sagte: »Meinetwegen, ich hätte es gern lebenslänglich superduperschön, schöner am schönsten, noch mehr lustige Fragen, oder kommen wir jetzt zum Pflichtteil?« Sie führte offenbar ein Leben im Superlativ und wollte dafür auch mein Geld, jetzt gleich.

»Erstaunlich, dass das bloße Sitzen auf herumstehenden Stühlen mit fleckigen Bezügen überhaupt was kostet!«

»Wo is hier was fleckig?«

Ich tropfte was von meinem Wasser neben mich und hoffte das Beste. Doch sie grinste bloß.

»Bist du ne Kapitalismuskritikerin oder einfach pleite und frech?«

»Warum schließt das eine das andere aus?«

»FYI: Ganzer Tag kost 55,50 Euro.«

»Ich hab nicht mal 15,50 Euro.«

»Welcher Mensch hier auf der Insel hat keine 15,50 Euro über?«

Ab sofort arbeitete ich beim Strandkorbverleih von Carmen. Ich weiß nicht, warum sie mich mochte, ganz ehrlich, ich wusste nicht, wie ich es angestellt hatte. Sie hatte nebenher erwähnt, sie habe was übrig für Powerladies. Ich hatte mich in Carmens Bewusstsein innerhalb weniger Minuten von der Frau zum Girl zur Lady entwickelt, und die Bezahlung war anständig, und die Power mit mir.

Alle Strandkörbe auf der Insel waren in Carmens Besitz. Vor einigen Jahren hatte sie ihren Job als Teamleiterin bei einem Online-Versandhändler gekündigt und war auf die Insel ausgewandert, wie sie es nannte. Carmen erzählte mir nach meiner Einarbeitungsschicht bei Aalstulle und feinherbem Weißwein, dass sie Strandkörbe eigentlich nicht leiden könne, sie verabscheue die Sperrigkeit und das Unbewegliche daran. Sie wolle es bloß guthaben, dabei aber so wenig wie möglich mit Menschen zu tun haben. Carmen redete ununterbrochen, sie stellte mir gar keine Fragen und bemerkte auch nicht, ob ich zuhörte, sie berichtete, sie wolle nichts erschaffen oder auf dieser Welt hinterlassen, auch keine Kinder oder gebrochenen Herzen, und sie wolle auch kein weiteres Herz mehr gebrochen kriegen, sie wolle mit sich sein, am liebsten als Stein wiedergeboren werden oder als irgendein hässliches Tier, das niemand essen, dressieren oder streicheln mochte, und fertig. Ich wusste, ich würde es niemals schaffen, sie wütend zu machen, obwohl ich schon bei unserer ersten Begegnung Lust dazu hatte. Schon bald erklärte sie mir ungefragt, dass sie im Lauf des Lebens so oft und auf so viele Menschen wütend gewesen war, dass sich eine Desensibilisierung eingestellt hatte. Irgendwann sei auch mal gut, ganz von selbst sei es über sie gekommen, irgendwann Mitte vierzig hatte sie begonnen, alles von sich abperlen zu lassen, die Schlechtigkeit der anderen genauso wie ihre Tagträume von Topmännern. Sie wusste alles über sich, die Welt und die anderen, von denen sie sich fernhielt. Und sie redete immer weiter, ohne auch nur ein Kopfnicken ihres Gegenübers dafür zu brauchen, nicht mal ein Mhm zwischendurch schien nötig, um sie zum Fortfahren zu animieren, sie war eine gut geölte Ich-Maschine, und ich glaube, meine Mutter hätte Carmen eine »histrionische Persönlichkeit« genannt. Es interessierte mich, wie sie unentwegt ihre Gedankengänge verkündete, ohne eine Reaktion zu erwarten, es reichte, dass ich nicht aufstand und ging. Sie erinnerte mich an einen Nachbarn von damals, der einen immerzu im Treppenhaus oder vor den Mülltonnen abfing, um zu versenden, was er alles so dachte und besser wusste, ohne zu wissen, was andere dachten, lange bevor das Internet sich etabliert hatte. Alle wichen ihm aus, so gut es eben ging, einige ließen ihn sogar stehen, früher oder später. Und irgendwann hatte er dann bei Nacht begonnen, sehr laut vom Balkon aus zu Gaddafi, Bush, Clint Eastwood und seiner Ex-Freundin Britta zu sprechen, ihnen deutlich und durchaus ideenreich (Urteil meines Vaters) Hinweise zugerufen, und dann wurde er in den frühen Morgenstunden von Sanitätern abgeholt und kehrte nie wieder zurück. Carmen hatte die gleiche Energie, aber das mit der Aufgeräumtheit einer Promi-Queen, die ihr Gefolge längst nicht mehr brauchte.

Kaum hatte ich kurz in Carmens Ich-Performance eingeworfen, wo ich wohnte, berichtete Carmen wie aus einer Schnellschusswaffe (was meinem Plan folgte), dass Frau Auve auf der Insel geboren wurde, dass ihr mehr oder weniger die ganze Insel gehöre, dass sie trotz ihrer Generationszugehörigkeit nie verheiratet war, nach dem gleichzeitigen Tod der Eltern krank wurde und dass es immer mal wieder vorkomme, dass eine Stadtperson bei ihr wohne, die sie dann meist flott wieder rauswerfe. Carmen schien beeindruckt davon, dass sie mich bisher nicht rausgeworfen hatte, zumindest wandte sie zum ersten Mal den Kopf und sah mich über eine Sekunde direkt an. Resümierend diagnostizierte sie, dass ich offenbar etwas Entscheidendes anders mache, stellte mir aber keine Fragen, um es herauszufinden. Sie redete stattdessen weiter von sich, all ihren Dating-Apps, die sie nur nutzte, um Männer digital zu verarschen und zu enttäuschen, und daraufhin lachte sie ein wirklich tolles herzerwärmendes Lachen, brach abrupt ab, und fast übergangslos berichtete sie dann von einem diffusen Wanderschmerz, der sie seit ihren späten Dreißigern plagte und der sich zurzeit an der rechten Kniehöhle befand und den sie nicht mehr missen wolle, da sie ihn mittlerweile als ständigen Begleiter empfinde, auf den Schmerz sei immer Verlass. Ich verstand sofort, was sie meinte, obwohl mir nie irgendwas weht tat.

*

Bei der Arbeit am Strandkorbverleih war es praktisch unmöglich, etwas falsch zu machen. Ich musste nur auf und ab durch den Sand latschen, beaufsichtigen, wer wo wie lange saß und entsprechend in bar abkassieren. Morgens musste ich die Strandkörbe entsperren und abends versperren. Mit wenigen Handgriffen war alles erledigt, und nach Feierabend fragte ich Frau Auve nach dem Zustand der Welt in all ihren abonnierten Podcasts, ging meist vor Mitternacht schlafen und redete mir ein, auf diese Weise alt und zufrieden werden zu können.

Dann aber wurde mir nach knapp zwei Wochen als Strandkorbbeauftragte so langweilig, dass ich plötzlich ohne Überlegung aus einer inneren Dringlichkeit heraus beschloss, nach Feierabend durch die kleine scheußliche Fußgängerzone zu spazieren, um irgendwas zu erleben.

Und dazu muss ich euch gestehen, immer, wenn ich diesen Vorsatz fasse, also, etwas zu erleben, dann läuft früher oder später alles aus dem Ruder. Meist früher. Dieses Mal nahm ich mir zumindest fester vor, dass ich es nicht zulassen würde, ich schwor mir, etwas zu erleben, ohne die neu gefundene Ordnung kaputtzumachen.

Hier sollte es möglich sein, hier, wo die einzigen Neubauten flachtriste Rotklinker waren, sauber aufgereiht standen sie da, die Fußwege schienen mit denselben Steinen gepflastert und die Drogenszene bestand aus weinseligen Schnöseln beim abendlichen Tapetenwechsel. Es gab ein Familienbekleidungs- und ein Schreibwarengeschäft, eine Drogerie mit integrierter Apotheke, einen Buchladen, überwiegend Inselliteratur, ein paar Bestseller, Krimis, die üblichen Klassiker und in einer hinteren Ecke ein schmales Regal, über dem in bunten Buchstaben stand: »Neues aus Urbanien«.

*

Ganz am Ende der Fußgängerzone gab es eine Galerie, die ich bisher aus Sicherheitsgründen gemieden hatte, nie war ich bis zum Ende der Backsteine gelaufen, denn ich wusste es ja längst, die Kunst war mein Verderben.

Aus einem Monolog Carmens war mir so weit bekannt, dass die Galerie von einem unverheirateten Paar betrieben wurde und »Inselkunst Unnütz« hieß. Das klang erheblich nach einem Versprechen, und da ich ja jetzt schon zwei Wochen einen soliden Job hatte und mich gut machte, dachte ich, nun bin ich gefestigt genug, fast schon solide, mir wird schon kein Quatsch einfallen, ich hab Quatsch gar nicht mehr nötig, und hier ist außerdem niemand, mit dem ich Quatsch machen könnte. Also lief ich ein paar Schritte weiter und hoffte auf ein kleines übersichtliches Erlebnis.

Aktuell gab es in der Galerie Unnütz eine Ausstellung, die wohl gar nix mit Inseln, Wind, Ebbe oder Flut zu tun hatte. Die Exponate waren Skulpturen aus Pappmaschee, alles Tiere, die bei Instagram sehr beliebt waren, in doppelter Ausführung. Und so hieß die Ausstellung auch: »Pappstagram Animals for Dopamin«. Gar nicht so schlecht, dachte ich einen entrückten Moment lang, und es war der Moment, in dem ich mich hätte umdrehen und gehen sollen. Stattdessen trat ich in die Galerieräume ein, in der Hoffnung, auf den Künstler zu treffen. Der Künstler hieß Daniel Daniel, saß in einer Ecke und starrte zappelig und gestresst auf sein Telefon. Bei Instagram hatte er 376000 Follower, und ich stellte mich vor ihn hin und fragte: »Was soll der Scheiß?«

»Welcher Scheiß?«

»Na, was willst du hier? Du könntest doch sonst wo ausstellen!«

»Und was geht dich das an?«, fragte er, gestikulierte abweisend herum, machte eindeutigere Handbewegungen und starrte mich dann, nachdem ich mich keinen Millimeter bewegt hatte, so interessiert gestresst an wie zuvor sein Telefon.

»Warum heißt du Daniel Daniel?«

»Meine Eltern«, sagte er und zückte sofort seinen Ausweis.

Da stand es, er hieß Daniel mit Vor- und Nachnamen.

»Warum benutzt du keinen Künstlernamen?«

»Warum sollte ich? Sie haben mir doch schon einen gegeben!«

»Und sie wollten, dass du Künstler wirst.«

»Warum stellst du mir solche Fragen?«

»Das war keine Frage.«

»Whatever the Fuck! Du kennst mich gar nicht und hast keine Ahnung, wie es mir geht, und es interessiert dich safe auch nicht, es interessiert niemanden!«, brüllte er und schmetterte sein Telefon an die Wand.

Heiliger Quatsch, es war ganz einfach passiert, ich

hatte jemanden wütend gemacht, einen Fremden, nahezu mühelos. Würde ich auch noch Tränen von ihm bekommen? In Doppel-Daniels Augen sah ich Feuchtigkeit und Glanz, ein Brennen, seine ganze Welt, die Verletzungen, Schwingungen des Schmerzes von enttäuschter Liebe und falschen Erwartungen ... und Adrenalin schoss durch meinen Körper und forderte ihn heraus.

»Machst du immer das, was Mami und Papi wollen?«, fragte ich, und er lief knallrot an, ich sah, dass er kämpfte, mit sich kämpfte, damit, nicht auszuflippen und blindlings auf mich loszugehen. Er war in einer Klinik gewesen wegen seines gigantischen Aggressionsproblems, die Stadt setzte ihm zu, zu sehr, überall Trigger und Temperamente, Menschen, in die er sich verlieben könnte, er war hier, um abzuflauen, ich konnte alles sehen. Auch dass er hier auf der Insel schnell bemerkt hatte, dass er ohne seine Aggressionen sein Genie verlor, das, was ihn einzigartig machte, wurde nicht mehr herausgekitzelt, deshalb auch diese sinnentleerten Pappfiguren seines vordergründigen Inputs. Die gar nicht so schlecht waren, die genug Käufer finden würden. Aber seine Scham konnte ihm niemand abkaufen. All das wusste ich und erfuhr es später von ihm in allen offenbarungstristen Details.

Jetzt gerade, jetzt in diesem Moment, hatte er verdammtes Pech, und ich hatte Glück und mit dem ersten Schub Adrenalin vergessen, dass es doch eigentlich auch mein Pech war und alle meine Vorsätze augenblicklich zu Staub zerfielen. Er hatte mich getroffen, und ich hatte ihn getroffen, und so ist das mit den Menschen und dem Universum und der Weltgeschichte, der Fiktion und der Realität, alles befindet sich zusammen in einem einzigen ausgehöhlten Glitzerklumpen und jede Begegnung, jeder

Flügelschlag verändert die Form für immer. Das muss man nicht verstehen, aber es ist doch schön zu wissen.

Ich sagte: »Wenn du willst, darfst du rüberkommen und mich so richtig kräftig schubsen. Ich werde es niemandem erzählen, hoch und heilig versprochen Daniel ... Daniel.«

»Wir sind doch keine Kinder«, sagte er und wischte sich mit der geballten Faust über die klatschnasse Stirn.

»Doch, das sind wir, ich kann es sehen, ich sehe dich, wie du mit sechs Jahren auf dem Spielplatz umherrennst und versuchst jedes andere Kind zu beißen oder mindestens zu kratzen.«

»Nein, nein, da war ich noch nicht so.«

»Dann fing es an, als das mit der Pubertät dich umgehauen hat, dein Rest kindliches Gleichgewicht geriet aus den Fugen, als dir klar gemacht wurde, du musst jetzt groß werden.«

Jetzt lächelte er und wirkte etwas weniger gereizt.

»Was bist du? Eine Mentalistin?«

»Nein, ich habe bloß eine assoziative Absonderlichkeit und kann impulsiv Zusammenhänge herstellen, meistens liege ich richtig, und ich habe zu mir selbst die totale Distanz, das macht es leichter, die Emotionen der anderen zu erkennen.«

»Die totale Distanz, Fuck, das klingt ja wie der totale Krieg!«

»Nenn es, wie du willst«, sagte ich beherrscht und lehnte mich mit steigender Anspannung gegen die Wand.

»Nonsens!«, rief er.

»Was?«

»Du bist bis zum Anschlag überladen mit Gefühlen, und deshalb siehst du die der anderen überkrass deutlich, dein Innending ist voll der Scheinwerfer.«

»Ich sag nicht, dass ich keine Gefühle habe, ich habe nur eben viel Strecke dazwischen, und Kurven, ich seh da nix, komm da nicht hin.«

»Seit wann?«, fragte er und wurde ganz ruhig, schaute mich an, ohne zu zwinkern, und wirkte geradezu bedrohlich lieb.

Mir fiel nichts Besseres ein, als ehrlich zu sein.

»Seit den Neunzigern ... Ich verlor mit Absicht meine Eltern bei der Loveparade, und danach haben sie sich getrennt. Es war meinetwegen, weil ich sie so in ihrer Rolle verunsichert habe.«

Daniel Daniel schüttelte den Kopf und sagte: »Nein.«

»Was nein?«

»Das ist nicht die Geschichte, das ist niemals die Geschichte, da fehlt irgendwas, da fehlt ganz viel, da war noch was, und du hast das nicht parat, weil das zu krass ist oder du ein Kind warst und dir alles kindgerecht hingedreht hast oder gar nichts davon weißt, und das, was du nicht weißt oder erinnerst, das ist die Geschichte.«

»Wie kann etwas die Geschichte sein, das gar nicht da ist?«

Er hielt den Blick auf mich gerichtet, er hielt meinen Zweifeln stand, und kurz spürte ich ein heftiges Stechen im Kopf, alles wurde kobaltblau, dann tiefdunkel, Blitze zuckten, und ich war kurz weg und dann wieder ganz klar. Nur lag ich auf dem Boden, fühlte mich noch immer benommen, ein Schleier vor meinem Gesicht, woher kam die Nässe auf meinen Wangen, doch ich verstand schnell: Tränen waren mir darüber gelaufen. Daniel hockte direkt vor mir, und ich fragte: »Was ist passiert?«

»Du hast geweint.«

»Das ist alles?«

»Ja, wieso?«

»Ich dachte, ich hatte einen Krampfanfall oder so.«

»Du hast einfach geweint, also schon heftig, aber das wars.«

»Okay.«

Er griff nach meinen Händen, seine waren weich, viel weicher und wärmer, als ich mir je vorgestellt hätte, und er sagte: »Danach kann man immer wieder besser denken, oder?«

»Ich weiß nicht, ich weine nie, ich merke nicht, wenn ich traurig bin, meine Mutter nennt es Alexithymie«, sagte ich.

»Worte«, sagte Daniel Daniel.

»Wie versteht man sich ohne Worte, wie weiß man etwa, wer man ist, warum man tut, was man tut?«

»Keine Ahnung, ich habe zu nix Distanz, ich brülle und heule ständig, und ich habe schlimme Dinge getan, und meine erste Therapeutin wollte mich nicht weiterbehandeln.«

»Hast du deine Eltern umgebracht?«

»Nein, das nicht ... aber ich habe meine Ex-Freundin gewürgt.«

»Wie lange?«

»Zu lange, aber nicht zuuu lange, wenn du verstehst, ich wusste, was ich tat, ich wollte sie nicht umbringen. Sie hat mich angezeigt, sie hat es überlebt und mich verlassen und angezeigt. Ich bin froh, dass ich mich ihr nicht mehr nähern darf, ich würde sie wieder würgen.«

»Warum hast du sie gewürgt?«

»Ich dachte, weil ich sie liebe, aber ich weiß jetzt von meiner zweiten Therapeutin, dass das nicht der Grund war, und ich weiß, dass es falsch war, aber das wusste ich auch schon, als ich es getan habe, meine Therapeutin hat mir sehr geholfen, aber das Durchgeknallteste war, je mehr ich ihr vertraute und begann sie wirklich, ja wirklich zu mögen, desto schöner wurde sie und desto größere Lust bekam ich, auch sie zu würgen. Ich offenbarte es ihr, und dann kam ich für eine Weile in die geschlossene Psychiatrie.«

»Was ist Liebe?«, fragte ich.

»Wenn jemand einen sehr, sehr wütend machen kann.«

Als Daniel Daniel das sagte, legte er den irreversiblen Schalter auf meiner Vernunftsachse um, und ich wusste, meine Zeit auf der Insel würde bald schon enden, und da es ohnehin kein Zurück gab, überredete ich Daniel Daniel, die Galerie zu schließen und mit mir um die wenigen Häuser zu ziehen.

Durch seine namenhafte Doppeldeutigkeit stand er schon immer in bewusster Konkurrenz zu sich selbst, und so zuckte er kurz wegen einer gewissen Überdosierung zusammen, als ich ihm sagte, dass ich irgendwie auch Künstlerin sei, allerdings bis auf weiteres ein Niemand (vollkommen indefinit), auch für mich selbst, da ich es praktisch sogar zum Selbstzweck aufgegeben hatte.

Nachdem ich Daniel Daniel auch meinen Namen in aller Vollständigkeit genannt hatte, sagte er, ich sei, so wie er, dazu bestimmt, ein Leben in Prismen zu führen, und ich sagte ihm, das klinge hübsch, aber unverständlich und wichtigtuerisch. Und da lächelte er zufrieden und sagte mir, ich sei ja gar nicht zu beeindrucken, und ich fragte ihn, ob er langsam Lust bekomme, mich zu würgen, und ich sah, dass er über sich selbst lachte, und meine Mutter hatte mich gelehrt, dass das die gesündeste Art war, sich selbst zu erleiden.

Wir verstrickten uns mit großer Frechheit immer weiter in der Magie der ausgetricksten Fremdheit, so wie

Hunde, die, einander vollkommen unbekannt, direkt identifikatorisch an den Arschlöchern schnüffelten. Diese elektrisierende Anstößigkeit ereignet sich heutzutage oft im Internet, was überhaupt nicht viel bringt, außer maskierte Einsamkeit jenseits der Sinnenfreuden und Wahrhaftigkeit. Analog aber sah man einander in vollendet intimer Oberflächlichkeit und in die Augen, auf die Haut, verstand die Bewegungen und Abweichungen im Detail, und man roch einander, und dann trank oder kiffte man einfach so viel, dass Nähe unausweichlich aushaltbar und schließlich selbst live und in Farbe zum gut gefilterten Objekt der Begierde wurde. So kauften wir uns einen Karton voll Fläschchen Küstennebel am Strandkiosk. Daniel Daniel erzählte mir schon nach den ersten beiden auf Ex im von mir entsperrten Strandkorb, dass er kein Liebesleben und nicht mal mehr Pornos brauche, dass er Liebe und Sexualität nie wieder aktiv leben wolle, weil er ja wisse, wie es im schlechtesten Rückfall ende, und eines habe er gelernt in seinem Leben, man müsse immer vom schlechtmöglichsten Fall ausgehen, und deshalb kultiviere er nun zölibatäre Selbstwirksamkeit. Daniel Daniel war übrigens sechsundzwanzig Jahre alt und hatte offenbar kein Interesse daran, aus irgendeiner Asche hervorzukriechen, im Gegenteil verweilte er lieber darunter als ein halbwegs zufriedenes Häuflein Elend in Sicherheit. Mir war das sympathisch genug, um mich mit ihm auch noch in den letzten Rest der Nacht und des anbrechenden Tages fallen zu lassen.

Am nächsten Tag verlor ich meinen Job bei Carmen. Sie war eine konsequente Person, und sie sagte, noch immer nicht die Spur wütend, sie würde mich mögen, aber noch mehr und überhaupt am meisten möge sie Verlässlichkeit, von allen Abweichungen bekäme sie Quaddeln, und sie meine das nicht metaphorisch, sondern symptomatisch, weshalb sie ja auch gar nicht mehr date, denn Mann und Unzuverlässigkeit seien quasi Synonyme.

Obwohl sie mich gerade gefeuert hatte, redete sie weiter auf mich ein, und ich fand sie hatte das Recht dazu, die Enttäuschten haben es für den Moment des Nachklangs, und Carmen fuhr fort: Sie sei heutzutage die beste Version ihrer selbst, und sie stehe auf dem Boden der Tatsachen wie eine Tanne mit Blüten, sie sei eine Kreuzung aus Blautanne und Kaktee, es gebe sie also im Grunde nicht, und sie habe lange darauf gewartet, einen echten Mann zu treffen, einen wie eine Kreuzung aus Eiche und Orchidee, aber den gebe es im Grunde auch nicht. Sie öffnete sich im Moment des Abschieds ein wenig mehr, und ich fand das rührend und verstand alles daran, nur nicht, was ein echter Mann für einer sein sollte. Ich dachte an alle Pflanzen, die mir einfielen, und kam auf keine entsprechende Mixtur, und dann dachte ich an meinen Vater und dass er in der Tat der einzige Mann war, den ich näher kannte. Aber mit diesem tiefsitzenden Hangover konnte ich mir ohnehin schwer irgendwas und darunter schon gar nichts vorstellen, absolut nichts. Ein echter Mann? Und war das dann ein Mann, den ich lieben könnte?

Wie müsste ein Mann dafür beschaffen oder geformt sein? Dazu fehlte mir eine Vorstellung. Was ich nicht mochte, das wusste ich, wie ein Mann nicht sein sollte, dazu fiel mir viel ein, und aus irgendeinem Grund mochte ich eines überhaupt nicht und dachte jetzt zum ersten Mal reflektiert und mit einem starken Ekel im Moment der Erkenntnis daran: Piercings. Und mir war für einen Moment, als würde ich kaltes verdrecktes Eisen riechen. Ich weiß nicht, wie ich es in assoziativer Weise im Verlauf des Zuhörens begriff, ob ich darüber nachdachte, was mir gefiel und was nicht, womöglich wand sich der Gedanke heraus, als Carmen von ihrer sexuellen Vorliebe für stark mehrgewichtige Männer sprach und ohne Luft zu holen im weiteren Verlauf über ihre geradezu idiosynkratische Abneigung gegen komplett einfarbige Turnschuhe.

Traumwandlerisch verstand ich, dass meine Klarsicht wohl ebenso etwas mit dem entrückten Weinen innerhalb meiner Ohnmacht am Tag zuvor in der Galerie zu tun hatte. Und ich hörte, wie Carmen schwärmte, von wabernden weichen nackten Männerkörpern, die eine sinnliche Schwere hatten, die sie gut aushielt, und ich sah ein Strahlen in ihren Augen, und ich wusste, dass ich noch nie so positiv eingenommen von einer Erinnerung war, nicht einer sinnlichen Erfahrung gegenüber, und auch sonst nicht. Es war interessant, was Carmen erzählte, dass das körperliche Volumen eine solch reizvolle Rolle spielen konnte. Das Gewicht eines Menschen war mir vollkommen egal, es spielte keine Rolle dabei, ob ich mich zu jemandem hingezogen fühlte oder nicht. Ich wusste nicht, was dabei eine Rolle spielte. Doch wusste ich mit seltsam anmutender Sicherheit: Ich war von Piercings angewidert. Nicht verstehen konnte ich die Ursache, denn es gab niemanden in meinem näheren Umfeld mit auch nur einem Piercing, ich konnte mich nicht erinnern, dass es jemals jemanden gegeben hatte ... Hatte ich es proaktiv vermieden? Natürlich könnte ich meine Eltern fragen, ob es jemanden gegeben hatte, abseits meiner bewussten Erinnerung.

Passenderweise traf bei diesem Gedanken eine E-Mail meiner Mutter auf meinem Telefon ein, und ich löschte sie ungelesen. Warum wollte ich nicht wissen, was sie mir mitzuteilen hatte? Hatte ich Angst? Was wollte sie von mir? Um Entschuldigung bitten? Jetzt in diesem Moment war ich nicht in der Stimmung, meine Mutter zufriedenzustellen, ihr Gewissen zu beruhigen. Ich war nicht wütend, oder ich war es sehr wohl, ohne es zu spüren, das war es ja, was Dr. Wanda West in ihrem Podcast über mich erzählt hatte, dass ich nicht erkannte, was ich fühlte. Aber ich hatte geweint, Daniel Daniel war mein Zeuge, und er existierte, so wie meine Tränen. War es so? War das alles so passiert? Gibt es Menschen, die ihrem Kind seinen Nachnamen als Vornamen geben? Und wie würdet ihr dann heißen? Der Küstennebel hatte mein Gehirn durchdrungen und meine mentale Stabilität gefressen. Nichts war gewiss, ich spürte nur noch den Alkoholabbau in allen übersäuerten Organen gleichzeitig. Zumindest wusste ich eines in diesem Moment: Ich will schlafen, einfach schlafen, völlig versinken im Schlaf, ich musste mich erholen. Dann würde mir schon etwas einfallen, wieder und wieder, und es wird weitergehen, es geht immer weiter, mit oder ohne ... was eigentlich? Ich hatte nur noch die Semantik, denn ich wusste, ich war schon längst mehr im Schlaf als irgendwo sonst.

*

Nachdem ich mich bis in den nächsten Tag hinein ausgeschlafen hatte, fand ich einen Brief von Frau Auve unter meinem Telefon auf dem Nachtschrank.

Lit, als ich in Ihrem Alter war, trank ich manchmal gern ein bisschen zu viel Wodka und trockenen Weißwein. So erlebte ich viele transzendente Sommerabende in gleißender Schönheit und allen Sorten von Licht.

Seit ich Sie in mein Haus gelassen habe, kommen die Dinge zurück. Der Austausch mit Ihnen, Lit, hat mir Erinnerungen zurückgebracht. Als wenn die Erinnerung selbst ein Leben sein könnte. Nein, das sicher nicht. Doch Sie haben es, Ihr Leben, Sie haben es noch, und nie habe ich mehr Verbundenheit gespürt als die unserer Freundschaft. Einmal, da habe ich auch geliebt, sogar sehr, doch ich möchte nicht darüber sprechen, fragen Sie mich nicht danach. Der Verlust höhlt uns aus. Würden Sie Wodka und Weißwein besorgen und nach Sonnenuntergang in mein Zimmer bringen? Essen möchte ich nichts.

Mit innigem Dank

Ihre Frau Auve

Ihre Worte über die Erinnerung brachten etwas in mir durcheinander. Nicht, dass ich vorher besonders sortiert gewesen wäre, aber wenn ich eine Person war, die die magische Fähigkeit besaß, anderen ihre Erinnerung zurück zu bringen, warum fehlte mir die Erinnerungen an den Tag bei der Loveparade, an die Situation, unmittelbar nachdem ich meine Eltern verlor, es waren wohl zwei, drei Stunden, und wie konnte man sie hervorholen? Hatte meine Mutter doch recht? Litt ich an Alexithymie, und gab es Erinnerungen, die nur im Kontext mit tiefen Gefühlen abrufbar waren? Irgendetwas in meinem Kopf stimmte nicht, aber ich wusste nicht, wie ich die Macht erlangen sollte, daran etwas zu ändern. Wie sollte ich es anpacken, meine Lücken aus einer längst vergangenen Zeit zu befüllen wie ein Regal im Supermarkt, wovor ich nun stand, um Frau Auve ihren Wunsch zu erfüllen.

Nachdem ich alles eingekauft hatte, spazierte ich noch mal Richtung Carmen, die immer zur selben Zeit am Hochtisch ihre Aalstulle aß und dazu ein Glas feinherben

Weißwein trank. Erneut bat ich um Entschuldigung und versprach, den bei Nacht eingesauten Strandkorb zu bezahlen, was sie bisher nicht mal von mir verlangt hatte, und ich sah, dass sie mein Angebot überraschte, und sie sah mir in die Augen und sagte, sie wisse das zu schätzen, aber Geld habe sie nun wirklich genug, ein Vertrauensbruch sei unbezahlbar. Als ich weiter herumstand und meinen Jutebeutel hin und her schwenkte, hakte sie nach, ob sie sonst noch etwas für mich tun könne.

Ich nickte und fragte sie direkt nach Frau Auve, und tatsächlich wusste sie etwas zu berichten: dass es einen Unfall und Brand gegeben hatte, vor Jahrzehnten. Während des jährlichen Sommerfestes von Familie Auve in der ausgebauten Scheune hatte sich eine heftige Explosion ereignet, verursacht durch einen alten defekten Verstärker. Frau Auves Eltern, die Geschwister, der DJ und noch ein paar andere Gäste waren ums Leben gekommen. Ich trottete mit Weißwein und Wodka zurück zum Haus, aß ein paar getrocknete Kirschen aus einer grünen Glasschale in der Küche, und dann stieg ich die Treppe hinauf.

Frau Auve sagte, sie würde sich freuen, mit mir zu trinken und dabei zu schweigen, und ich bekam rasch einen so schönen Wein-Wodka-Rausch, dass ich mich hellwach und richtig in meiner Haut fühlte, sodass ich daran dachte, auszusprechen, was ich wusste, dass ich kurz davor war, sie zu fragen, ob sie darüber reden wolle, und da bat Frau Auve mich wie eine Gedankenleserin, sie nun allein zu lassen.

*

Während der Nacht wachte ich ein paarmal auf und träumte dann immer wieder, einen Hang hinunterzurollen, ohne unten anzukommen. Auch schwitzte ich mit großer und ausdauernder Intensität, dabei war es keine warme Nacht. Ich erwachte schließlich völlig verdreht, mit einem steifen Nacken, einem tauben kleinen Finger und papiertrockenem Mund. Mit nichts als Durst im Sinn. So tastete ich meinen Nachttisch nach einem Glas Wasser ab, das ich allerdings vergessen hatte, mir vor dem Schlafengehen dorthin zu stellen. Als ich mir die verklebten Augen gerieben und sie geöffnet hatte, sah ich verschwommen eine ausgestreckte Hand. Sie steckte in einem weißen Samthandschuh, der metallisch schillerte.

Halbwegs resümierte ich, noch immer zu träumen. Doch als meine Augen sich langsam an das Wachsein gewöhnte hatten, wurden Umrisse deutlich.

Da stand eine Person vor meinem Bett, oder war es ein Hologramm? Sie hielt einen großen Umschlag in der anderen Hand. Die Person trug eine neonbunte Mischung aus Turban und Haube, war weder Mann noch Frau, weder Kind noch erwachsen. Ich verspürte keine Furcht, vielleicht weil ich träumte? Halluzinierte ich?

Etwas Vertrautes schwang lose in meinem Bewusstsein hin und her, wie ein wendiges Déjà-vu. Die Person kam mir bekannt oder zumindest vertrauenswürdig vor, obwohl ich genau wusste, dass ich sie noch nie zuvor gesehen hatte. Sollte ich mich vor Zaubertricks meines Gehirns fürchten? Ich fürchtete mich nicht. Aber ich fürchtete mich ja nie. Wenn es eine Vision war, dann sollte ich jetzt gut aufpassen, denn Visionen wollten etwas mitteilen, sie wussten immer alles besser und im Voraus, also versuchte ich eine gewisse Aufmerksamkeit in meinem verpeilten Kopf hinzubekommen, um mich der Vision angemessen hinzugeben.

Diese bisher stumme Begegnung war verwirrend und aufregend zugleich. Womöglich befand ich mich längst in einer anderen Dimension, und das wäre doch mal was, es wäre ein Ausweg aus all meinen Auswegen.

Mein Blick schärfte sich für weitere Details. Die Person trug eine Art Frottee-Jumpsuit mit verschiedengroßen Punkten, ja wirklich in allen Farben drauf, irgendwo hatte ich das schon mal gesehen, dieses Muster, und dann platzte aus mir heraus: »Ein Jumpsuit?«

Die Person sah an sich herunter und sagte mit helldunkler Stimme: »Eher Overall, oder?«

»Arbeiten Sie im Designbereich?«

»Nein, im notariellen Bereich, darf ich mich kurz vorstellen: Plü.«

»Herr oder Frau Plü?«

»Einfach Plü, wenn es recht ist.«

»Es ist recht. Aber was machen Sie in meinem Zimmer?«

»Ich arbeite und verkünde.«

»Sind Sie eine Vision?«

Plü schien darauf nichts zu sagen zu haben, hatte eine Vision ein Selbstverständnis, ein Ich-Gefühl? Also entschied ich mich, Plü nicht weiter in Bedrängnis zu bringen, vielleicht war Plü keine Vision, sondern aus einer parallelen Welt, und ich war bereit, ob ich nun möglicherweise verrückt wurde oder nicht, vielleicht ging es gar nicht darum, sondern um alles. So richtete ich mich im Bett auf und setzte mich in einen geraden Schneidersitz, ein wenig Halt und Ordnung konnte nicht schaden, um jetzt nichts zu verpassen. Plü reichte mir sogleich aus dem Nichts eine dampfende Espressotasse, dazu ein Schälchen mit einer großen gelben Kapsel.

»Vitamin C, es versetzt dich in größere, ja magische Wachsamkeit!«, sagte Plü und erinnerte mich an meinen Vater.

»Warum magisch?«, hakte ich nach.

»Ist Magie nicht das Gegenteil von Ödnis?«

»Von Gleichgültigkeit«, sagte ich.

»Und du magst die Magie der Wut der anderen, oder?«

»Ist das eine Therapiesitzung?«, fragte ich und spürte eine Art drollige Miniatur des Zorns.

Plü sprach: »Oh, ich verstehe nichts von der Psychologie, ich habe wie alle anderen auch bloß ein paar Podcasts abonniert, auch den deiner Mutter, eine kluge und durchaus gewitzte Frau.«

»Hat meine Mutter Sie geschickt?«

»Nein, aber nein, Frau Auve, sagte ich das nicht längst?«

»Nein«, sagte ich.

»Ach.«

»Bin ich gefeuert?«

»Oh, nein, aber du scheidest dennoch aus dem Dienst aus, sogar mit sofortiger Wirkung, denn Frau Auve ist gestern Nacht verstorben.«

»Was?«

»Gräm dich nicht, mein Kind.«

»War es wegen des Alkohols, bin ich schuld?«

»Nein, nein, es war wegen ihrer Absicht, der Alkohol war bloß ein letzter Wunsch.«

»Und Sie wussten davon?«

»Was ist schon Wissen, liebes Kind.«

»Ich bin kein Kind mehr.«

»Na ja.«

Ich schwieg, Plü fuhr fort: »Machen wir es nun kurz, Frau Auve vererbt dir ihr gesamtes Vermögen, allerdings unter einer kleinen Bedingung.«

»Was? Warum? Warum mir?«

»Jetzt konzentriere dich, Lilith Innocentia West, es geht um 89 Millionen.«

Ich schwieg, mein Herz schlug laut.

Plü fuhr fort: »Die Bedingung ist, dass du eine tiefe Liebesbindung zu einem Menschen eingehen und natürlich zuvor deine Furcht davor überwinden musst.«

»Eine Liebesbindung?«

»Ja, eine Bindung ohne Wenn und Aber, mit Kontrollverlust und Romantik, Größe, Tiefe, allem Drum und Dran.«

»Das ist der Plot?«

»Wenn du so willst.«

»Und ich als Protagonistin muss mich selbst überwinden, und es muss mich treffen wie der Blitz?«

»Genau!«

»Wie in einem Hollywood-Unterhaltungsfilm?«

»Oder wie bei einer psychischen Störung: nicht schlafen und essen können, irrwitzige Sehnsucht, sich selbst verlieren.«

»Und das alles für eine Unmenge Geld?«

Plü strahlte.

»Ja, ist das nicht erregend?«

»89 Millionen sind pervers.«

»Du musst es nicht annehmen.«

»Ich werde es nicht hinbekommen, ich kann doch nicht einfach jemanden finden und lieben und mich binden, wäre das so einfach, würden es doch alle hinbekommen, also auch die, die es im Gegensatz zu mir wirklich wollen.«

»Du willst nicht glücklich sein?«

»Eine Liebesbeziehung ist nicht der verdammte Schlüssel zum Glück.«

Plü sagte: »Wir treffen uns in einem halben Jahr wieder, und bis dahin solltest du tief empfinden, dann kannst du zumindest mal deine Miete bei Viktoria bezahlen und deine Atelierkosten begleichen.«

»Aber dann ist niemand mehr wütend auf mich.«

Plü zwinkerte, und ich wurde laut: »Und ich weiß nicht, wie das geht, das alles!«

»Das wirst du dann wohl rausfinden müssen, sonst geht das ganze Geld an ein Museum für zeitgenössische Kunst, und da wirst du ja sicher nicht von profitieren, oder?«

»Dann überweisen Sie es gleich dem Kunstverein, ich bekomme das nicht hin, und ich hasse romantische Komödien!«

»Wer sagt, dass es eine Komödie sein muss, hab ich das gesagt?«

»Nein«, antwortete Lit und fuhr fort: »Drama, Komödie, was auch immer. Ich soll die Unterhaltungsindustrie kopieren, die Fiktion der Dramaturgie von Liebeserzählungen des Kapitalismus?«

»Nenn es, wie du willst, Lilith, aber ich muss jetzt los. Frag doch deine Freundin Sherife um Rat, wollte sie nicht kürzlich einmal wieder aus ewiger Liebe sterben?«

»Eben, es hat sie nicht glücklich gemacht.«

»Darum geht es nicht, es geht darum, etwas zu fühlen, Lit, Frau Auve und ich wollen dich lebendig, dass du lebst, dass du alles fühlst, alles, was dazu gehört. Gefühle gibt es nicht scheibchenweise.«

»Wie Loyalität«, murmelte ich.

»Frau Auve ist auf deiner Seite«, sagte Plü, schnipste beidhändig und machte eine breakdance-artige Welle mit dem ganzen Körper, kurz sah es aus, als würde das Bild in alle Richtungen zerbersten.

»Aber ich dachte, Frau Auve ist tot?«

Plü fuhr wieder zusammen, plusterte sich ein wenig

auf, sprach und intonierte noch besser als Viktorias Healing-Journey-Guru im Internet: »Die Gegenwart, die Vergangenheit und die Zukunft, das ist alles nicht voneinander trennbar, alles wirkt nach und ineinander, zerfließt zu einem ganzen großen Werk in Perfektion.«

»Wie einer meiner Glitzerklumpen?«

»Wenn das deiner Vorstellung entspricht, ja, dann ist es wohl so, meine liebe Lilith.«

»Und wie soll ich das beweisen? Dass ich liebe und da nicht mehr rauskomme?«

»Oh, ich werde es wissen!«

»Sind Sie Neo-Amor oder so?«

»Ich bin was ich bin.«

»Ein Hologramm aus zu viel Dopamin?«

»Erst wenn die Grenzen verschwimmen, wird die Welt zu einer erträglichen Angelegenheit, das weiß ich, so wahr ich hier vor dir stehe.«

»Was ist Wahrheit?«

»Etwas Unendliches.«

»Wo werden wir uns wiedersehen?«

»Erinnerst du dich noch an die Polizeiwache in Berlin?«

»Bei der Loveparade, als ich ein Kind war?«

»Ja, als deine Eltern dich abgeholt haben und sich kurz darauf trennten.«

»Dort treffen wir uns?«

»Nein, aber ich wollte, dass du dich daran erinnerst. Wir treffen uns in Hamburg, gerne in einem Park, du wirst es wissen, wenn es so weit ist.«

»Wie?«

»Ich lasse es dich wissen?«

»Tragen Sie Kokosparfum?«

Plü zwinkerte, und plötzlich verformte sich sein Kopf

beinahe in den meiner Mutter und dann wiederum ganz schnell in Frau Auves Haushältern Angel, und sie sagte streng: »Du musst jetzt los, verlasse bis zur Mittagsstunde das Haus!«

Ich schloss die Augen und schüttelte mich, um Ordnung in dieses ganze visuelle Durcheinander zu bringen. Als ich sie öffnete, stand wieder Plü in voller fluoreszierender Pracht vor mir.

»Ist es Zeit?«, fragte ich.

»Es ist längst Zeit, und die Spiegel-Pforten werden sich öffnen.«

»Wie am Ende in *Die unendliche Geschichte*?«

Plü lächelte und reichte mir die Hand. Ich schob sie beiseite, stand aus dem Bett auf und sagte: »Worum soll ich kämpfen? Liebe ist das Gegenteil von Autonomie.«

»Du bist frei, alle Seiten zu verstehen«, sagte Plü mit Yodas Synchron-Stimme.

»Ich kann nicht, und ich weiß nicht, was ich als Erstes tun soll, ich kann mich nicht erinnern, wie es angefangen hat, und darum geht es doch, um den Beginn einer Geschichte, sagen Sie mir Plü, womit hat es angefangen?«

Ich überlegte, die Vitamin-C-Kapsel zu nehmen, mein Vater sagte oft, Vitamin C sei immer ein guter Anfang. Aber sie war nicht mehr da, die Espressotasse leer. Ich erinnerte mich nicht, beides konsumiert zu haben.

»Halt inne, denk ein wenig nach, reise zurück nach Hamburg und frag vielleicht mal deinen Cousin um Rat.«

»Leif? Ich kann ihn nicht fragen, er ist gerade in dieser Show, wo Leute die perfekte Person für sich finden sollen.«

Plü lächelte und sagte: »Längst abgedreht«, dann verließ Plü rückwärts das Zimmer.

Meine Schultern fühlten sich an wie Blei, und mir fiel nichts Besseres ein, als die Nachricht meiner Mutter im Mülleimer meines E-Mail Accounts anzuklicken. Und ja, sie bat darin nach ziemlich viel Drumherum um Entschuldigung, und der erste Satz lautete in altbekannter Manier: *Du weißt, dass ich dich liebe.*

Ich entschied mich, darauf nicht zu antworten.

*

Plü hatte nicht erwähnt, dass ich im Laufe meiner Versuche, die Liebe zu finden, um ein gutes Leben glanzvoller Unabhängigkeit mitten im Kapitalismus führen zu können, als Projektförderung monatlich bedingungslose 1000 Euro erhalten würde. Da stand es im E-Mail Betreff: *Förderung Lumin 3000.* Doch dann begriff ich, dass es sich um irgendein Kunststipendium handelte ... Wann hatte ich mich betrunken bei Nacht darauf beworben und womit? Verdammt, welches Projekt musste ich zu Ende bringen?! Hatte mein Vater vielleicht etwas von mir eingereicht? Es war ihm zuzutrauen, er hatte das schon mal gemacht, als ich noch minderjährig war. Das Stipendium lief über sechs Monate, auf den Zufall genau bis zu dem Tag, an dem ich von unfassbar viel Reichtum überschüttet werden könnte. Wenn ich nicht versagte, wenn ich es schaffte, liebesaktiv zu bleiben, bis sich etwas Unabwendbares mit romantisch-mythologischer Substanz einstellte. Ich musste es schaffen, einen anderen Menschen in meinem Kopf zu einer neuen magischen Realität umzugestalten ... Und mit sofort abrufbarer, ja vorauseilender Resignation stellte ich fest: Liebe und künstlerischer Erfolg haben gemeinsam, dass sie sich nicht planen lassen. Was solls, ich bin am Leben, warum also nicht Aussichtsloses den Berg hochrollen, so lange ich kann? Eine bessere Idee habe ich nicht, ihr vielleicht? Ist schon mal jemand von euch oben angekommen? Und dann? Was dann?

Man kann bloß Würde bewahren, und nicht nur die eigene. Manchmal wurde man dafür sogar mit Geldern ausgestattet, meistens aber nicht.

Was also war das Förderungswürdige an meiner Kunst? An mir? Und warum sollte ich auch noch Geld für Liebe erhalten, war Liebe nicht mehr als genug? Okay, ich musste mich kümmern, um mich kümmern, innerhalb des großen Ganzen, verstanden. Ich hätte Frau Auve aber gern gefragt, was mich besser machte als zum Beispiel ein Gnadenhof für Nutztiere oder irgendetwas anderes mit Mehrwert, Idealismus, zumindest dem Hauch von Selbstlosigkeit, Vorbildcharakter. Hatte ich Vorbilder?

Mein Onkel Mimi war ein populärer Ernährungsberater, meine Mutter Psychologie-Star, mein Vater ein Schriftsteller mit Stellenwert, meine Tante kämpfte sich ab für politisch verfolgte Künstler*innen. Ich liebte sie alle, aber sie taugten trotzdem nicht als verbindliche Vorbilder, sie waren einfach zu menschlich.

Nun sollte ich also mit temporärer 1000-Euro-Mindbody-Ruhe der Sortierung meines Lebens und der Möglichkeit nach Liebe und Romantik nachgehen, ich musste mich reinhängen, aufmachen, oder wie lief das mit dem Verlieben? Hatte es nicht vor allem etwas damit zu tun, wen man traf? War nicht alles Zufall, musste ich den Zufall heraufbeschwören, ihm eine Falle stellen, Magazine oder Foren lesen? Wie verdammt noch mal lief das mit dem Verlieben? Ich könnte nicht mal über das Gegenteil einen Ratgeber schreiben, obwohl ich echt gut darin war. Wie sollte ich mich verlieren in einer anderen Person?

Warum wollte ich mich nie verlieren in einer anderen Person? Was gab es zu gewinnen? Okay, das war jetzt deutlicher als zuvor: 89 Millionen Euro. Aber was gab es zu verlieren? Ich wusste es nicht, aber der Gedanke löste eine gewisse Unruhe in mir aus, die ich nicht fassen konnte. Ich wusste nichts, aber musste alles geben. Immerhin wusste ich seit Langem mal wieder, was ich die nächsten sechs Monate im Groben vorhatte. Natürlich waren 1000 Euro ein Witz. In einer halbwegs cool gelesenen Großstadt lief das Geldausgeben an einem gewöhnlichen Werktag verlässlich auf Hochtouren. Schließlich ging es nicht bloß ums Überleben, ein gutes Leben sollte es sein, mit Drum und Dran, im Zeitalter des Multifeminismus und Hyperfemininen, der urbane Radius machte weit auf, was für ein Spaß. Aber Liebe? Gott lass nach.

Es war richtig, in Zeiten großer Entscheidungen und lebensverändernder Maßnahmen einen roten Lippenstift dabei zu haben, schlussfolgerte ich im Spektrum des Hyperfemininen und kaufte einen im Bahnhofs-Rossmann. Schon hatte ich 1000 Euro Förderung um 2,49 Euro verringert. Das war mein erster Einsatz, und ich steckte den Lippenstift unbenutzt in die Tasche.

Mal angenommen, Plü war nichts als ein Wachtraum? Und ebenso der Deal, warum sollte ich mich dann darauf einlassen? Na ja, falls ich aber doch eine Begegnung der dritten, vierten Art hatte (Wie hieß der Film aus den Achtzigern?), dann könnte da eine Menge Macht und eben viel Geld drin sein. War Liebe eine Macht, die ich nicht kannte, würde sie mir endlich eigene Wut einbringen? Tränen? Emotionen, die zum Himmel schrien und zurück? Wahrscheinlich war es das. War es das? Ich schloss die Augen und stellte eine Frage ans Universum. (Sagte man das so?) Das Universum antwortete per WhatsApp: Eine Nachricht von Junius, wann hatte ich ihn entblockiert? Zunehmend bekam ich den Eindruck, dass meine Synapsen ihr Mojo verloren hatten. Junius jedoch schien sich und seine Gefühlswelt fest im Griff zu haben, hochmotiviert hatte er offenbar eine Idee gehabt: die Idee, mir ein Lied zu schicken. Es hieß *Naked* und war von einem Interpreten namens James Arthur. Junius schrieb dazu, er habe Collins Brauser die Freundschaft gekündigt, er liebe mich und wolle mit mir zusammen sein, ich sei *One in a Million*. Alle anderen Frauen seien ihm egal.

Ich dachte, dass er ja gar nicht alle anderen Frauen kannte und dass es außerdem weitaus mehr Frauen als eine Million gab, und ich hörte mir das Lied aus Höflichkeit über Kopfhörer an. Es klang kitschig und verliebt, geradezu verzweifelt feierlich. Ich weiß nicht, was Junius mit dem Lied bezweckte, ich verliebte mich ja trotzdem nicht in ihn. Der Text handelte davon, dass jemand alles von sich zeigt und gibt und stark liebt, und die andere Person tut all das nicht, tut aber eigentlich nur so und braucht noch Zeit, die feierlich offen verliebte Person will aber nicht mehr warten und singt deshalb mit Inbrunst dieses Lied namens *Nackt*, damit die andere Person sich auch endlich nackt macht. Hm. Was projizierte er auf mich? Die Fantasie war eine Superkraft von reeller Relevanz, ein Talent, das man vielseitig einsetzen sollte, gepaart mit Optimismus entstand wahre Magie.

Was habt ihr für Talente? Seid ihr gut darin, euch zu verlieben? Ich wäre beeindruckt.

Andersherum ist es einfach. Wenn ihr jemanden in euch verliebt machen wollt, versprüht autonome Laune und sagt Sachen, die ihr wirklich denkt; macht, dass Leute sich in eurer Gegenwart gesünder fühlen. Das ist schon eine Menge. Regelmäßiges Duschen schadet nicht. Intelligenz und Reife werden euch im Zweifel angedichtet, um die Sache zu legitimieren. Trefft euch, nachdem ihr geweint habt, nie sind Menschen schöner. Jemand wird sich früher oder später mit euch infizieren. Bin ich dieser Jemand?

Man verliebt sich doch eher in das Geheimnis einer Person, nicht in ihre Wahrheit, die kommt später, wenn man längst verloren ist. Wahrheit ist erstaunlicherweise höchst unbeliebt, Alkoholismus ist weitaus beliebter, viele trinken lieber schon morgens Bier oder Sekt, als sich mit der Wahrheit anzufreunden, oder sie arbeiten unentwegt. Zu welcher Gruppe gehört ihr?

*

Längst war ich in eine Bahn eingestiegen, wo einige in ihren Sitzen hingen und trinkend an allem vorbeistarrten, und ich begann nach einem Mann Ausschau zu halten, der ein gutes Geheimnis hatte. Möglichst langsam spazierte ich durch jedes Abteil und sah mich um, denn ich wollte keine Zeit verlieren. Sie waren überall, nicht nur in diesem ICE, der nicht mit meinem Ticket kompatibel war. Das gefiel mir. Ihr wisst ja, wie gern ich rausgeworfen werde, am besten auf freier Strecke, dann würde ich den Rest zu Fuß zurücklegen und es als Schicksal auslegen. Ich war auf dem Weg nach Hamburg und hatte vor, mich noch vor Harburg zu verlieben, zu fallen, *naked*.

Schnell schrieb ich Mimi und Asta eine Nachricht, wir hatten da noch so eine Gruppe wegen eines Essens, das nie stattgefunden hatte, weil, wie ich jetzt erkenne, ich diejenige war, die sich auf den letzten Vorschlag nicht mehr gemeldet hatte. Fast ein Jahr her, und doch antwortete ich nun, dass ich mich sehr freuen würde, am Abend zum Essen zu kommen und über Nacht zu bleiben, über mehrere Nächte. Asta und Mimi hatten ein großes Gästezimmer, sie mochten es, wenn es anderen gutging bei ihnen.

Ich wusste nicht, wie es ihnen ging, nicht, ob ihre Ehekrise anhielt, das Zerwürfnis wegen Leif, der oft und akut in einer Fernsehshow zu sehen war, anstatt mal zuhause vorbeizuschauen. In der aktuellen Show, die sich in Thailand abspielte, gab es einen Raum, mit einem riesigen Bett, einer Dusche, Whirlpool und einer Stange zum dran tanzen. In diesem Raum sollten die Teilnehmer*innen Sex haben, sie wurden von der Moderatorin ständig eiskalt in Feldwebelmanier dazu angestachelt. Leif feierte schon mit drei verschiedenen Frauen dort in diesem Raum bis unter die Decke, schließlich gab es eine Gage und mögliche Folgeengagements. Mimi und Asta sagten, er habe seine Seele verkauft und seine ausklingende Jugend und seine Würde. Den Körper sparten sie in ihrem Resümee seltsam anmutend aus, und ich hakte nicht nach, weil ich Scham als Ursache nicht ausschloss. Ich wunderte mich nicht, dass Leif unter diesen Verurteilungs-Umständen seinen Eltern weitgehend fernblieb, staunte jedoch schweigend darüber, dass sie selbst diesen Zusammenhang nicht begriffen.

Immerzu hatten sie betont, er solle bloß nicht BWL studieren oder die FDP wählen, und einmal hatte Leif mir erzählt, dass er eigentlich gern BWL studiert hätte, weil er gut mit Zahlen war und Geld ihn oft mehr interessierte als alles andere. Und auch wenn meine Interessen anderer Natur waren, mochte ich es, dass er von etwas so überzeugt war, und womöglich war die Kunst, schnell viel Geld zu verdienen, sein gestalterischer Ausdruck, und es gefiel mir einfach auch, dass er nicht ich war. Vielleicht freuten sich Mimi und Asta über meinen ausgedehnten Besuch, ich war schließlich auf andere Weise missraten als ihr Kind. Und ich würde niemals Sex vor einer Kamera unter der Bettdecke haben. Wie so ein verhüllter Porno, ein Porno von Christo, vielleicht handelte es sich mit etwas gewagter Fantasie in der Tat um Kunst? Oder eben Unterhaltung mit Orgasmen.

Ich schickte die Nachricht ab und lief weiter und weiter, irgendwie hatten die Leute sich verändert, ich war doch gar nicht lange weg, wie lange war ich weg? Geriet ich womöglich in eine Zeitschleife? Ein ganzes Großraumabteil war vollbesetzt mit jungen Nazis, und sie brüllten herum und sangen Hits mit eigenen Texten, obwohl sie nicht mal stark betrunken wirkten. Einer rief mir etwas Schmutziges hinterher, und ich drehte mich um und ging direkt auf ihn zu, schnipste ihm mit Wucht den Mittelfinger gegen die Stirn, drehte ihm die Nase um und sagte, er solle sich zusammenreißen und in Grund und Boden schämen. Mit einem Mal kehrte Stille ein, die drei Frauen dazwischen starrten mich erwartungsvoll an, ich wandte mich an den vermeintlichen Anführer.

»Verdammt noch mal, was soll das hier? Habt ihr nichts Besseres zu tun, als Nazis zu sein?!«

Alle bekamen feuchte Augen, einigen zischten einzelne heiße Tränen über die Wangen, die Frauen und zwei der Männer bekamen Nasenbluten, ich spuckte jedem einzelnen von ihnen ins Gehirn, jetzt in diesem Moment. Und alles fror ein. Nun war ich die einzige Person, die sich noch bewegen konnte, und ich bewegte mich fort von ihnen, ließ sie zurück in ihrer Schockstarre der temporären Scham, ich und der Zug glitten durch die Welt der Zeichen dieser Zeit, und ich weiß, ihr glaubt mir kein Wort, ihr denkt, das, was gerade passiert ist, hätte ich mir nur ausgedacht. Verdammt noch mal, werdet utopisch, kämpft, zündet die Scheiße an und übertretet die Grenzen des Machbaren, gewöhnt euch niemals an die Party des Ekels, sprengt sie, mit allen legalen, illegalen und phänomenalen Optionen. Ihr denkt, ich erfinde das hier bloß und dass ich eigentlich keine Superkräfte habe. Aber wisst ihr noch, was ich euch über Superkräfte gesagt habe?

Ich habe womöglich Superkräfte, könnte ich sonst einfach so zu euch sprechen, ohne physisch anwesend zu sein? Nichts ist nur Fantasie, alles gehört zur Realität, auch Fucking Nazis im Zug. Und wenn ich sage, ich habe dem Nazi-Typ seine harte Nase umgedreht, dann habe ich ihm die Nase umgedreht, die Nase, auf die er so stolz ist, weil der Knorpel darin in seiner Vorstellung ein deutscher Knorpel ist. Was würdet ihr denn tun, wenn ihr durch ein Zugabteil voller Nazis lauft und einer von ihnen brüllt euch etwas nach, das besagt, er würde gern mit euch Geschlechtsverkehr haben?

Nicht alles Negative kann in kausaler Verschmelzung mit einem Mangel an Liebe begründet werden, oder glaubt ihr das?

Augenblicklich wurde wieder alles um mich herum lebendig, ein Kleinkind quengelte, jemand hörte schlechte Musik, jemand telefonierte angeberisch, und es roch nach Remoulade und alter Gurke.

Ich betrat einen Wagen der ersten Klasse, eine einzelne Person saß etwa in der Mitte über ihr Laptop gebeugt und blickte nicht auf, als ich stehen blieb. Ein Mann, nicht in meinem Alter, jünger, er wirkte sehr konzentriert, seine Gedanken funkelten mich an. Die dunkelblaue Kapuze seines Hoodies auf dem Kopf, die Ärmel zu lang, seine Nägel wirkten gepflegt. Ich fragte mich, wie er wohl hieß, und wünschte mir einen interessanten Namen. Seine Herkunft war schwer zu erraten, so von außen betrachtet. Ich nahm ihm gegenüber Platz, versank in das Geheimnis, sah ihn an und hin und wieder aus dem Fenster. Was könnte sein Beruf sein? Was denkt ihr? Was wünscht ihr euch? Wie heißt er, und ist meine Reise bereits zu Ende? Werde ich jetzt gleich hier Liebe bei diesem Fremden finden, reich beschenkt vom Zufall aus diesem Zug aussteigen? Ist sich zu verlieben bloß eine Frage der eigenen Entscheidung in einem günstigen Moment, weil man glaubt, in gewisser Weise von der Liebe profitieren zu können? Was für einen Mehrwert hat Kontrollverlust, welchen haben Hormone? Was steigert die fundamentale Bereitschaft zur Hingabe an die Verletzbarkeit, ohne dass man auch nur den Klang einer Stimme und schon gar nicht den Gang des Intellekts des anderen Individuums kennt.

Ihm gegenüber zu sitzen, würde mir bis Hamburg reichen. In seine distanzierte Gegenwart versinken und zugleich allein sein. Das könnte Liebe sein. So ein ganzes Leben möchte ich mir vorstellen, aber war sowas in der Art auch in einer gemeinsamen Wohnung möglich, im Alltag, mit all den Tücken und Kanten?

Ich wollte nicht, dass er jemals begann mit mir zu sprechen, das Fremde einzureißen, den Spielraum für alles und nichts. Das Inkognito und die Leere des Wagons stärkte den Zauber. Noch war alles möglich. Sogar Perfektion.

Er guckte kurz auf sein Telefon, wühlte dann in seinem Rucksack, ich befürchtete, im nächsten Moment würde alles vorbei sein, ich würde etwas über ihn erfahren, im schlimmsten Fall über seine Essgewohnheiten im Zug. Aber er fand nicht, wonach er suchte, oder er wollte bloß sichergehen, dass es noch existierte. Somit richtete er sich wieder auf, streifte meinen Blick keine Sekunde zu lang und tippte weiter.

Unter dem Kapuzenpullover trug er ein weißes T-Shirt und dann, ohne meine Intention zu verstehen, unterbrach ich meine Kontemplation und fragte ihn: »Was hat das T-Shirt gekostet?«

Er blickte auf, lächelte nicht, dann doch. Und fragte: »Warum?«

»Nur so.«

»Ich erinnere mich nicht mehr, ich habe es schon so lange. Ich trage es nur drunter, denn es hat ein Loch am Saum.«

Ich nickte.

Er schrieb weiter, ich vermutete nun, einen Journalisten vor mir zu haben, und schon hatte ich eine Vorstellung und Themen im Kopf, ich fragte: »Was ist deine politische Grundeinstellung?«

Er sah nicht auf, grinste und sagte: »Was geht dich das an?«

Ich sagte nichts. Und dann, nach ein paar Minuten: »Warum sitzt du in der ersten Klasse?«

»Ich bin hierhin, weil, da waren überall Nazis.«

»Hast du ein Ticket für die erste Klasse?«

Er schüttelte den Kopf und fragte: »Du?«

»Ich habe nicht mal eins für diesen Zug.«

Er lächelte jetzt beinahe zärtlich und sagte: »Was machen wir, wenn die Kontrolle kommt?«

Ich sagte: »Da kommt niemand, ich bin diejenige, die hier alles kontrolliert, ich erfinde das hier alles, und du bist nichts, als ein Teil meiner Fantasie.«

Er erwiderte: »Das ist das Schönste, was ich heute gehört habe.«

»Was hast du sonst noch gehört?«

»Nur Nachrichten, alle relevanten Presseschauen und Kommentare auf Deutsch und Englisch.«

»Dann war es kein Kompliment.«

»Wer bist du?«, fragte er und zog sich die Kapuze vom Kopf.

Naked, dieses kitschige Lied von Junius klang kurz in meinem Kopf nach, und ein schlichter Schwindel ergriff Besitz von mir. Ich riss mich zusammen und forderte ihn heraus.

»Erzähl du mir, wer ich bin, warum wir uns getroffen haben.«

»Du hast dich mir gegenübergesetzt«, sagte er.

»Mochtest du das?«, fragte ich.

»Ja, und ich frage mich seitdem, ob wir uns wiedersehen werden.«

»Sag mir deinen Namen«, bat ich ernst.

»Du hast gesagt, dass du dir das hier alles nur ausdenkst, dass es deiner Kontrolle unterliegt, dann müsstest du doch eigentlich wissen, wie ich heiße, richtig?«

»Wieso *nur*?«, fragte ich, und er bat: »Nenn mir meinen Namen.«

Ich ließ mir Zeit, und er schrieb weiter an seinem Text, dann sagte ich: »Dein Name ist Fidelis Sodann, und dein Beruf ist Journalist, du schreibst politische Reportagen und bist auf dem Weg nach Hamburg, weil von da dein Flug zu deinem nächsten Auftrag geht.«

»Wohin?«

»Nach Kairo.«

»Und warum? Worüber werde ich von Ägypten aus berichten?«

»Über die Situation der sudanesischen Flüchtlinge, vor allem der Frauen, die allein gereist sind, du hast direkte Kontakte zu Leuten von Hilfsorganisationen und Aktivist*innen und wirst dich vor Ort noch genauer mit der Situation und den Umständen vertraut machen. Der Job kam erst vor wenigen Tagen rein, weil eine ältere Kollegin an Corona erkrankt ist und sie befürchtet, dass es Wochen dauern wird, bis sie sich vollkommen erholt haben wird, es ist bereits das dritte Mal. Du wirst deine Chance nutzen.«

Er verschränkte die Arme und sah mich verdutzt an: »Nicht schlecht, fast alles stimmt.«

»Was stimmt nicht?«

»Keine Kollegin, es ist ein Kollege.«

»Es ist meine Geschichte, vielleicht lügst du, weil du meine Treffsicherheit unheimlich findest.«

»Du irrst, ich mag die Unheimlichkeit.«

Nun klappte er seinen Laptop zu, stützte seinen Kopf auf die Hände und fragte: »Kann ich dich wiedersehen?«

Ich sagte: »Bis dahin wird viel Zeit verstreichen, denn wir beide müssen erst noch was erleben.«

Er sagte: »Du lässt mich extra nach Ägypten fliegen, um mich los zu sein, richtig?«

»Kann gut sein«, sagte ich, »sonst wäre es ja nicht mehr spannend, und ich würde mich außerdem zu sehr fürchten.«

Er nahm sein Telefon, entsperrte es und schob es mir rüber: »Gibst du deine Nummer ein und deinen Namen?«

»Nein«, sagte ich.

»Nein?«

»Nein.«

Er zog eine Augenbraue hoch.

»Du meinst, wir machen es wie in einem dieser Filme,

wo es darum geht, sich zufällig wiederzutreffen oder eben gar nicht?«

»Ja.«

»Ich hab das nie verstanden, aber da du ja eine Geschichtenerzählerin bist, wirst du mir den Sinn dahinter sicher erklären können.«

»Du bist doch auch ein Geschichtenerzähler, oder?«

»Na ja«, sagte er, »ich erzähle realistisch, ich berichte.«

»Bedrückend realistisch?«, frage ich.

»Wenn die Realität es hergibt, und das tut sie meist.«

»Du verfälschst das Geschehen durch deine Anwesenheit?«

»Ja, aber ich unterschlage meine Anwesenheit nicht.«

»Alles ist Interpretation, auch das Ich, jeder Moment, der gerade vergangen ist, wird ausgelegt, wir können einfach nicht anders.«

»Und warum kannst du mir nicht einfach deine Nummer geben?«

»Dann ist es nicht romantisch?«

»Und warum muss es romantisch sein?«

»Ich verstehe nichts von Romantik, aber ich habe gehört, sie mache die Welt erträglich.«

»Wegen des Hormonrausches?«

»Das würde nur ein gnadenloser Realist behaupten.«

»Und was behauptest du?«, fragte er und zog sein Handy zurück.

»Schicksal.«

»Was?«

»Dass man es dem Zufall überlässt, ob man sich wiedersieht, es ist die Behauptung, dass Schicksal existiert.«

»Und damit eine höhere Macht, die alles lenkt?«

Die Durchsage des Schaffners beendete unser Gespräch, nur noch wenige Minuten bis zum Hamburger Hauptbahnhof. Wie lange hatten wir geredet und worüber noch? Ich konnte mich nicht erinnern.

Und ich sah auf mein Telefon, als gäbe es Wichtigeres, und tatsächlich gab sich dort ein relevanter Mangel zu erkennen: Onkel Mimi hatte nicht geantwortet, er antwortete immer, wirklich immer, und er war nie böse, wenn ich mich lange nicht gemeldet hatte. Die blauen Häkchen bewiesen, dass er meine Nachricht zur Kenntnis genommen hatte. Dass Asta nicht antwortete, war normal, sie hatte immer zu tun, war überlastet aus Überzeugung, ständig traf sie im Rahmen ihrer Stiftung Entscheidungen, die Auswahl jener Künstler*innen, die Stipendien bekamen und in Deutschland leben und arbeiten konnten. Von Asta erfuhr ich schon früh von der Situation im Sudan, die weltpolitisch verhältnismäßig wenig beachtet wurde. Nicht alles ist Zufall. Aber dass der Mann vor mir auf dem Sitz Fidelis Sodann hieß und auf dem Weg nach Ägypten war, um eine Reportage über Geflüchtete aus dem Sudan zu schreiben, ist absolut wahr, ich schwöre es euch. Das musste passieren, es war so abgemacht, bevor wir uns trafen, und ich schloss den Vorhang mit: »Wir müssen los!«, und stand sofort auf.

Er sagte: »Der Zug ist noch gar nicht in den Bahnhof eingefahren.«

»Ja, ich weiß, ich muss mich bewegen, alles findet sich, du wirst sehen, alles Gute für die Arbeit.«

»Machs gut«, sagte er und zog sich die Kapuze tief ins Gesicht.

*

Ich klingelte bei West. Die Wohnung von Asta und Mimi hatte einen absurd langen Flur. Irgendwann hörte ich

Schritte, und dann wusste ich, dass ein Auge durch den Spion auf mich gerichtet war, ich sagte: »Hey, ich bins, Lit!«

»Who?«, hörte ich eine heisere Stimme.

»Lit! Who are you?«

Die Tür öffnete sich, und mir fiel wieder ein, dass Leif endgültig sein Zimmer geräumt hatte, nachdem er immer mal wieder zuhause eingezogen war, wenn es in der einen oder anderen WG Ärger gab. Leif war eine außerordentliche Version eines schwierigen Charakters. Extrovertiert, großherzig, geldgierig und ohne hiebfeste Moral. Er hatte Glück, schön auszusehen, so kam er mit seinen Widersprüchen gut über die Runden. Mit Schönheit konnte man es eine Zeitlang krachen lassen. Und er nutzte diesen genetischen Zufall schamlos aus. Leif war über Instagram oder TikTok oder beides fürs TV angeworben worden, und seitdem konnte er sich eine Wohnung leisten. Sein altes Zimmer würde nun jeweils eine Stipendiatin aus dem Ausland bewohnen. Ich hatte also eine Künstlerin vor mir.

»I am Lit, the Niece of Asta and Mimi.«

Die Person stellte sich als Eldina aus dem Sudan vor. Sie wirkte sehr zugekifft.

»Call me Eddy«, sagte sie.

Ich sagte: »Is this your Artist Name?«

»Friends call me Eddy, und ich kann auch Deutsch sprechen, wenn du willst. Bin C1 seit letzte Woche.«

»Dann sind wir jetzt Freunde?«, fragte ich.

Sie lächelte schief, und wir gingen in die Küche.

»Woher hast du das Gras?«, fragte ich.

»Telegram, you want some?«

»No, no, aber danke.«

In der Küche reichte sie mir ein Glas Wasser, erzählte

beiläufig, dass Mimi und Asta zusammen beim Arzt seien, sie aber nicht verstanden habe, warum, irgendeine Reha vielleicht. Aber sie versicherte mir, niemand wirke schwerkrank, im Gegenteil. Eddy verschwand, ohne sich zu verabschieden in ihr Zimmer, und ich hörte sie schon bald auf Arabisch telefonieren. Ich blieb einfach am Tisch sitzen, trank Wasser und hörte ihr zu, ich mochte, wie es schwang, und ich mochte es, nichts zu verstehen.

Natürlich hielt ich es nicht besonders lange aus, einfach nur dazusitzen, also schrieb ich Leif eine Nachricht, fragte, wie es ihm gehe und informierte ihn über meinen Aufenthaltsort. Sherife schrieb ich, ob ich morgen vorbeikommen könnte, und dann schrieb ich sogar noch Viktoria und bot ihr an, ihr schonmal 500 Euro oder so zu überweisen.

ODER SO???!!!, antwortete sie so schnell, als hätte sie seit unserer letzten Begegnung vor ihrem Telefon ausgeharrt und auf meine Nachricht gewartet.

Okay, noch immer zu wütend, diagnostizierte ich mit wärmender Seligkeit. Vielleicht sollte ich sie zinsbewusst zu irgendwas einladen? Leute liebten es, wenn man an die ideellen Zinsen dachte, ganz von selbst. Zum Vietnamesen in der Schanze ging sie doch so gern. Warum wurden Restaurants nicht gegendert? Ich schrieb Sherife gerade diesen Gedanken, da drehte sich der Schlüssel im Schloss, Mimi und Asta traten ein, extra still, als wollten sie nichts wieder zum Leben erwecken, beide hatten geweint, ich konnte es über die Länge des Flurs hinweg fühlen, ich fühle es immer, und immer verlor ich kurz meine Kraft vor Neid. Nur wenn es direkt vor mir passierte, wenn ich dabei sein durfte, dann verschmolz ich mit der Gefühlswelt der anderen. Eddy hatte auch geweint, irgendwann in den letzten 24 Stunden, ihre Augen hatten es verraten, trotz der Drogen, die Traurigkeit schien noch in ihrem Körper zu schwingen, nachhaltig und wunderschön.

Ich stand auf und ging Asta und Mimi im Flur entgegen, sie waren nie still, sie redeten sonst immer, oft gleichzeitig, in perfekter Komposition.

»Was ist los, ist was passiert?«

Mimi legte mir die Hände auf die Schultern: »Unsere Ehe, Lit, unserer Ehe ist was passiert.«

Asta sagte im Vorbeigehen: »Unser Sohn ist uns zugestoßen, sein Werden zu einer eigenen Persönlichkeit, das war sein Recht, sein gutes Recht, das ist das Recht eines Kindes, und ach, darüber und auch nicht darüber hinaus sind wir nicht mehr oft einer Meinung, es sind neue Zeiten von allen Seiten, ich nehme es an, öffne mich und meine Arme, dein Onkel aber wehrt sich wie ein alter Hase in der Schockstarre.«

Mimi ging vor mir her in die Küche und sagte: »Und Asta mag mich mit ihren offenen Armen aber nicht mehr umarmen, nicht von vorn und nicht von hinten, und so vieles mehr mag sie auch nicht mit mir teilen, an mir, mit mir.«

Onkel Mimi und Tante Asta waren mein Liebesvorbild, und zwar das einzige, das ich hatte. Das konnten sie mir nicht antun, nicht jetzt. Fuck, dachte ich dumpf.

Sie wirkten nicht in der Stimmung, mir ausführlich oder meinetwegen auch in einer Art Crashkurs das Geheimnis der großen Liebe zu erklären. Konnte man sich in der Phase größten Liebesunglücks noch an die Liebe erinnern? Gehörte das Unglück zur Liebe? Musste ausgerechnet ich dafür sorgen, dass sie wieder glücklich wurden, um sie nach getaner Arbeit über die Liebe ausfragen zu können? Das war doch nicht der Grund, aus dem ich hier war, was war der Grund? 89 Millionen Euro konnte ich mir nicht mal vorstellen, also, die Bedeutung, die es für mich und meinen Zustand haben könnte, so eine Menge Geld zu besitzen. In der Summe blieb alles abstrakt, es ging um etwas anderes, etwas, das größer war, längst vorhanden, hier bei mir, in jedem Moment. Manchmal wusste ich genau, worum es ging, doch unvermittelt verschwand die Gewissheit, und was blieb, war die Dringlichkeit, aber nicht der Inhalt.

Mir fehlte einfach das Verständnis dafür, warum es mir mit jemand anderem besser gehen sollte. Andere waren eine Kreation unserer Eindrücke, aller Eindrücke, die bereits vorhanden waren, und das ließ Trugschlüsse zu und ... resiliente Fiktion. Ich bin Fiktion, warum sollte nicht alles Fiktion sein? Ich weiß nicht, wo ihr gerade seid, und ihr wisst nicht, wo ich mich befinde, außer in eurem Kopf, dennoch sind wir in Kontakt. Die Realität ist eine beschwipste Eintagsfliege. Und der Junge, der sich in einen Computer verliebte und selbstgewählt starb, hatte das verstanden, so wie das Mädchen, dass sich jetzt gerade in den tablettensüchtigen Popstar verliebt, den sie niemals treffen wird, denn darum geht es ja. Jede Gegenwart schwindet in der nächsten Sekunde, mündet in Vergangenheit und Vorvergangenheit, die Zukunft und die zweite Zukunft, alles wird vergangen sein und trotzdem infiziert sich zu jeder Zeit jemand erneut mit Ewigkeit. Alle Geschichten sind in sich geschlossen und zugleich offen zu allen Seiten. Deshalb bieten uns andere Orientierung zum Kauf an, manchmal bloß in Form der richtigen Hautpflege oder nächsten Serie, die uns sicher gefallen würde, und ich kann nichts dagegen tun, außer in Teilen darüber zu informieren, von wo aus ich erzähle, aber nicht wozu ... Jetzt bin auf dem Weg zurück in die Küche. In Küchen konnte man nachdenken oder sich um Kopf und Kragen reden. Man hatte nie den Eindruck, in einer Küche müsste Weltgeschichte geschrieben werden, dort galt alles als Zwischenspiel. Vielleicht *ist* alles nur ein Zwischenspiel, das Universum eine Zwischenlösung oder bloß ein Punkt, ein Tupfer auf dem Bild eines Kindes.

Was denkt ihr darüber? Widerspricht diese Option eurer Religion oder eurer Rationalität? Flüstert ihr es mir zu? Vielleicht kann ich es hören, so wie der Junge in *Die unendliche Geschichte* auf dem Dachboden der Schule ...

Mein Onkel in seiner rotbraun gepunkteten Strickjacke und den rot verweinten Augen erinnert mich ein wenig an ihn, Bastian? Ja, so hieß er. Mein Onkel könnte die sechzigjährige Version dieses verschüchterten Jungen sein.

Onkel Mimi befand sich im Auge seines subjektiven Sturms, ähnlich, und doch deutlich jenseits der Pubertät. Seine Lebensliebe Asta schob irgendwo in den Weiten der Wohnung geräuschvoll etwas herum, ein Möbelstück, es klang nach einem Sessel, wir hörten Schritte, Wasser laufen, dann ein Sprühen, und ein ferner Geruch nach Kokos streifte mein Bewusstsein.

Ich rollte das leere Glas über die bunt gekachelte Tischplatte hin und her. Und ich versuchte die melodramatische Atmosphäre zu überspielen, indem ich Mimi in beiläufiger Art erzählte, dass ich Eddy bereits kennengelernt hatte, und dann begriff ich, während ich albern unpassend im Plauderton redete und er mit großer Leere durch mich hindurchsah, dass Onkel Mimi und Tante Asta von einer Paar-Therapie-Sitzung zurückgekommen waren. Sobald mir das klar war, wurde ich direkt, denn ich wollte keine Zeit verlieren.

»Ihr lasst euch helfen, warum genau?«

Mimi zuckte mit den Schultern, drei, vier, fünf Mal, sein Gesicht zitterte in Erwartung von Tränen, und ich stellte mir vor, er würde aufspringen und eine Choreografie des Schmerzes tanzen. Als ich ein Kleinkind war, haben wir oft zusammen getanzt, meist zu Boney M. Sonst hörte er nur brasilianischen Jazz oder französische Chansons, aber wenn ihm etwas gut gelungen war, bekam er Lust zu tanzen, dann machte er seine *Best of Boney M*-CD an, die er seine Gewinner-Musik nannte, fing an herumzuhüpfen und eine Discotanz-Choreografie aufzuführen. Asta sagte dann immer, er sei zu Schulzeiten mal der Beste im Kugelstoßen gewesen, und ich verstand bis heute den Zusammenhang nicht, vielleicht hatte es irgendwas mit traditionell interessanter Männlichkeit zu tun.

Nun aber hob er noch einmal langsamer die Schultern und ließ sie dann umso schneller hinuntersacken, um das Ganze abzurunden, seufzte er und setzte ein paarmal an zu sprechen, bis er leise sagte: »Sie geht mir aus dem Weg, Lit, Asta geht mir nur noch aus dem Weg, jetzt gerade tut sie es auch, du erlebst es quasi im Live-Stream, ich muss es nicht mal erklären, sie verschwindet sofort, wenn wir zuhause sind, immer dahin, wo ich nicht bin, nur noch darauf ist Verlass.«

Ich hatte diesen Umstand immer schon so wahrgenommen, dass die beiden eben nie aneinanderklebten und aus der konventionellen Paarsache eine individuelle gemacht hatten. Oft fuhren sie sogar getrennt in den Urlaub. Ich hatte das immer gemocht und verstand nicht, warum Mimi es nun als Kränkung verstand, und ich fragte: »Fürchtest du, sie will sich trennen?«

»Nein, nein, sie sagt, sie will sich nicht trennen, nein, Trennung sei keine Option, sie sagt, es sei komplizierter.«

»Schlaft ihr miteinander?«

»Das ist das Seltsame, ja, das will sie, sogar häufiger als noch vor ein paar Jahren, auch andere Sachen machen, aber dann, sofort danach, verlässt sie mich wieder, sie wendet sich ab, liest prompt ihr Buch weiter, verschwindet in ihr Zimmer oder geht spazieren, sogar bei Nacht.«

»Und der Sex? Ist der gut?«

»Ja, er ist, die Leidenschaft ist ... wie neu, aber alles andere ist ... fremd, wir sprechen kaum noch miteinander, aber sie telefoniert mit anderen, auch mit Fremden, ständig, geht viel aus, essen, sogar wieder in Bars.«

Ich verstand noch immer nicht, sie hatten auch immer mal wieder eine offene Beziehung geführt, warum erwähnte er nun, dass sie mit Fremden telefonierte? Es musste sich etwas im Inneren verändert haben.

Ich fragte: »Was sagt denn die Paartherapeutin?«

»Es ist ein Therapeut ... Herr Lazaris.«

»So wie Lazarus?«

»Na ja, womöglich schon.«

»Ist er denn gut in seinem Fach, der Herr Lazaris?«

»Dr. Sokratis Lazaris, ja, er ist zwar jung, gerade von der Uni, deine Mutter hat ihn empfohlen, er hatte schnell Termine frei.«

Als Mimi meine Mutter erwähnte, spürte ich einen Klumpen irgendwo in meinem Organismus, ein Druck, schwer zu orten, eher oberhalb nahe dem Herz ... Ich drückte ihn mit der Kraft meiner stabilsten Gedanken und einer Art Powertrance weg, brachte ihn dazu zu zerspringen, stellte mir die Einzelteile vor, sie spiegelten sich gegenseitig in allen Metallic-Tönen. Gut möglich, dass ich diese Technik beim Belauschen der Arbeit meiner Mutter gelernt hatte. So wandte ich mich wieder den Problemen anderer zu und fragte Onkel Mimi: »Und was sagt Dr. Lazaris?«

»Er sagt eigentlich nicht ganz so viel, er fragt eher und dann, dann lässt er uns reden.«

»Und was redet ihr dann?«

»Heute haben wir über Eddy gesprochen, und über Leif.«

»Was haben die beiden miteinander zu tun, außer das mit dem Zimmer?«

»Na, ich bin nicht einverstanden damit, was Leif jetzt alles treibt, und ich war auch nicht einverstanden damit, dass hier jemand Neues einzieht, nicht grundsätzlich, aber jetzt, ich hab mich verändert, Lit. Das Alter hat mich verändert. Ich denke, Asta denkt das, sie hält mich für alt, Asta denkt an den Tod, wenn sie mich ansieht, das denke ich, und sie begrüßt, ja, wie sagt man, sie feiert alles an dieser neuen Zeit, will alles gelten lassen, sich alle Meinungen anhören, sogar die der Konservativen, nicht die der Nazis, aber sonst sei alles interessant, gehöre zum Geschehen, zum großen demokratischen Ganzen, obwohl es doch gar nicht ihre Art ist, allzu tolerant zu sein. Sie isst sogar wieder Weißmehl, Zucker, trinkt manchmal einen Liter Milch in einem Zug bei offener Kühlschranktür, dann läuft ihr das übers Gesicht, tropft auf den Sisal, extra so, dass ich es sehen kann, sagt, alles sei in Bewegung, und sie wolle es auch bleiben, mehrere Dimensionen leben, sie fürchte jede Erstarrung.«

»Aber daran ist doch nichts falsch?«

»Es ist aber beliebig, Lit, es ist nichts als beliebig. Sie nutzt KI für jeden Quatsch, guckt sogar dieses Reality-TV, nicht nur die Sendungen mit Leif, alles, sie sagt, die Gesellschaft sei in Bewegung, alles koexistiere nun, alles habe alle Facetten, werde aufgebrochen, es entstehe etwas Neues, ein neues Zeitalter in rasendem Tempo, und sie wolle dabei sein. Ich bin froh, wenn ich morgens ohne Dehnungsübungen aus dem Bett komme, und ich weiß nicht, warum sie so begeistert ist. Ja, das Ernährungsbewusstsein der Leute ist besser, aber gleichzeitig gibt es diese Gegentrends. Dieses Ich-lass-mir-nichts-verbieten in allen Tonlagen, als wären alle Menschen in der Pubertät, und das sagt Asta auch, der Zeitgeist sei in der Pubertät. Um mich herum sind die meisten in meinem Alter eher pessimistisch, reden Selbstausgedachtes oder sympathisieren mit den Nazis, Freunde von uns, vormals beste Linke, Asta aber findet auch das interessant, schlimm, aber interessant, auch das Reaktionäre. Und dabei setzt sie sich noch immer ein für die verfolgten Künstlerinnen und Künstler, holt sie aus Gegenden von Unrechts-Regimen, sammelt Spenden von überall ein, nutzt die Unterstützung Prominenter ohne Ideale, die sich bloß mit Wohltätigkeit und Wokeness schmücken wollen, ohne moralische Bedenken. Montags gendert sie konsequent, Dienstag gar nicht. Die restlichen Tage sind ein wilder Mix. Und sie will immer mit mir über meine Männlichkeit reden, aber ich glaube, nicht kritisch, ich glaube eher, sie will, dass ich ins Fitnessstudio gehe, wegen der ganzen jungen Typen im Reality-TV. Ich bin doch kein Fuckman! Wenn das so weitergeht, gründet sie bald eine Partei, die Partei für alles und jeden.«

Asta schaute in die Küche, betrat sie aber nicht. Ihr Haar war karamellfarben und von goldenem Glanz, ein wenig toupiert, das Gesicht sah gestrafft und die Oberlippe aufgespritzt aus, blutrotes Cremerouge markierte die Wangen. All das stand ihr, und sie erinnerte mich an die Ikonen von Almodóvar. Sie warf mir einen Kuss zu und sagte: »So schön, dich hierzuhaben, Litti, ich mach dir ein Zimmer fertig.«

Dann verschwand Asta mit schnellen Schritten, und ich wandte mich sofort wieder Mimi zu.

»Willst du, dass ich woanders wohne, wollt ihr, also willst du, dass ihr mit euch alleine seid?«

»Nein, nein, es ist ohnehin anders durch Eddy, wir sind nie wirklich allein, Asta sorgt dafür. Eddy ist die meiste Zeit in ihrem Zimmer und sagt ständig, sie wolle gar nicht hier sein, sie könne mit Deutschland nichts anfangen, obwohl ihr alle dazu gratulieren, jetzt hier zu sein. Im nächsten Monat hat sie eine Ausstellung im Institut, keine Ahnung, was sie da ausstellen wird, sie sitzt ja immer nur in ihrem Zimmer. Ich mache ihr jeden Tag einen Cocktail aus Omega 3, Algenölen, jede Menge Magnesium, Vitamin D, C. Aber ich denke, es transzendiert über die Physis hinaus. Sie war wohl bis vor kurzem noch verheiratet und ließ sich gegen den Willen der Familie scheiden. Vielleicht könntest du ihr ein wenig auf die Sprünge helfen?«

»Wieso gerade ich?«, fragte ich ehrlich irritiert.

»Na, du bist toll darin, andere anzustacheln, du kriegst nur deinen eigenen Wirrwarr nicht abgewickelt.«

Er hatte recht, aber wie sollte ich eine todunglückliche Sudanesin mit echten Problemen dazu bringen, eine Ausstellung vorzubereiten, wenn ich doch aus finanziellen Gründen dazu angehalten war, mich ausweglos in ein bis hierhin abstraktes Gegenüber zu verlieben? Davon wusste Mimi natürlich nichts, und ich war mir sicher, er würde denken, ich hätte mir die ganze Geschichte nur ausgedacht. Oft dachte ich das ja selber. Eddys Probleme waren weitaus interessanter als meine, und ich fragte: »Was macht sie denn so für Arbeiten?«

»Ich hab keine Ahnung, ich kreise so sehr um meine Liebesmisere, es ist beschämend, frag meine Misere, frag Asta.«

Asta rief ungerührt aus dem Flur: »Filme, sie macht sehr intime Filme, mit ihrem Telefon! Und das kann man schon mal machen, wenn man da sonst keine Mittel und Wege hatte. Der Zauber unserer Zeit liegt in der Vereinfachung durch den technischen Fortschritt, wir haben ihr Kameras angeboten, volles Equipment, alles da, inklusive Team, sie lehnt ab, sagt, das Telefon sei Teil der Arbeit, ich liebe diese Konsequenz.«

In diesem Moment traf eine Nachricht von Junius ein, wieder dieses Lied, *Naked* von James Arthur. Dazu schrieb er: *Hast du es dir angehört? Da geht es um uns, ich will auf dein nächstes Level, ich liebe dich, Lit.*

Mimi fragte: »Warum seufzt du?«

Ich erzählte ihm von Junius, und dann wollte er das Lied hören. Ich spielte es ab, der schlechte Sound des Telefons hielt ihn nicht davon ab zu weinen, und Asta rief von hinten: »Was ist das für ein Kitsch? Wollt ihr nicht wenigstens über JBL hören, ist ja grauenvoll so!«

Mimi rief: »Ich mag das, ehrlich ist das! Liebe ist nicht cool, nichts ist cool, das echt ist!«

Sie rief: »Was ist denn schon echt, Diamanten vielleicht!«

»Ich bin nur dein ... dein ... hier was schon, dein Kieselstein vielleicht!«

Ich würde Mimi und Asta vorerst nichts von meiner Angelegenheit erzählen. Stattdessen entschied ich mich dazu, zu kochen und so die Zeit für uns alle zu zerstreuen.

»Soll ich für euch kochen? Wünscht euch doch was, bitte!«

Asta kam augenblicklich in die Küche und sagte: »Polpette! Mit Makkaroni.«

Mimi nickte und antwortete: »Du weißt immer sofort ganz genau, was du willst, nur was du von mir willst, nach all dem Leben zusammen, das bleibt im Trüben.«

Prompt standen ihm Tränen in den Augen.

Polpette, natürlich Polpette. Polpette hatte es bei ihrer Hochzeit gegeben, mit Petersilie und Parmesan.

Mimi zog sich die gepunktete Strickjacke fester um den Körper, und ich sah, wie sich einige der Punkte aus dem Textil lösten und für Sekunden in der Küche tanzten, und sie schlugen ein paar Haken, bevor sie schließlich sicher den Weg zurück auf ihre vertraute Oberfläche fanden. Die Erinnerung an Hochzeiten ist so wie die Erinnerungen an einfach alles vollkommen subjektiv, zudem im Nachhinein romantisiert. Auf den meisten Hochzeiten wurde der Blutzuckerspiegel bis zum Abend lediglich von Sprudelalkohol, Orangensaft und krümeligen Happen stabilisiert, das Lächeln saß schief und die auserlesene Kleidung fühlte sich bloß noch schwitzig an.

Nach der Trauung von Asta und Mimi jedoch schwang eine gewaltige Pfanne aus Gusseisen über dem offenen Feuer, und es gab schon zu Mittag eine ganze Mahlzeit.

Der Koch hieß Amadeo und war ein guter Freund der Familie. Während des Kochens stürzte er reichlich Rotwein in seinen langen, schmalen Körper, schmetterte Politisches von Fabrizio De André und gab der Pfanne beständig einen Schubs, sodass sie niemals stillstand, als würde es sich hierbei um die Welt selbst handeln.

Amadeo war Kubaner und pflegte eine große Affinität zu italienischer Kultur, ohne das je zu erklären, laut eigener Aussage war er nie in Italien gewesen. Wenn man Amadeo nach dem Sinn des Lebens fragte, sagte er stets: »Natürlich eine gute Situation unter die Leute zu bringen, egal, wer mich nicht liebt oder liebt oder wen ich nicht liebe.«

Und das tat er. Ständig war jemand in ihn verliebt, wollte ihn vom Fleck weg heiraten, doch seine einzige feste Bindung hatte er zu seinem Halb-Pudel-halb-keiner-wusste-es Celentano. Als Celentano mit fast sechzehn Jahren gestorben war, wollte Amadeo nach Italien umziehen und kam auf der Reise dorthin bei einem Autounfall ums Leben.

Mit absoluter Sicherheit habe ich nicht alles über ihn gewusst. Er war ein Erwachsener aus der Kinderperspektive, das aber eben irgendwie auch für Erwachsene. Ich musste euch einfach von ihm erzählen, obwohl es ja eigentlich um die Polpette ging, ein fantastisches Gericht. Hackfleisch zu Kugeln geformt und mit Tomatensoße vermählt. Ein wichtiges Detail ist natürlich, dass Amadeo Leifs biologischer Vater ist. Das konnte man sehen, deutlich sogar.

Mimi und Asta waren immer überzeugend darin, wie ein glückliches Paar zu wirken. Vielleicht waren sie in der Tat eins, wer kann das schon wissen? Denkt ihr, dass ihr glücklich seid, und wenn ja, könnt ihr es beweisen?

Natürlich hatten auch Asta und Mimi ihre Lügen und ehrlosen Momente, aber davon wollte ich im Detail eigentlich nichts wissen, sie waren ein Ideal, in entschiedener Weise. Meine Eltern waren mir stets genug Anhäufung an nüchterner Realität gewesen.

»Ich werde jetzt einkaufen, essen gegen neun?«, sagte ich zu Mimi.

»Perfekt!«, rief Asta aus dem Flur und kam sogleich in die Küche mit einem Fünfzig-Euro-Schein in der Hand. Auch Mimi hatte sein Portemonnaie gezückt und fragte: »Wie viel brauchst du?«

»Nichts, ich habe genug Geld dabei.«

»Du hast genug Geld?«, fragten Mimi und Asta im Gleichklang, Asta schaltete das Deckenlicht ein und fragte: »Wie ist das passiert?«

Ich grinste und sagte: »Die Geschichte erzähle ich vielleicht beim Essen.«

*

Schnell hatte ich die Adresse der Praxis von Dr. Sokratis Lazaris im Internet gefunden, nun stand ich vor dem Haus und drückte die Klingel, klingelte weiter und weiter, zuletzt ohne abzusetzen, bis schließlich ein entnervter junger Mann öffnete, mit sehr vollem dunklen Haar, einer lila geränderten Brille und zerknittertem nachtblauen Anzug.

»Dr. Lazaris?«, fragte ich.

Er nickte.

»Was kann ich für Sie tun, und warum haben Sie geklingelt wie eine Irre?«

Die Wortwahl fand ich bemerkenswert für einen Therapeuten, seine Unanständigkeit gefiel mir sofort. Ich sagte: »Ich habe da ein paar wichtige Fragen zur Liebe.«

Er wirkte ein wenig verdutzt, wühlte mit einer Hand tief in seinem Haar, seufzte und sagte: »Ich habe gerade Patienten, sie erwarten mich zurück, die Unterbrechung ist störend. Wenn Sie wollen, können wir einen Termin machen, hinterlassen Sie eine Nachricht auf meinem Anrufbeantworter, und jetzt gehen Sie, lassen Sie das, was auch immer Sie mit mir tun, bleiben.«

»Nein, nein, ich würde gern privat mit Ihnen sprechen, bei einem Kaffee oder besser einem Essen, es könnte ja dauern, oder glauben Sie, die Sache mit der Liebe lässt sich bei einem Kaffee klären? Ich hätte gern, ähm, ein Date.«

Er grinste, ich hatte es geschafft. Doch ich irrte mich, er schüttelte den Kopf, tippte sich auch noch an die Stirn, um das mit dem »irre« zu verfestigen. Dann sagte er: »Ich muss zu meinen Patienten!«

Bevor er die Tür zuzog, steckte er noch einmal seinen Kopf heraus: »Ich mache in zwei Stunden Feierabend, wir treffen uns beim Franzosen, um die Ecke links, ich habe dort einen Tisch, der immer für mich reserviert ist.«

Paartherapeuten hatten einen VIP-Status in Nachbarschaftslokalen, natürlich.

Beim nächstgelegenen Supermarkt kaufte ich alle Zutaten für Polpette, dazu Radicchio, Rucola, eine Grapefruit.

Ich mochte das Bittere. Der Satz »Die bittere Wahrheit führt uns ins Licht« kommt im ersten Bestseller meiner Mutter vor, schon auf der ersten Seite. Das weiß ich, weil ich nur die erste Seite gelesen habe und das Buch dann beiseite legte, um über diesen Satz nachzudenken. Man kann Unmengen von Rucola essen, Radicchio, Grapefruits oder Chicorée, ohne davon gesünder zu werden, oder alle Bücher meiner Mutter lesen, ihre Podcasts hören oder die Podcasts von Onkel Mimi, ohne irgendetwas davon zu beherzigen oder auch nur ein bisschen schlauer zu werden. Man tut, was man tut, am Ende führt alles doch bloß in eine Richtung. Mein Vater rüffelte früher oft, wenn Onkel Mimi seine Ernährungsexpertise zum Besten gab, das meiste im Leben sei doch bloß Ablenkung davon, dass das Leben endlich ist, und Chicorée werde daran nichts ändern, schmecke aber fantastisch mit Limettensaft und Walnussöl.

Ich stellte meine Einkäufe vor Mimi und Asta ab, die in ihre Telefone versunken am Tisch saßen. Sofort verkündete ich, dass ich es doch nicht schaffen würde, mit ihnen zu essen, da ich noch einen wichtigen Termin hätte. Mimi und Asta kannten mich gut und fanden es nicht ungewöhnlich, dass ich abweichendes Verhalten zeigte, dass ich eine Verabredung, die ich gerade selbst initiiert hatte, unmittelbar stornierte. Da sie mich liebten und wahrscheinlich dachten, es sei gut, wenn Lit sich um sich kümmert und irgendwelche Pläne verfolgt, hatten sie keine Einwände.

Bekannt war ich eben dafür, eskapistisch bis destruktiv durch mein Leben zu schweifen, also akzeptierten sie alles als Begründung, in dem das Wort »Termin« vorkam, selbst eine offensichtliche Lüge. Weil sie implizierte, ich wüsste um die Verbindlichkeit eines Termins, was immerhin ein Schritt auf dem Weg zur Erkenntnis sein könnte.

Aber ich log ja nicht, ich hatte einen Termin, und in Wahrheit könnte der sogar Gigantisches mit meiner Zukunft zu tun haben, denn, in wen sollte man sich verlieben, wenn nicht in einen Paartherapeuten mit tollen Haaren?

Und deshalb verriet ich: »Es hat mit Gewinn zu tun, konkret mit Moneten und Liebe und mit dem Rest meines Lebens.«

Ich hörte Eddy lachen, sie kam in die Küche und rief: »Wow, sounds like Dramedy.«

Asta schlug mit der flachen Hand auf den Tisch und sagte: »Die Realität der Freiheit ist der Kapitalismus.«

»Pah paha pah«, machte Mimi und ergänzte: »Bin ich dein Kapitalismus, oder was willst du hier en passent unterbringen?«

Asta entgegnete gelassen: »Ich habe das explizit politisch gemeint, mein Schatz, nicht persönlich, die Egozentrik frisst deine Einschätzung, Chéri.«

»Es liegt an meinem Liebeskummer, Asta.«

»Aber ich liebe dich doch, Lothar, lass es gut sein.«

Eddy tippte auf ihrem Telefon herum, übersetzte Astas Satz ins Englische, las laut vor und fragte, ob die Übersetzung korrekt sei. Asta bejahte, und nun begann eine Debatte auf Englisch, darüber, was Freiheit ist und welche Voraussetzungen dafür nötig waren.

Haltet ihr euch für frei? Und wenn nicht, glaubt ihr, der Kapitalismus ist schuld?

Ich stand zuvor ein paar lange Minuten vor dem Regal mit den passierten Tomaten. Die Freiheit meiner Entscheidung stahl mir die Zeit. Um eine Entscheidung zu treffen, las ich die Zutaten: *100% passierte Tomaten*. Die Verpackungen ähnelten sich, die Preise auch. Meine Entscheidung traf ich aufgrund eines Etiketts: *Öko-Test sehr gut*. Das Pendant zum *Spiegel Bestseller*. Ein anderes hatte nur: *Öko-Test gut*, war aber teurer.

Trifft man so ähnlich vielleicht auch Entscheidungen darüber, mit wem man schlafen oder wen man heiraten oder mit wem man sich fortpflanzen will? Die Etiketten sind überall, wir haben Ideen davon und auswendig gelernt, was Gutes bedeuten muss. Gefühle sind womöglich bloß die fortfolgende Konsequenz dessen ...

Aber was fühle ich?

Eddy hackte längst Zwiebeln, Asta stellte den großen Topf auf den Herd, Mimi wusch Salat und summte *Jolene*, und ich machte mich auf den Weg, einen Experten zu befragen, mit dem ich genauso gut hätte schlafen können. Das wäre dann aber mein ausgetretener Weg gewesen, der mich nicht zur Weisheit führte. Und die Weisheit, so würde mir Sokratis gleich erklären, war das, was manche Philosophen für die Liebe hielten. Die Sehnsucht nach Weisheit, denn die Liebe war immer das Geheimnis der anderen, es schlummerte in ihnen und war gleichsam unser eigenes. Wir verliebten uns in das Verborgene in uns selbst im anderen, in das Wesenhafte unter der letzten gärenden Schicht.

*

Sokratis, der Paartherapeut, war ein verworrener Romantiker, durch und durch, das weckte eine gewisse Faszination in mir, ganz einfach, weil ich es nicht verstand.

An Zufall oder die Ewigkeit glaubte er nicht, aber doch, dass es sich lohne. Liebe lohne sich immer, und deshalb war er Paartherapeut geworden. Geld spielte keine Rolle, er war der Sohn eines deutschen Models und einem der reichsten Griechen, ein Reeder, sein großer Bruder war an einem Drogencocktail gestorben, auf einer Jacht vor Sardinen. Und sein kleiner Bruder datete nur Models, ohne je zu lieben. Sokratis erzählte das, als sei es ein und dieselbe Geschichte oder Diagnose.

Weil er weinte, küsste ich den Paartherapeuten, aus der Nähe roch er nach einer Mischung aus Marzipan und frisch gemähtem Rasen. Und als ich mitten in der Nacht seine Wohnung verließ, dachte ich an Fidelis, den Reporter aus dem Zug, und gab seinen Namen ein, er war kein Hirngespinst, er existierte, fotografierte, postete ... Und so legte ich mir ohne Zögern einen Instagram-Account zu und folgte ihm, nur ihm, so wie Kanye West einst Kim Kardashian, als sie eine Zeitlang eine digitalromantische Fantasie für die Ewigkeit waren. Für mein Profil nutzte ich den Namen Huma Danger. Ein alberner und offensichtlicher Name, ich weiß. So ahnte Fidelis mein Manöver sofort, er schrieb: *Die aus dem Zug?*

Und ich schrieb: *Bist du gut angekommen, wie ist Kairo?*

Groß.

Wie groß?

Größer, das Urbane bringt mich zur Ruhe in Lebendigkeit, ins Denken mit größter Kraft ohne Angst.

Ich schickte ein graues Herz, er schrieb: *Was bedeutet das graue Herz?*

Ich schrieb: *Staub, zu guter Letzt, und dass es sich trotzdem lohnt.*

Ich vermisse dich, schrieb er.

Du kennst mich nicht, schrieb ich.

Du mich auch nicht.

Wir können uns alles vorstellen.

Darum geht es, bei allem, schrieb er.

Weißt du, wie man sich in jemandem verliert, hellwach, selig, und das nicht mehr aufhört, sondern irgendwohin führt, also dahin, dass man nie wieder dieselbe ist?

Hast du das noch nie erlebt?

Nein, du?

Er setzte ein paarmal an zu schreiben, schickte nichts, schrieb länger, schickte wieder nichts, dann: *Ich muss los.*

Okay, machs gut.

Du auch.

Am frühen Nachmittag machte ich mich auf den Weg zu meiner Freundin Sherife. Seit einer Weile war sie in Pflicht-Therapie. Sie musste sich helfen lassen, wenn sie wieder als Chirurgin arbeiten wollte, und die Auflage tat ihr gut.

Meine Mutter hatte seit dem Morgen mehrmals versucht, mich anzurufen, obwohl ich sie immer wieder wegdrückte. Auch Junius hatte erneut das Lied geschickt, auf dem Weg zu Sherife hörte ich es mir an, vielleicht würde ich doch noch etwas dabei fühlen, aber wieder passierte nichts Romantisches, langsam jedoch gewöhnte ich mich an das Lied, es hatte nun eine gewisse Vertrautheit, und ich stellte mir jedes Mal vor, Junius selbst würde es singen, da ich nicht wusste, wie der Sänger aussah, und weil mich die Vorstellung amüsierte. Und da ich nicht wusste, was ich Junius sonst für ein Feedback für seine Hartnäckigkeit geben könnte, ohne fies zu sein, schrieb ich ihm davon. Sofort antwortete er, fragte, wann und wo er es für mich singen dürfe, und ich dachte an Plü und dass er von einem Park gesprochen hatte und aus einer undefinierten Laune heraus antwortete ich: »Wie wäre es Ende März, am Tag der Umstellung auf Sommerzeit, vor der roten Flora, passend zum Text: nackt!«

»Okay!«, schrieb er zurück, dazu der Arm mit dem Muskel und das Herz mit einem Pfeil mittendurch.

Ich erwiderte: »Haha.«

Sherife sah verändert aus, ihr Lächeln war schwach, und sie trug ein weißes Gewandt, wie die Jenseitigen in Hollywoodfilmen. Das Appartement, das über zwei Ebenen ging, war fast leer, überall standen Flakons verschiedener Größen von JLos *Glow* herum, und der Duft hing in der Luft, und ohne, dass ich danach fragte, sagte sie: »Ich habe alles fotografiert, ins Internet gestellt, ›zu verschenken‹ dazu geschrieben, und dann kamen so viele Leute in meine Wohnung, sie waren überall, alle auf einmal, ohne Filter, haben alles mitgenommen, nur darum ging es, wie im Zeitraffer, all die Sachen, einige haben gerangelt, sich richtig geprügelt, es floss ein bisschen Blut, eine einnehmende Situation, so kapitalistisch reinigend, so eine Lebendigkeit jenseits des Selbstekels.«

Nur das Küchenequipment, den Kühlschrank, ihre Kleiderstangen und das große Bett hatte Sherife behalten.

»Tabula Rasa, was Süchtige so machen«, sagte sie melancholisch-amüsiert, und dass sie überlege, im Zuge dessen auch ihre parasoziale Beziehung mit JLo zu beenden, die Parfumreserven seien nun schon in der Atmosphäre, und über ihre echte Beziehung mit der bekannten Schauspielerin wolle sie hinwegkommen, endlich frei sein, endlich an nichts mehr festhalten, die Abstraktion absorbieren. Aber ein, zwei Sätze später hob Sherife alles wieder auf und verkehrte es ins Gegenteil, sie werde *Glow* nachbestellen, mindestens 100 Milliliter, und um die Schauspielerin kämpfen, das erscheine ihr im Grunde interessanter, aktiv zu leiden und weiter zu lieben, das sei ehrlicher, das wäre der Einklang mit ihr selbst. Sie begann *We belong together* von Mariah Carey zu singen, den Text konnte sie auswendig seit der Pubertät. Das Geheimnis wahrer Liebe würde ich auch von Sherife nicht erfahren, sie hatte immer geliebt, und jetzt hatte sie keine Möbel mehr, so wie ich, und sie sagte: »Ich bin dazu verdammt, alles zu verlieren. Immer wieder aufs Neue, Lit.«

»Und ich bin dazu verdammt, nichts zu fühlen.«

»Aber du fühlst doch etwas, du freust dich, dass wir uns sehen, oder nicht?«

Sie legte sich auf den Boden, malte irgendetwas mit Punkten in die Luft und sagte: »Vielleicht bist du kein Mensch, sondern eine Allegorie.«

»Ja, wahrscheinlich«, sagte ich, »das wäre schön.«

Ich legte mich neben Sherife, und ihr liefen Tränen über die Wangen, doch sie schluchzte nicht, sie sagte durch das Weinen mit klarer Stimme hindurch, ihre Schwester habe sich gemeldet, mehrfach, über Instagram, schließlich habe sie sogar versucht sie darüber per Video anzurufen, irgendwas müsse passiert sein. Sherife spekulierte, jemand aus der Familie sei gestorben, oder die Schwester habe sich bloß verändert. Roja habe Sherife schließlich eine Sprachnachricht geschickt, nicht mal eine Minute lang, 46 Sekunden, um genau zu sein. Das wiederholte Sherife mehrmals: »46 Sekunden nach etlichen Jahren, das wars«. Und sie habe während dieser 46 Sekunden für einige Sekunden geschwiegen. Der Inhalt des Gesprochenen lautete in etwa: »Bitte gib mir eine Chance, bitte triff dich mit mir, ich habe etwas zu sagen.«

Sherife war nicht sicher, ob sie mit Roja sprechen wollte. Ich erzählte, dass auch meine Mutter versuchte mich zu erreichen und ich sie immerzu wegdrückte.

»Warum blockierst du sie nicht?«, fragte Sherife.

»Aus dem gleichen Grund, aus dem du Roja nicht blockiert hast.«

Und sie verstand und schlug vor, wir sollten Leif anrufen, uns was zu essen bestellen und Wein trinken oder gleich Wodka, so wie früher. Natürlich machte Leif sich sofort von allem frei und kam zu uns ins Appartement, er und Sherife hatten sich immer gemocht, und ich glaube, er war der einzige Mann, den sie jemals geküsst hatte, was bei Sherife zu einem Lachanfall führte und bei Leif zu Verliebtheit.

Er war lange in sie verliebt gewesen, und vielleicht war er es noch immer, und sowieso hatte Leif nichts von dem Fuckboy, den er in den Medien oder seit Neustem auch vor seinen Eltern darstellte.

»Irgendwann weitet sich die Idee, die du von dir selbst immer wieder aufs Neue produzierst, um Geld zu verdienen oder gemocht und begehrt zu werden auf alle Sparten deines Seins aus«, erklärte er uns nur eine knappe Stunde später mit einer halbleeren Flasche Champagner in der Hand, eigentlich sei er unterm Strich supersensitiv.

Daraufhin sagte Sherife: »In der Summe supersensitiv, alles in allem bruttosensibel.«

Leif aber versuchte uns mit Nachdruck klarzumachen, dass seine ausgestellte Attraktivität nichts anderes war, als Pragmatismus, weil er schlicht nicht in der Lage sei, einen richtigen Job zu bewerkstelligen. Er stand kurz vor Produktionsbeginn einer neuen Datingshow, eine, die es so noch nie gegeben habe. Sie dachten sich immer neue Showkonzepte aus, damit Menschen anderen Menschen dabei zusehen konnten, wie sie sich verliebten und verletzten.

Ich war interessiert, womöglich war es bei aller nachvollziehbaren Kritik möglich, auf diese Art Liebe zu finden. Wenn alles so komprimiert war, permanente Konkurrenz und die Emotionen der anderen überall, vielleicht würde das auch meiner Romantiklibido helfen? Aber Leif riet mir davon ab, er sagte, es ginge dabei nur um Fame und Follower, und außerdem sei ich zu erwachsen und zu feministisch für den ganzen Abfuck, ich sollte meine Zeit und meinen Körper anders nutzen.

Und so erzählte ich ihnen, dass ich durchaus Pläne habe, ein neues Kunstprojekt nämlich, dass es darum gehe, mich zu verlieben, als Akt der Herausforderung. Es gehe um die Frage, ob man die eigenen Gefühle generieren könne und das menschliche Gehirn nicht auch ein Computer sei, den man durch neuen Input umprogrammieren könne. Oder ob es doch eine höhere spirituelle Macht gebe. Leif sprang auf, zog sich das Shirt aus, wirbelte damit in der Luft, sprang und tanzte im Kreis, und seine ganze telegene Schönheit offenbarte sich in seiner Begeisterung für mein Projekt. Das mögliche Ausgeliefertsein an die Roboter oder welche Gottheit auch immer versetzte Leif einen Schub großer Freude. Prompt schlug er mir vor, mich in der Sache zu managen, Teil der Kunstproduktion zu werden, um seine Eltern ein wenig zu trösten oder einfach Spaß zu haben. Auch, wenn ich nicht daran glaubte, dass es länger als seine typische Minuten-Euphorie dauern würde – kurz hatte er sich sogar ganz nackt ausgezogen –, rührte mich diese Begeisterung. Leif war immer schon so gewesen, es ging immer mehr um die Action, als um das, was unterm Strich dabei raus kam, und es war ihm vollkommen egal, was andere von ihm dachten.

»Liebe als Kunstaktion, um zu beweisen, dass wir alle die Roboter sind oder Marionetten von Shiva, Allah und wie sie alle heißen, ganz schön geiler Zauber!«, rief er, nur müssten wir überlegen, wie wir daraus etwas Greifbares für die Konsumenten machen könnten, in einer Galerie, oder noch besser: im Internet. Er begann biolumiszent zu leuchten vor Enthusiasmus.

»Wenn du Lit auch nur ein bisschen kennen würdest, wüsstest du, dass die Angelegenheit aussichtslos ist!«, wandte Sherife ein.

»Aber vielleicht geht es ja genau darum? Ein abstrakter Hollywoodplot als Lebens-Happening!«

Ich verstand nicht, warum sie mir glaubten und mich ab sofort für eine Art Künstlerin hielten. Ich machte doch nur Klumpen, Klumpen um Klumpen, und ich hatte ein Problem, kein Lebens-Happening, ich überlegte, ob ich ihnen von dem Geld erzählen sollte, aber was, wenn ich doch eine Art Künstlerin war? Wenn ich alles nur erfunden hatte, wenn es weder Plü gab noch diese Millionen-Option, was war dann überhaupt wahr und worauf lief es hinaus, auf welchen Gewinn, auf welches Ende oder Wissen? Was wollte ich von mir? Warum konnte nicht alles einfach so bleiben?

Die Oberhand zu behalten, sich gut auszukennen, ist als Überlebensmodell völlig verkannt, und jetzt und deshalb ... Doch ich hasste ja alles daran.

Meine Unstetigkeit, das Abbrechen, das Fallen, die Wut der anderen, all das war meine Routine, mein Überdruss, der dumpfe Klang meines Herzens im Koma. Vielleicht war es Kunst, vielleicht war es manisch: ein Deal mit Plü aus einer anderen Dimension. Wie oft existierte ich? Auf welcher Zeitebene befand ich mich? Lebte ich? Ich wusste es nicht mehr und griff nach meiner Hand, sie war warm, gut durchblutet, ich kam kurz zur Ruhe, während Leif weitertanzte zu Musik in seinem Kopf. Ich hatte meinen besten Freunden alles und nichts erzählt, und euch sowieso, und nun, nein, seit einer Weile schon hatte es eine andere Verbindlichkeit, ich bewegte mich auf etwas zu, und am Ende würde ich vielleicht vor einem Tor stehen, das geschieht so in Geschichten. Sesam öffne dich, manchmal redet man eine Menge Unsinn, um das Schweigen zu beenden, ohne es zu beenden. Worte strukturieren die Atome, den Alltag, die Lügen in jeder Schattierung und Tonart, die ganze Welt. Und Leif zückte sein Telefon und sagte voller Begeisterung, er kenne so viele entzückende Cis-Männer, und er scrollte durch sein Telefon, und dann verfinsterte sich seine Mine. Ihm war irgendwas klar geworden, und er schien seine Spannung zu verlieren.

»Was? Was ist los?«, fragte ich.

»Ich weiß ja selber nicht, wie man liebt, wie man ... Ich habe nur einmal geliebt, ein einziges Mal, aber sie war eine Lesbe, nicht mal bi, unerreichbar für die Ewigkeit, einfach nur lesbisch.«

Sherife verschränkte die Arme: »Ich bin hier Leif, du redest über mich, und ich bin nicht nur lesbisch, ich bin ich, und du wusstest immer, wer ich bin.«

»Ja, und deshalb, was glaubst du, warum ich immer sofort auftauche, wenn du rufst und mich brauchst, für dein Ego, ergo sum, was auch immer, auch ich habe ein verdammtes Herz.«

Sherife sagte: »Worum geht es dabei? Frag dich immer, worum es geht. Ich bin dein Horizont, deine ... was weiß ich ... Unerreichweite, und du bist mein Schatz, ich brauche dich nicht für mein Ego, du brauchst mich, um dich von dir selbst abzugrenzen, ich bin dein Höhlengleichnis.«

»Sie strich ihm über die Wange und schwieg, steckte ihm eine Zigarette in den Mund und zündete sie an.

Ich dachte an Junius und sein Lied *Naked*, und ich erzählte Leif und Sherife davon, und sie fanden es kein bisschen übertrieben von Junius, beide sagten, sie hätten jetzt total große Lust bekommen, das Lied extrem laut zu hören. Sherife holte ihre Box aus dem Schlafzimmer unterm dem Bett hervor, und wir hörten das Lied in voller Lautstärke, mit theatralischer Wucht dröhnte es durch das leere Appartement, und ich gebe zu, dass ich die Wirkung erahnen konnte, doch noch immer ließ es mich weitgehend unberührt und mit stabiler Rationalität zurück. Sherife und Leif jedoch gaben sich dem Kitsch hin, weinten sogar ein bisschen. Sie kannten das Lied, und sie liebten es, dazu emotional abzugehen, wie sie in etwa sagten.

Was stimmte nicht mit mir? Ich sah die Gefühle, die sie hatten, den Genuss, der Schmerz generierte.

Sherife nahm Leif in den Arm, und sogleich drückte er sein Gesicht in ihren Nacken wie ein Süchtiger. Und ich dachte darüber nach, ob Plü es gelten lassen würde, wenn ich diese Art von Liebe empfände. Ohne Erfüllung, ohne praktizierte Sexualität, ohne dass die Liebe je aufhörte, obwohl sie nie ausgelebt wurde.

Leif und Sherife legten sich nebeneinander auf den Rücken, *Naked* war zu Ende, sie hielten sich an den Händen. Sherife flüsterte: »Ich sollte meine Schwester anrufen.«

Leif flüsterte: »Das solltest du!«

Und ich fragte: »Sollte ich Wanda anrufen?«

»Es geht nicht immer um dich, Lit!«, rief Leif in Verteidigung seiner eigenen Egozentrik.

»Doch, doch!«, sagte Sherife, »Lit muss ihr ganzes inneres Dings aufräumen und was Heftiges fühlen, da ist es nicht verkehrt, die eigene Mutter anzurufen, oder den Vater, also ich denke, das ist ein guter Anfang, immer wieder aufs Neue, bis man es eben raus hat.«

Leif unterbrach nun seinen aufgewärmten Liebeskummer, begab sich in einen Schneidersitz und sagte: »Verstehe. Sollte ich das auch tun, sollte ich Asta und Mimi anrufen und weiter mit ihnen streiten, darüber wie ich mein Leben gestalte? Und verteidigen, dass ich mich mit ihren Worten: prostituiere?«

»Das musst du selber wissen, so wie alles«, sagte Sherife.

Leif nickte.

Ich griff nach meinem Telefon. Eddy hatte eine Nachricht geschickt, sie schrieb, die Spülmaschine habe eine Fehlermeldung angezeigt, sie erreiche Mimi und Asta nicht, und ob ich wisse, was der Code bedeute, außerdem hätten Mimi und Asta vorgeschlagen, ich könnte ihr bei der Ausstellungsvorbereitung helfen ... Sie suche noch Subjekte für ihre Filme, Frauen, in Deutschland geboren und aufgewachsen, gerne in Lebenskrisen.

Irgendwann schlief ich auf dem Boden ein, folgte meinen Träumen von gepunkteten Pferden, die in Sherifes Apartment umhergaloppierten und dann versuchten, sich ins zerwühlte Bett zu legen, das viel zu klein für auch nur eines von ihnen war. Plötzlich stand das Bett in einer Galerie, nein, das ganze Appartement war die Galerie, und sehr viele Leute kamen auf einmal herein, und ich schaffte es nicht aufzustehen, ich war wie gelähmt, und sie traten vor mich hin, gingen um mich herum, denn sie hielten mich für ein Kunstwerk, und schließlich klebte mir Leif einen roten Punkt auf die Stirn und lachte schallend wie ein kindlicher Imperator im Glück. Und dann wachte ich mit einem Schreck auf, denn ich wusste nicht, was der Spülmaschinenfehlercode bedeutete, ich hatte keine Ahnung, und schweißnass dachte ich für einen Moment, dass allein das bewies, dass ich nicht lebensfähig war. Leif und Sherife waren verschwunden. Ich schrieb Eddy, sie solle das Sieb reinigen, im Zweifel müsse man immer das Sieb reinigen, und dann erst gab ich den Fehlercode im Internet ein, und tatsächlich bedeutete er genau das.

*

Sherife hatte mir den Link zum neusten Podcast meiner Mutter geschickt, und anstatt sie zurückzurufen, begann ich mir die Folge anzuhören. Ihr Gast war ein junger Mann namens Jannik-Paul, er hatte das folgende Problem: Jede, wirklich jede Frau, die er traf, verliebte sich in ihn und lief ihm nach, er aber verliebte sich nie, er schaffte es einfach nicht, in die Tiefen des eigenen Gefühls vorzudringen, egal, wie sehr ihm eine Frau zunächst gefiel. Er hatte Frauen zwischen 20 und 60 gedatet, mit vielen von ihnen geschlafen, zugehört und versucht, ihre Einzigartigkeit zu erfassen, denn er hatte irgendwo in einem seriösen Magazin gelesen, das sei es, was uns für einen anderen Menschen einnehme, die Originalität der Seele oder des Charakters zu erkennen, je nachdem, welche Idee man bevorzugte.

Schnell hatte ich Jannik-Paul bei Instagram aufgetan, und ganz ohne meinen Date-Kunst-Manager Leif, der vermutlich schon längst wieder bei dem Dreh zu seiner neuen Fernsehshow war, nahm ich, alias Huma Danger, Kontakt auf und schrieb Jannik-Paul, dass ich ihn gerne treffen würde, da ich das gleiche Problem hätte, und behauptete, ich hätte mir nur seinetwegen dieses Profil angelegt – so konnte ich Fidelis Sodann natürlich temporär nicht mehr folgen. Wer, wenn nicht Jannik-Paul könnte mich erlösen, dachte ich. Doch vielleicht war sein Problem gar nicht, dass alle sich in ihn verliebten, vielleicht war sein Problem, dass er ein notorischer Lügner war und ständig Geschichten über sich erfand. Aber das hätte meine Mutter bemerkt, sie durchschaute einfach alle, außer mich, bei mir versagte sie, denn sie liebte mich.

*

Jannik-Paul und ich trafen uns ein paar Tage später zum Mittagessen in einem Restaurant. Ich war früh dran, und ein Platz am Fenster würde mir einen Ausblick auf das Phänomen Jannik-Paul ermöglichen, sobald er sich näherte. Bevor unsere beiden Realitäten analog überlappen würden. Warum konnte ich den Moment nicht einfach unreflektiert über mich ergehen lassen oder sogar genießen? Angespannt formierte sich der Plan in meinem Hirn, ihn wütend zu machen, und zwar sofort, noch bevor wir uns ein wenig kennenlernten, und dann einfach nur zu genießen, dass jemand, den ich gar nicht kannte, meinetwegen zornig wurde. Doch ich riss mich zusammen, als Jannik-Paul am Horizont erschien. Das Leben hatte vielleicht viel mehr zu bieten als selbstwirksames Scheitern und das Adrenalin der anderen. Verliebtheit produzierte meines Internet-Wissens nach auch Adrenalin, sogar in Mengen, von denen die Wut nur träumen konnte.

Das Kennenlernen kann der Moment des Zaubers sein, der Moment, den wir nicht erklären können und deshalb für Magie halten ... Bisher wirkte die Abfolge ausgesprochen schlüssig auf mich. Das Objekt der potenziellen Liebe saß mir nun in all seiner Pracht gegenüber, ein echter Mann aus Fleisch, Blut, Knochen, Knorpel, Haaren und Horn, immerhin, so viel stand fest.

Ich war extra pünktlich, sogar zu früh gewesen, damit ich weniger geheimnisvoll wirkte. Schließlich sollte alles nach Plan laufen und ich als Liebende aus diesem frühen Abend hervorgehen, dieses Mal, endlich ich, nicht die andere Person, und dass das Lieben nicht mehr aufhörte, sondern expandierte und ein ganzes Imperium aus Emotionen und Millionen daraus wurde.

Nun ja, als er auf mich zu gelaufen war, auf mich am Tisch am Fenster sitzend, da stand ich auf, und ich hab euch ja noch immer nicht verraten, wie groß ich bin, aber ich verrate euch was, er war größer, um einiges, und ich weiß, vielen Frauen ist das wichtig, ein Mann der vertikalen Größe, aber warum, das weiß ich nicht, ich komme einfach nicht drauf, denn es ist mir vollkommen egal. Mir erschließt sich der liebessituative Mehrwert dabei nicht. Vielleicht ist es bloß eine weitere verkappte Form eines Feminismus der Projektion.

Ich sehe Plüs Gesicht vor mir, vielmehr den schüttelnden Kopf, Plü denkt, ich sollte mich jetzt einlassen, anstatt zu diesem Zeitpunkt fluchtartig Verqueres zu erörtern.

Nun gut: Jannik-Paul hatte Augen und einen Mund, eine Nase, Arme, Beine, Hände und Füße, ein als ohne Besonderheiten gelesener Mensch eben. Er hatte eine Stimme, und er konnte sprechen, er bestellte auf diese Weise etwas zu essen und aß es, er trank dazu ein nichtalkoholisches und dann doch noch ein alkoholisches Getränk, wir redeten über Themen, und am Ende wurde bezahlt. Alle fehlenden Informationen könnt ihr nun beliebig selbst einsetzen. Ich werde euch nur das Wesentliche berichten: denn egal, was ihr einsetzt, die Essenz ist, dass ich nicht das Geplante fühlte, wirklich gar nichts. In dem Moment, als er erschien, war es schon vorbei mit der Hoffnung.

Und natürlich könnt ihr euch vorstellen, was passiert ist, ja, richtig, er hat sich in mich verliebt und war dann ein paar Wochen später auf eigenen Wunsch wieder zu Gast bei meiner Mutter, um zu berichten, dass er sich verliebt habe, zum ersten Mal im Leben, in diese Frau mit einer seltsamen Strahlkraft, und sie sei nicht interessiert an ihm gewesen, aber er ihr so dankbar, so unendlich dankbar, dass er endlich etwas fühlte, dass er nun liebte. Jannik-Paul hätte jetzt meine Millionen, und ich war bis auf weiteres dieses charismatische Alien in der Vorstellung anderer.

Ich wusste einfach nicht, was ich noch tun sollte, blockierte Jannik-Paul und folgte Fidelis wieder, wissend, dass er weit entfernt war und ich allein aus diesem Grund fähig, berührt zu sein. Er schrieb noch in derselben Minute: »Warum warst du mir entfolgt?«

Anstatt ihm zu antworten, begann ich im Internet nach Antworten für mich zu suchen, fand Menschen, die keine Menschen in romantischer Weise liebten, sondern Dinge, es hieß Objektophilie, und ich wusste natürlich, dass Plü so eine Sache nicht gelten lassen würde, da es ja nicht meine Sache war, und ich chattete trotzdem eine Weile mit einem Typen, der in einen Stifthalter verliebt war, und das schon seit Jahren. Der Stifthalter war vegan und aus grünem Hartplastik, nicht einmal besonders schön, schlicht, ein bisschen trist, so alles in allem, ich sah nicht, was er sah, aber so ist das ja immer mit der Liebe. Was soll ich euch dazu erzählen? Er war glücklich mit seinem Stifthalter, und er könne mit ihm über alles reden, sagte, er höre den Stifthalter antworten, und der Stifthalter höre so gut zu und stelle immer die richtige Frage zur richtigen Zeit.

Dann rief ich mir noch einmal genau in Erinnerung, was Sherife gesagt hatte, über ihre parasoziale Beziehung mit einer prominenten Person, in ihrem Fall Jennifer Lopez. Es ginge weit über das Fansein hinaus, die totale Identifizierung mit jemandem, dem man nie begegnen würde.

Zurück zur Praxis, also meiner, die in Hinblick auf Erkenntnis und potenzielle Millionen eine Weile schon recht passiv ausfiel.

Meistens saß ich in der Küche von Tante Asta und Onkel Mimi, und die Spülmaschine lief wie geschmiert, und inzwischen war es bereits Ende November.

Bitte entschuldigt den Zeitsprung, ich habe viel, also wirklich viel geschlafen, so wie eine Rettungssanitäterin nach den Überstunden oder eben eine Null-Person mit Beschwerden, denn ich habe ja nichts geleistet, es ist offensichtlich, meine Erschöpfung hat einen Grund im Nebel, und ich wollte gerade nichts als bis ans Ende meines Lebens weiterschlafen.

Leifs nächste TV-Produktion war beendet, er hatte keine Liebe gefunden, aber ein bisschen Sex und Tausende neuer Follower, und er war immer noch der Meinung, es gebe da ein paar Typen, mit denen ich mich unbedingt treffen sollte. Und ja, es gab so viele Typen, und sie sahen alle gleich aus, jung, kantig, und sie sprachen mit einstudierter Coolness, sie schoben ihr Kinn für Fotos vor und teilweise weit übers Ziel hinaus. Verletzbarkeit war nicht nur mein Problem, ein ganzes schillerndes Universum wurde durch ihre Möglichkeit am Laufen gehalten.

Ich hörte Stimmen aus Eddys Zimmer, Sherife und zwei andere, die ich nicht kannte, waren auf Lautsprecher geschaltet, sie redeten über Eddys Film. Es freute mich auf müde Weise, dass Dinge weitergingen und gemacht wurden, an denen ich mich nicht aktiv beteiligen musste.

Fidelis hatte Kontakt zu Eddys Familie in Kairo aufgenommen, und seine Geschichte würde nun vordergründig von ihnen handeln, ihrem Leben als Geflüchtete aus dem Sudan, während die Lage im Nahen Osten und der ganzen Region immer mehr an Stabilität verlor, und von Eddy, die hier in Sicherheit war, die ein Leben als offen queere Künstlerin führen konnte, und nichts so sehr vermisste wie die Heimat. Von Khartum bis Kairo bis Hamburg, deshalb würde Fidelis zurückkommen, um alles zu vollenden, und auch Eddy arbeitete unentwegt an ihrem Film mit dem Fokus auf Frauen verschiedenen Alters, die in Deutschland aufgewachsen waren und in deren Leben sich alle Balken bogen.

*

Eddys Film begann mit Sherife in ihrem leeren Appartement, Sherife vor und nach den Gruppentherapiesitzungen, wie sie sich langsam wieder zu Hause einrichtete, sich nach fünfzehn Jahren zum ersten Mal mit ihrer Schwester traf, die sich scheiden lassen wollte und plötzlich verstand, was es bedeutete, wenn die eigenen Gefühle nicht mit den Erwartungen der Familie übereinstimmten. War Liebe immer an Bedingungen geknüpft? Oder war Liebe Liebe? Warum hatten ausgerechnet Familien Bedingungen für Liebe erfunden?

Aber so oder so, ich hatte mich noch immer nicht mit Wucht in Gefahr begeben, und doch spürte ich, dass eine neue Zeit angebrochen war, dass es keinen Weg zurück gab, dass meine Episode auf der Insel etwas Unausweichliches hervorgebracht hatte, und ich fragte mich, wie es Daniel Daniel ging. Bei Instagram fand ich nichts Neues unter seinem Profil, außer einem einzigen Bild von einem leergegessenen Pappteller mit Spuren von etwas Öligem, in dem sich die Sonne spiegelte, irgendwo in Berlin. Und bald schon begann das neue Jahr, Lichter würden das Unliebsame für den Moment überstrahlen, und dann waren es nur noch drei Monate, bis zu Plüs Entscheidung über mein Schicksal, und ich hätte bis jetzt nicht mal etwas anzubieten, über das entschieden werden könnte, oder galt meine Begegnung mit Fidelis? Nein, es war nur eine Vision, so wie in diesem Lied von Mariah Carey, das Falk damals mit mir hören wollte, um mich zu der gefühligen Romantikerin zu machen, nach der er sich so sehr verzehrte. *Vision of Love. And that was all!* Und das schreit Mariah alles aus sich heraus, alles, was sie fühlt, oder sie tut so, um eben Millionen zu verdienen, was ich absolut verstand, und was ihr ja auch gut gelungen war, auch wenn sie nun meistens tablettensüchtig wirkte, vielleicht war es das wert. Vielleicht gehörte das zusammen: Lieben und Kranksein, Lieben und Sucht, Lieben und Popkultur, Lieben und Draufzahlen, und ich fühlte noch immer nichts, außer dasselbe wie damals, als ich bloß das Lied leiser machen wollte.

Schließlich meldete ich mich bei allen Dating-Plattformen an, außer bei denen, wo es radikal praktisch ums Liebemachen geht. Ja, ich weiß, Dating-Plattformen waren noch nie besonders originell, aber was ist an Liebe schon originell? Einen Stifthalter oder eine Buchstütze zu lieben, das vielleicht schon. Oder eben die parasoziale Variante von Liebe. Parasozial würde ich Rami Malik daten, oder Sirius Zelenberg, okay, einen von beiden habe ich mir nur ausgedacht, wegen der fiktionalen Balance. Auf der Vorstellungsebene gab es angeblich weniger zu verlieren.

Um etwas zu verlieren, musste man es erst einmal besitzen, zumindest der Imagination nach. Rational gesehen in etwa so eine Angelegenheit wie das voraussichtliche Jahreseinkommen. Bleiben wir beim Greifbaren ...

Sogar manches, was man anfassen kann, ist zugleich echt und unecht, wie eine Echthaarperücke, die in mir Zeitlichkeits-Ekel erweckt, wie Federn ohne Vögel.

Ich saß bloß in großer Vertrautheit mit meinem Onkel Mimi in der Küche, und er trug eine orange-rote Wolljacke, gerade hatte er sich wieder zu mir gesetzt, und ich antworte meiner Mutter nicht auf ihre Sprachnachrichten – sie war dazu übergegangen, mir kleine exklusive Podcasts zu schicken. Manchmal kam sie vorbei, dann schloss ich mich ein.

Mein Onkel Mimi war ein bisschen zufriedener, wegen der kalten Jahreszeit konnte er seine Strickjacken tragen, ohne sich zu erklären oder zu schwitzen. Die Paartherapie hatten sie Monate zuvor abgebrochen, sie fanden Dr. Lazaris sei nicht mehr richtig bei der Sache gewesen, einmal habe er während der Sitzung sogar kurz auf sein Handy geguckt.

Mimi strich sich über den Ärmel mit Sprenkel-Muster, er machte ein seliges Gesicht, Asta war vorgestern nach Pakistan geflogen, irgendwas Berufliches, eine Kooperation. Mimi sah mir zu, wie ich wieder und wieder über mein Telefon wischte und sagte: »Wir hätten ausführlich, ja sensibel und regelmäßig mit Leif sprechen müssen über die ganze Sache mit seinem Vater, es hat ihn sicher berührt, aber wir haben es als unsere Geschichte betrachtet, als unseren Makel.«

»Was ist denn der Makel daran?«, fragte ich.

Mimi zuckte mit den Schultern und sagte: »Lit, ich kann nicht darüber sprechen, ich kann es einfach nicht, nicht einmal mit dir, und du verurteilst ja niemanden, du bist so voller Nachsicht, ein moralisches Ausnahmetalent.«

War ich das? Keine Ahnung. Aber als ich schwieg und so wischte und wischte, und ich wischte einfach alle Männer in die bejahende Richtung, sah Mimi mir irgendwann über die Schulter und fragte: »Gibt es das auch für meine Generation?«

»Ja, natürlich, du kannst den Altersradius selbst einstellen.«

»Ach, wer will mich denn noch? Ich bin doch nur ein Mann, altes Model.«

Ich wusste auf diesen Satz wirklich nichts Tröstliches zu sagen, denn bei Selbstmitleid war ich nicht tolerant genug, und dann klingelte mein Telefon, Fons Dohl, der Verleger meines Vaters hatte heute schon dreimal versucht, mich zu erreichen, und ich ging also ran, weil ich wirklich nichts Besseres zu tun hatte, und er klang aus der Puste, so als würde er gerade joggen, und das tat er auch. Er entschuldigte sich gleich zu Beginn dafür, und dann verfiel er in eine Performance mit verzweifeltem Tonfall, um mich irgendwie zu berühren.

Was macht ihr, wenn ihr endlich ernst genommen werden wollt? Fangt ihr an zu weinen oder zu schreien, und gibt es noch was dazwischen? Es gibt natürlich auch die Extreme, aber dazu findet ihr genug in der täglichen Presseschau ...

Mein Vater hatte in seiner Extremsituation bloß den vielmals verschobenen Abgabetermin verstreichen lassen und ging gar nicht mehr ans Telefon. Fons sprach es nicht aus, aber er befürchtete offenbar, dass mein Vater tot sein könnte. Ich wusste, dass er es nicht war, denn er hatte mir in den letzten Tagen Fotos geschickt, Fotos von angeleinten Hunden in seinem Viertel, ziemlich schlecht fotografiert. Jedes Bild sah aus, als hätte er beim Abdrücken ein wenig gezittert. Ich hatte meinem Vater geschrieben, dass ich es für richtig hielte, wenn er jeden Tag zumindest einmal das Haus verlassen würde und dass ich Beweise dafür wolle. Ich vermute, die Qualität der Bilder hing damit zusammen, dass er die Hunde anderer Leute heimlich fotografierte, weil er das für angemessen hielt oder auf keinen Fall in ein Gespräch über Hundehaltung verwickelt werden wollte. Ist es anstößig, fremde Hunde zu fotografieren? Kinder ja, das mit Sicherheit.

Was auch immer mein Vater sich dabei dachte, die Stadthunde waren eben der Beweis, dass er lebendig das Haus verlassen hatte, und ich fragte mich, warum er nicht einfach sich selbst fotografierte, einfach unter dem Novemberhimmel oder vor seiner Drogerie. Ich konnte Fons also beruhigen, was ihn aber dennoch stark beunruhigte, war die Tatsache, dass er ein Manuskript verlegen musste, das möglicherweise nicht die Bohne existierte. Ich wusste ja, dass es so war und verstand nicht so ganz, warum Sönke ihm das Manuskript zugesagt hatte, wenn er doch nichts anderes beschrieb als verschiedenfarbige Klebezettelchen.

Fons bat mich mit eindringlicher Stimme, bei meinem Vater nach dem Rechten zu sehen – und ein Besuch bei meinem Vater, so stellte ich mir vor, könnte ein wenig Abwechslung bringen. Ich versprach Fons, dass ich meinem Vater gleich morgen aufsuchen würde. Auch versprach ich Fons, dass ich in Erfahrung bringen würde, was mit dem Manuskript los war, ob es existiere und wenn ja, in welchem Umfang und in welcher Qualität.

So ergriff ich meine Chance und fragte Fons nach der Liebe. Ich dachte, wer, wenn nicht ein Verlagsoberhaupt, habe Ahnung von der Liebe. Wie viele Manuskripte er schon gelesen haben musste, in denen das Thema der Liebe in jeder Qualitätsabstufung ausbuchstabiert wurde.

Ganz direkt und ohne Umschweife, Exkurs, Metaebene oder Verschachtelung, hakte ich nach, ob er wisse, wie man sich bodenlos verliebe, und da keuchte er noch heftiger, und ich befürchtete einen Herzstillstand.

Er sagte er: »Ach, ich weiß dazu nichts zu sagen, aber Liebe ist nun nicht Literatur, ich habe alle meine Frauen im Park kennengelernt und zu schnell geheiratet. Das Geheimnis der kopflosen Liebe liegt also womöglich im Grünen.«

Wunderbar, dachte ich mir, denn mein Vater wohnte gleich hinter einem großen Park, dem Stadtpark, das war sein zutreffend wenig fantasievoller Name. Und so nahm ich mir vor, bevor ich am nächsten Tag unangemeldet bei meinem Vater aufkreuzen würde, einen Umweg durch den Park zu nehmen, und all seine Wege zu ergründen, in allen Winkeln nachzusehen, ob dort nicht jemand zu entdecken sei, den ich lieben oder sonst mit Kleingeld versorgen könnte. Natürlich war das an einem Novembertag ein wenig kühn gedacht, aber umso besser, dann war die Auswahl nicht so groß, ein paar Hundebesitzer würden darunter sein, und vielleicht kannte ich schon einige der Hunde von den Beweisfotos meines Vaters.

*

Wann wart ihr zuletzt in einem Park? War es bei Tag oder bei Nacht? Und was habt ihr gehört, gesehen und gerochen? Rauschen, Schreie, Pöbeleien, Rascheln, Vogelgezwitscher? Roch es nach Grillfleisch oder Marihuana, nassem Laub? Ein Park ist ein Park. Die meisten Frauen meiden Parks schon bei Einbruch der Dämmerung, denn die Vorstellung, ein Opfer zu werden, wächst mit uns auf, und auch der Gedanke, dass es eben so ist, wird mit uns erwachsen, aber nicht besser.

Ich betrat den Park auf dem Weg zu meinem Vater am Vormittag und dachte, eigentlich ein guter Ort, aber einen Klumpen Gold werde ich hier sicher nicht finden. Ich erinnerte mich an nichts, als ich den Park betrat, und dann war es nach etwa hundert Schritten nicht mehr kalt, ja, ich zählte meine Schritte, ich weiß nicht, warum, aber ich versuchte die Situation auf diese Weise zu kontrollieren.

Der November war recht mild verlaufen, aber jetzt, jetzt hier im Park war es seltsam warm, sehr warm, und die Sonne schien hell und gleißend. Vögel zwitscherten, und da, da stand Plü am Wegesrand und doch in der Ferne, wie hinter einer Wolke aus Seifenblasen, und Plü nickte mir ermunternd zu und hielt einen riesigen neongrünen Notizblock in der Hand, und ich erkannte meinen Vater, der vor mir her lief, meinen jungen Vater in dem neongrünen Shirt auf seiner blassen Haut, wie er in der Menge verschwindet bei der Loveparade, und ich hätte doch Angst bekommen müssen, ich werde Angst gehabt haben, aber ich erinnerte mich nicht mehr an meine Angst, ich wusste nur von ihr, ich wusste, sie war da gewesen, da in diesem Moment, und meine Mutter hatte damals ein Kleid getragen mit asymmetrischen Streifen, und sie war schon vorher nicht mehr zu sehen gewesen, mein Vater war ihr gefolgt, und dann waren sie beide verschwunden unter all den fremden Menschen im Glücksrausch, und ich zitterte vor Angst, denn es war keine Absicht gewesen, und ich hatte etwas gefühlt, stark gefühlt, und jetzt hatte sie Unrecht, wenn sie in ihrem Podcast über mich sprach und allen erzählte, ich leide an Alexithymie, denn ich litt an der Unvollständigkeit meiner Erinnerungen.

Der Park ... groß, mit hohen Bäumen, episch, zu gewaltig, Plü war weg, ich wusste nicht, wohin ich zuerst sehen sollte, wo entlang ich gehen sollte, wie ein weitläufiger Supermarkt aus der Kindheit lag der Park vor mir,

Reizüberflutung und zu helles Licht auf dem Weg in den Urlaub, übermüdet im Nirgendwo.

In jeden Baum war ein Herz geritzt und Buchstaben, für immer vereint auf der Oberfläche, der Ewigkeit der verletzten Rinde. Die Bäume so hoch, dass ich nicht bis in ihre Wipfel sehen konnte, und sie sprachen eine fremde Sprache, sie sprachen zu mir, ganz direkt, und es klang, als wollten sie mich warnen. Aber ich ging weiter hinein in den Park, denn ich wusste, da war etwas, das ich finden würde, und ich musste diesen Weg einschlagen, der mir mehr und mehr erschien wie ein Labyrinth, und längst hatte ich aufgehört, meine Schritte zu zählen.

Ich ging weiter, auch über Lichtungen, Wiesen, grün und heiß, und dann plötzlich, zurück im Dickicht, entdeckte ich einen Mann hinter jedem Baum. Überall Männer, und sie wollten verstanden werden, von mir, sie wollten, dass ich sie nicht nur sah, sondern wahrnahm, ihnen glaubte, was sie zu sagen hatten, und ich konnte, nein ich musste mir nun einen aussuchen, mit dem ich sprechen würde.

Ich wählte einen, der mir angenehm alt erschien. Was lässt einen Mann alt wirken? Die nachlassende Straffheit der Haut, der entschuldigende Blick, die entgleisten Brauen, Schwäche, die nicht mehr verborgen werden konnte?

Der Mann, auf den ich zuging, hielt eine Zigarette in der zittrigen Hand, er zog nicht einmal daran, hielt sie bloß noch fest, aber das war ihm wichtig, das wusste ich sofort, und ich kam noch näher und wich seinem Blick dabei kein einziges Mal aus.

Mit wässrigen Augen, die kein Gefühl preisgaben, sah er mir entgegen, geschwollen waren sie auch, die Müdigkeit von Jahrzehnten fundierte seine ganze Erscheinung.

Er trug einen silbernen Schlapphut, zeitlos unmodern, zudem einen Arbeitskittel in Tarnfarben.

Ich versuchte ein wenig milde zu lächeln, aber es gelang mir nicht, denn er stank stark nach verwachsenem Schmutz und Alkohol, Rum. Seine Haut war lang nicht eingecremt worden, und er trug Flipflops in einer Neonfarbe, sie passten nicht zum Rest. Dann, als ich aus einem Impuls heraus kehrt machen wollte, sprach er mich an: »Ich bin Dutz, und wer bist du, junge Dame?«

Seltsamerweise blieb ich stehen, obwohl er mich »junge Dame« nannte, und auch, als er sagte: »Warum so traurig? Lächele doch mal, junge Dame!«

Wie angewurzelt verharrte ich, so als würde mit meiner Informationsverarbeitung etwas nicht stimmen.

Er stand dort an den Baum gelehnt, und ich machte noch einen Schritt auf ihn zu, in diesem Augenblick wurde er immer größer und größer, und nun konnte ich ihm in die stark haarigen Nasenlöcher sehen, und ich fragte: »Was machen Sie denn hier im Wald?«

»Na, ich habe auf dich gewartet, ich dachte, ich könnte dir einen geheimen Ort zeigen, da gibt es tolle Sachen zu entdecken, und Zuckerwatte gibt es da auch in Hülle und Fülle.«

»Warum sollte ich mitkommen?«

»Ich könnte dich dort mal so richtig in den Arm nehmen und dich beschützen, so wie du es verdient hast.

»Aber wir kennen uns doch gar nicht!«

»Das macht nichts, da bin ich flexibel.«

Ich verschränkte die Arme und sagte: »Aber was glaubst du, Dutz, warum sollte ich das tun?«

Er lachte lautlos und sagte: »Ach, Kindchen, na, es ist, wie es ist, ich bin ein Mann, und du bist ein Mädchen, und ich werde dir alles zeigen und erklären, ich kann dir sagen, wie jeder Baum hier heißt, jede Pflanze, und Geschichten erzählen, die du noch nie zuvor gehört hast, von all meinen Abenteuern, ich habe mit den schönsten Frauen geschlafen, doch die waren alle schon verdorben, Morde hab ich nicht begangen, aber Pillen aller Länder hab ich genommen, getanzt, bis alles Wasser aus meinem Körper raus war, ich hab viele Sommer überlebt, ohne dass sie mich gekriegt haben, und auch jede Dirne, die meinen Stolz brechen wollte, ich geh jeden Tag ins Fitnessstudio der Natur, schlachte mir jede Woche ein Huhn auf meinem Hinterhof, ich bin ein DJ, ein Shaker und Schackalacka, ein Liedermacher, ein Survivor, eine Denkfabrik, ein Magnat und ein Manager, und wenn dich das alles noch nicht beeindruckt hat, dann zeige ich dir einfach meinen Penis, sowas Schönes hast du noch nie gesehen!«

Schwindel und Übelkeit bahnten sich den Weg in mein allumfassendes Bewusstsein, ich konnte mich noch immer nicht bewegen und brachte vom Fleck weg gerade noch heraus: »Igitt!«

Dann gab mein Organismus nach, und ich fiel in Ohnmacht.

Als ich wieder zu mir kam, schwebte ein wunderschönes sanftes Gesicht wie durch einen Weichzeichner über mir, der androgyne Typ wirkte alterslos und hatte goldbraunes Haar, strahlende, sanfte Augen, er streichelte mir zärtlich über die Stirn.

»Hallo, großartiges Individuum, ich bin Liberius Lol, dein Erretter, nenn mir deine Wünsche, jetzt wird alles anders, für immer.«

Ich setzte mich auf, die weite leuchtgrüne Wiese voller Gänseblümchen, der Park schien ganz weit entfernt, und doch um uns herum.

»*Wie* heißt du?«

»Liberius Lol.«

»Niemand heißt so, bist du von KI generiert?«

»Von was?«

»Ein Roboter?«

»Ein was?«

»Okay, dann sagen wir es anders, ich will deine potenziellen Gefühle nicht verletzen: Bist du ein Fantasiewesen, träume ich?«

»Ich bin deine Qualia, du kannst mich mit allen Eigenschaften ausstatten, die du möchtest, auch mit dem Körper, ja, bitte verzeih meine Direktheit, auch dem Penis, den du möchtest, du kannst auch alle Gefühle mir gegenüber generieren, die du dir durch mich erhoffst, du musst deine *Skills by Nature* nur anwenden.«

»Was habt ihr nur alle mit eurem Penis? Was hat ein Penis denn mit allem zu tun?«

»Du kannst ihn dir auch einfach wegdenken, es ist deine Entscheidung, ich könnte auch einfach eine Vulva haben oder eine glatte Stelle, so wie Ken!«, rief er mit Begeisterung.

Ich wischte mir über die Stirn, denn sie war schweißnass, und als ich auf meine Hand sah, entdeckte ich dort einen silbrigen Film, und ich fragte Liberius: »Habe ich mich in einen meiner Glitzerklumpen verwandelt?«

»Wenn du das möchtest, dann kannst du ein Glitzerklumpen sein.«

»Wie?«

»Na, in deinem Kopf, da, wo du alle Phänomene gestaltest.«

»Bist du eine Art existenzialistischer Bot?«

»Ich bin dein Erretter und die Erfüllung deiner Träume!«

»Darum siehst du aus wie ein Engel? Ist das etwa mein peinliches Schönheitsideal?«

»Nein, nein!«, lachte er mit perfekt großen, perfekt weißen Zähnen. »Ich bin nur der Prototyp, du kannst mich jederzeit ganz nach deinen Wünschen umgestalten.«

Aufmunternd sah er mich an, und ich fragte: »Okay, du könntest also jederzeit ganz anders aussehen, sagen wir zum Beispiel ... wie ... Sartre?«

Nach einer Sekunde saß er oder sein täuschend echtes Hologramm der neusten Generation vor mir: Jean-Paul Sartre mit seinem abweichenden Auge lächelte matt. In seinem schwarzen Rollkragenpullover schien er ziemlich zu schwitzen, also dachte ich an ein Hawaii-Hemd.

Welche Farben würdet ihr dafür wählen? Wählt!

Und nun saß er da, Sartre in einem Hawaii-Hemd in den Farben eurer Wahl. Seine Haut sah rot aus, schon so rot, als sollte man sie dringend eincremen, und ich reichte ihm eine Flasche Sonnenöl mit Kokosduft und Lichtschutzfaktor zwei, die, die meine Mutter während meiner Kindheit viele Sommer am Strand auf Santorin benutzt hatte. Wie sehr ich sie geliebt hatte, wenn sie so zufrieden vor sich hin glänzte und selig konzentriert die Tagebücher der Anaïs Nin las.

Man konnte sehen, wie Sartres Haut verbrannte, kaum hatte er sie eingeölt, in Sekundenschnelle, so änderte ich flugs meine Vorstellung seiner Lichtempfindlichkeit. Da lehnte er sich zurück, verschränkte zufrieden die Arme hinterm Kopf, so wie mein Vater es bei der Hingabe an die Erschöpfung tat, meine Mutter nannte diese Ruhe-Pose eine Überlegenheitsgeste.

Ich fragte Sartre: »Warum verschränkst du deine Arme hinter dem Kopf, ist das eine patriarchale Geste?«

Er grinste schief und sagte: »Alles nimmt erst vollendet Gestalt an im Bewusstsein, auch die Brust einer Frau.«

»Wo ist Simone de Beauvoir?«

»Möchtest du sie denn hier bei uns haben? Ich denke, wenn all die Eingaben stimmen, die du nun machst, dass sie bei einem Geliebten sein wird oder bei einer Geliebten, doch das ist uns zum Vorteil, nicht wahr?«

Nun holte er einen Rohmilchkäse aus seiner Ledertasche und hielt ihn mir hin, der Geruch war streng, und das Stück zerlief Sartre längst in den Fingern, er sagte: »Was siehst du?«

»Na, Käse!«

»Ja, aber was noch?«

Mit obszöner Geste biss er hinein, und ich verwandelte ihn geradewegs zurück in Liberius Lol, den Prototyp. Da saß er nun, bis auf die lange Unterhose Sartres nackt und im Schneidersitz, sein gebräunter Körper war von anmutiger Perfektion, sein Wesen munter und unbelastet, und er roch trotzdem streng nach Listerien-affinem Käse. Die Unterhose ließ ich ihm, den Geruch änderte ich in Bergamotte, wegen Onkel Mimis Lieblings-Earl-Grey aus dem Bioladen. Der Geruch verströmte die nötige Erinnerung, die Liebe und Geborgenheit implizierte, und ich fragte Liberius Lol:

»Was würdest du jetzt gerne tun?«

Er überlegte nicht eine Sekunde und rief: »Wir könnten *Game of Thrones* gucken, es gibt eine neue Staffel!«

»Jetzt? Hier?«

Er zog ein Tablett aus einer Dunstschneise in der Atmosphäre und sagte mit der Freude und Strahlkraft eines Theatergesichtes, ja, alles da, und die Batterie ist ausreichend geladen!«

Ich zuckte mit den Schultern.

»Aber wie kommst du jetzt gerade da drauf?«

»Na ja, es ist offensichtlich die Lieblingsserie vieler Individuen, und weißt du, was ich mich immer frage?«

»Na?«

»Ob es einen realen Hintergrund hat?«

»Du meinst die Drachen und so?«

Ich hatte die Serie nie gesehen, aber ich wusste, es gab Drachen, und wenn sie einen realen Hintergrund hatten, dann hatte Liberius Lol auch einen realen Hintergrund, so wie alles einen realen Hintergrund hatte, nichts war nur ausgedacht und nichts nur real, und langsam wurde mir das alles zu viel, ich war nicht dazu gemacht, das alles zu verstehen, denn ich war nur ein Mensch mit begrenzter Resilienz und weltlichem Verstand, nur noch meine Erschöpfung erschien mir vollkommen authentisch.

Liberius Lol überlegte noch eine Weile, dann sagte er:

»Nicht nur die Drachen, auch die Menschen. Woher wisst ihr, dass ihr existiert, und dass euer Ich ein Ich ist, und nicht doch ein Nichts?«

Mir fiel dazu nur noch ein, dass ich müde war, so müde wie noch nie, und ich verfiel in einen tiefen Schlaf, aus dem ich erst im Krankenhaus wieder erwachte.

*

Eine Ärztin stand über mich gebeugt, ich kannte sie, ich hatte sie schon mal gesehen, sie war eine Bekannte, eine Kollegin von Sherife, und da stand auch Sherife neben ihr, und Leif. Meine Notfallkontakte sahen verschwommen und doch verängstigt aus, und mir war überhaupt nicht mehr warm, ich fror, und es war ja auch November, und ich fragte: »Was ist passiert?«

Sherife sagte: »Du bist in Ohnmacht gefallen, im Park, eine Hundebesitzerin hat dich gefunden, wie konntest du bei der Kälte nicht einfach von selbst wieder aufwachen?«

War das ein Vorwurf? Sie fragten nicht einmal, was passiert war, so behielt ich eben für mich, dass ich diesen Dutz durch meine Ohnmacht losgeworden war.

Aber ... nichts davon war wirklich passiert, oder?

Haltet ihr mich für verrückt? Die ganze Zeit schon? Litt ich an Flucht-Phantasmen, anstatt mich einfach regelmäßig zu betrinken, so wie jede vernünftige Individualistin mit wackeliger Biografie.

In mir stieg etwas Gewaltiges auf, so wie Magensäure, nur eben nicht organisch, und das war mit der Tatsache verbunden, dass mich hier niemand fragte, was ich eigentlich erlebt hatte. Wut, war das Gewaltige Wut? Tränen gesellten sich dazu, hüpften mir aus den Augen wie graue Punkte. Und damit konnte ich natürlich nicht umgehen, beinahe hätte ich jemanden angeschrien, also alle, die da über mich gebeugt standen und überhaupt keine Ahnung hatten, dass ich jemandem entkommen war. Und dann sah ich Plü in einem Arztkittel, und Plü legte den Finger auf die Lippen, und ich verfiel wieder in eine tiefgehende Abwesenheit.

Als ich aufwachte, lag ich noch immer im Bett, ich war nicht fixiert, es roch frisch gewaschen nach Krankenhaus-Waschpulver aus der Großpackung, und ich sah nach rechts, da saß meine Mutter und roch nach einem neuen Parfüm, der Geruch war mit einem Mal so intensiv, dass alle Gefühle, die meine Mutter in mir auslöste davon neutralisiert wurden.

Auf der anderen Seite des Bettes saß mein Vater, und er trug keinen Helm, aber einen Turban, ja, er trug wirklich einen orangefarbenen Turban, knallorange sogar, und ich wusste, dass sie gestritten hatten, aber nur telepathisch, so wie früher auch immer, um mich nicht zu beunruhigen. Und ich setzte mich auf und blickte zu meiner Mutter.

»Mama, Dr. Wanda, ich denke, ich bin wütend auf dich, und ich weiß, das bedeutet, ich habe keine Alexithymie, deine erfundene Diagnose ist kein Freispruch, komm damit klar, kommt damit beide klar, ich bin neben der Spur, aber ich fühle etwas, vieles, ich krieg es nur nicht sortiert.«

Sie strich mir über die Wange und sagte: »Woher weißt du, dass Wut Wut ist?«

Und mein Vater sagte: »Ach, Wanda, woher weißt du, dass Gelb Gelb ist?!«

»Gelb ist eine Farbe, Sönke, Wut ist eine Emotion, ob wir nun alle das gleiche Gelb sehen ist nun wirklich nicht von Belang, du und deine Philosophie der einfachen Dinge, steck sie doch wieder in deine Bücher oder meinetwegen unter deinen Turban.«

Mein Vater schwieg, nickte vor sich hin und sagte dann: »Ich sag jetzt mal nichts.«

Ich sagte: »Es war grün, da wo ich war, als ich weg war.«

Gleichzeitig fragten beide: »Was?«

»Grün, da war alles so grün, es war Sommer, und da war dieser Mann, er trug Neon-Flipflops.«

Meine Eltern schwiegen, sie schwiegen sich nicht an, so wie sonst, sie schwiegen gemeinsam, und ich bemerkte diesen feinen Unterschied sofort. Ich hatte keine Ahnung warum, dann berappelte sich meine Mutter als Erste und fragte: »Wo?«

»Da, wo ich war, als ich weg war!«

»Wann, wann, als du weg warst?«, fragte mein Vater mit seltsamer Panik in der Grundierung, und ich versuchte mich zu erinnern.

»Vorhin, gestern, keine Ahnung, welcher Tag ist heute, und wie spät ist es?«

Meine Mutter sagte: »Es ist übermorgen, also rückblickend aus deiner Perspektive, seit du gefunden wurdest von der Frau mit dem Cocker Spaniel.«

Mein Vater sagte: »Warum erwähnst du die Hunderasse? Was spielt die Rasse des Hundes für eine Rolle?«

»Das hier ist kein Roman, Sönke, das ist das wahre Leben, ich kann sagen, was ich will, es muss keine weiterführende Funktion in der Fiktion, der Story haben!«

»Du hörst dich einfach zu gern reden, deshalb hast du auch noch die Hunderasse genannt.«

»Na, dann hat das Nennen der Hunderasse ja doch eine Funktion für die Geschichte, und zwar die, mich, die Figur, zu charakterisieren, oder nicht?!«

»Aber es ist nicht schlüssig, es erschließt sich nicht, nur, wenn ich es kommentiere, erst dann wird es verdeutlicht, auch unser Verhältnis zueinander, ja, besser wäre, du wischst dir ständig über deine Bluse, als sei da ein Fleck, obwohl da gar keiner ist.«

»Mache ich das?!«

»Früher schon, ständig, wenn du dich schuldig gefühlt hast.«

»Und du hast geschielt, ganz leicht, nur mit dem linken Auge, während du gelogen hast.«

Sie stritten offen miteinander. Ich mochte es, aber in diesem Moment, als das Pingpong der letzten Worte ewig hätte so weitergehen können, betrat die Ärztin zusammen mit Onkel Mimi das Zimmer und sagte mit einem strahlenden Achtzigerjahre-Lächeln, dass alles im grünen Bereich sei, das sagte sie wirklich so, und alle meine Werte seien wunderbar, Niere, Lunge und so weiter, auch mein Vitamin-D-Spiegel, nur beim Magnesium könnte ich nachbessern, das sei gut für die Nerven und Muskelfunktion. Mein Vater flirtete scherzend, Nerven und Muskeln, was brauche der Mensch mehr?

Natürlich hatte Mimi alle Tests veranlasst, auch die mit weniger dramatischem Potential. Ich würde also laut Blutbild der Wahrscheinlichkeit nach noch eine ganze Weile leben und mit meinen Eltern auskommen müssen, denn sie waren mir keineswegs gleichgültig, und sie waren einander nicht gleichgültig, ich spürte ihr gegenseitiges Interesse und saß mittendrin. Und nun stritten sie darüber, bei wem ich nun unterkommen sollte, als wäre ich wieder zehn Jahre alt.

Ich mochte es trotzdem, wie sie stritten, fühlten, meine Mutter machte immer wieder Anspielungen auf Sönkes Turban, und ob er nun ein Muslim sei, viele Alt-Linke würden da ja Sympathien hegen. Er entgegnete, weder sei er alt noch jemals politisch einzuordnen gewesen, das mache ihn aus, er sei sein eigenes Genre!

»Politik ist echt, mein Lieber, kein Schauspiel, kein Stück!«

»Selbst Simone de Beauvoir trug einen Turban!«

»Die war genauso wenig eitel wie du!«

»Eitel oder nicht, ich war immer die bessere Feministin von uns beiden!«, rief mein Vater.

»Wenn du schon gendern willst, dann werd bitte nicht albern!«

»Wieso überhaupt gendern, wieso nicht gleich das generische Femininum, ich war immer dafür, das wär ein Spaß!«

»Mit Spaß hat der Diskurs nun wirklich nichts zu tun, Sönke.«

Und so weiter ... Mit mir hatte das alles auch nichts mehr zu tun, aber es war schön, dass sie miteinander lebendig wurden.

Und nun, da mein Vater Simone de Beauvoir ins Spiel gebracht hatte, dachte ich wieder an mein Erlebnis – ob es nun zusammenfantasiert oder wirklich passiert war, was macht das für einen Unterschied?

Vielleicht denkt ihr, ach was, das hat sie nur geträumt, na, da schieb ich gleich hinterher, dass ihr all das nur gelesen habt. Das Gehirn ist wirklich ein verehrenswertes Organ, aber, bei aller Bewunderung, echt schlampig bei der Unterscheidung zwischen echt und unecht.

Mein Gehirn schlug mir vor, Dutz zu googeln. Doch ich entschied mich nach kurzer Abwägung dagegen und schlug meinem Gehirn vor, stattdessen meine Eltern zu fragen. Also unterbrach ich ihr Hin und Her und fragte meine Eltern, doch sie zuckten bloß mit den Schultern und machten Gesichter der Irritation. Und um ihr Ringen zu unterwandern, informierte ich sie darüber, dass ich bis auf weiteres bei Onkel und Tante wohnen bleiben wollte, so lange, bis ich genug Geld und was Eigenes gefunden hätte. Alle nickten ein bisschen zu oft und waren sich einig, ich solle mich erstmal ordentlich erholen, aber von was eigentlich?

Natürlich hatte meine Mutter danach mehrere Male versucht, sich mit mir auszusprechen, ständig hing sie bei Mimi und Asta in der Küche rum. Ich las dann irgendwas im Telefon, und noch lieber hörte ich Podcasts ihrer Konkurrenz.

Was meine Mutter bisher nicht getan hatte, war, in expliziter Weise um Entschuldigung zu bitten, vielleicht, weil sie glaubte, das Gesagte sei ohnehin in der Welt und könne nicht zurückgenommen werden. Recht hatte sie, es war ja kein Streit oder ein Missverständnis gewesen, sondern eine Aufnahme.

Die Podcast-Folge, in der sie mich in Abwesenheit diagnostizierte, war für immer ein unentschuldbarer Teil der digitalen Welt geworden. Meine Mutter ruhte sich zudem auf ihrem bequemen Gedanken aus, recht zu haben, und dass ich somit ohnehin nicht genug fühlte, um ewig an meiner Blockade unserer Beziehung festzuhalten. Jedes Mal, wenn sie ging, sagte sie, dass ich wisse, dass ich sie liebe, und dann war wieder Ruhe, bis auf wenige arabische Klänge hinter verschlossener Tür. Asta war in Ungarn, und Mimi war oft im Fernsehstudio, da er als Ernährungscoach einer Nachmittagsreihe in der Vorproduktion war, die *Fit durch den Frühling, Sommer, Herbst und Winter* hieß.

Bei Mimi und Asta war es immer warm, denn sie ließen den ganzen Winter über alle Heizungen voll aufgedreht, Tag und Nacht, egal, ob sie da waren oder nicht. Sie sagten, das sei energiesparend, das ewige An und Aus oder Temperaturabstufungen seien die wahren Killer. Immerhin war Eddy die meiste Zeit über da, und sie sagte, die Wärme tue ihr gut, die Kälte in Deutschland überfordere sie, wie so vieles andere auch. Ich fragte sie einmal, was ihr im Sudan besser gefallen habe, als hier, und sie sagte: »Alles! Der Alltag, das Leben, wie die Leute drauf waren«, das sagte sie, ohne es weiter zu spezifizieren. Jeden Tag telefonierte sie mit ihrer Mutter, und ich spürte eine Verbundenheit, die mir unbekannt war.

Mit Eddy rumzuhängen war genau das, was ich gerade wollte, wir mochten uns, standen uns aber nicht nahe, wir hatten keine gemeinsame Geschichte, wir arbeiteten zusammen und bereiteten endlich ihre Ausstellung vor, die Anfang Februar stattfinden sollte. Es waren nur noch zwei Wochen bis Weihnachten.

Weihnachten war mir egal, doch die meisten Menschen spürten im Rahmen dieser Tage wohl den ganzen ausgelagerten Schmerz. Sie kamen einfach nicht mehr drumherum, schoben irgendwann die letzten Kekse beiseite und begannen sich zu besaufen oder zu heulen oder beides.

Sherife gestattete Eddy, sie zu filmen, während sie heulte, also lange vor Weihnachten schon, sie filmte Sherife dabei, wie sie ihre Schwester das erste Mal wiedersah, und Sherife erzählte Eddy ihre Geschichte, und Eddy erzählte die Geschichte noch einmal in Fragmenten von Sherifes Berichten, alle möglichen Gefühlszustände, und Eddy versah alles mit Bildern und immer konnte man gut sehen, dass es Sherife gelang, sich selbst zu vergessen, während sie ihre Geschichte erzählte.

Und immer wieder gelang es Eddy, den tragischen Verlust des Selbst und das notwendige Vergessen des Selbst mit Bildern einzufangen, ohne zu viel dazu zu sagen. Sie arbeitete mit Schatten und Unschärfe und sprang von Schwarzweiß zu Farbe und zurück, keine Musik, nur unmelodisches Pfeifen, Wetterklänge, urbane Geräusche.

Noch drei Monate, bis zur Begegnung mit Plü, langsam fühlte ich ein Pulsieren in meinem Kopf, wenn ich daran dachte, dass sich alles verändern könnte. Ich sehnte mich nach etwas namenlosem Neuen, und zugleich war da diese Porosität in meinem Gerüst, die meine Scheu potenzierte. Ich konnte mir den Umgang mit so vielem einfach nicht vorstellen, ich konnte mir mich selbst nicht vorstellen in so einer Art Leben, in dem alles irgendwie besser, geordneter war, was sollte ich darin mit mir anfangen? Es überstieg die Flexibilität meines Verstandes.

*

Onkel Mimi litt unter Astas Liebesentzug, den sie weiterhin bestritt. In vielen verschiedenen Strickjacken auf dem immer selben Stuhl in der Küche suchte er in seinen Erinnerungen nach seiner Frau, dem Ideal des Vergangenen und Erklärungen und Möglichkeiten zur Wiederbelebung. Eine sehr passive und aussichtlose Aktivität im Inneren schien mir das zu sein, doch ich empfand Wohlwollen gegenüber seinem selbst gewählten Dilemma und leistete ihm unkritisch Gesellschaft.

Mehrmals am Tag wechselte Mimi die Strickjacke, als käme das Umdekorieren seines Körpers einer Art Belebung oder Vervielfältigung seiner Optionen gleich. Mindestens einmal am Tag sagte er, er habe den Liebeskummer seines Lebens, als würde es die Sache besser machen, als könnte es in der Tat helfen, die Angelegenheit wieder und wieder zu benennen.

Asta war vor ein paar Tagen ausgezogen, für eine Weile, wie sie sagte, ohne die Weile zeitlich zu präzisieren, sie umriss es eher metaphorisch, sagte, sie kehre zurück, wenn die Dinge wieder in die richtigen Bahnen gelangt seien.

Mein Onkel begann schließlich, alle seine Strickjacken in Müllsäcke zu stopfen. Umgehend, ohne Erläuterung mir gegenüber, subsummierte Onkel Mimi, dass seine Lieblingskleidungsstücke, ja, sein Markenzeichen, eben auch der Grund für seine Unmännlichkeit waren. Asta hatte das Nomen »Männlichkeit« wohl einmal zu oft benutzt und in verschiedenen Kontexten Bemerkungen dazu gemacht, an die ich mich nicht erinnerte, weil ich meine bewusste Wahrnehmung bei derart diffusen Wortbedeutungen meist abstelle.

Seit zwei Tagen standen fünf Müllsäcke mit Strickjacken im Flur. Es war für mich nicht nachzuvollziehen, warum er die Liebe seiner Frau von einer undefinierten Männlichkeitsperformance abhängig machte. Und ein Mann war er doch so oder so.

Zum ersten Mal im Leben hatte Mimi eine Höllenangst, seine Liebesanordnung zu verlieren, den Gedanken anzunehmen überforderte ihn, er verzweifelte daran so sehr, dass ich deshalb sogar zum ersten Mal zustimmte, dass meine Mutter vorbeikäme, um über Nacht zu bleiben.

Mimi verließ das Haus seit dem Eintüten seiner Strickjacken gar nicht mehr, er erklärte, seine Muskeln würden Tag um Tag an Kraft einbüßen, seinem Herz folgend, die Verlustangst fräße alles auf. Mir erschien sein Herz aber sehr stark in seinem pulsierenden Leid. Ihn beschäftigte nur noch ein monothematischer Gedanke: Was könnte er tun, um Asta wieder für sich zu begeistern, für sich einzunehmen, damit sie ihn so ansah wie früher? Das hielt Onkel Mimi für die anzustrebende Lösung der Problemlage.

Meine Mutter hielt von solcherlei einfachen Lösungen nichts, und das mochte ich besonders an ihr, und sie trug Dunkelblau und sah sehr schön aus. Sie duftete wieder nach diesem neuen Parfum, und ich musste mich sehr beherrschen, nicht zu fragen, um welches Produkt es sich handelte, um ihr nicht zu schmeicheln. Natürlich hatte es die von ihr bevorzugte Süße, aber es war eleganter als alle bisherigen Düfte, die sie je getragen hatte. Sie kam um die Mittagzeit und stellte eine Flasche Pastis auf den Tisch. Mimi schüttelte den Kopf und sagte: »Ach, Wanda, das vertrag ich doch nicht mehr, ich bin alt und unmännlich, und dann führt doch jedes Gespräch schnell ins zerstreuende Nichts, und dafür bin ich ja nun auch nicht mehr jung genug, und auch nicht glücklich genug, es ist ernst, das Ende von allem ist sehr ernst.«

Meine Mutter öffnete die Flasche, nahm einen Schluck und stellte sie dann in den Kühlschrank, sie wirkte gar nicht in Eile oder abgelenkt, wie sonst, sie holte nicht mal ihr Telefon aus der Tasche.

»Weißt du noch unsere Eltern?«, fragte sie.

»Die Nazis«, sagte Mimi und betrachtete die Innenflächen seiner Hände.

»Genau. Und was ist mit ihnen?«

»Sie sind tot«, sagte Mimi leise.

»Ja, natürlich sind sie tot, tote Nazis, die uns gezeugt hatten.«

»Warum benutzt du Plusquamperfekt?«, fragte Mimi.

»Na, weil seitdem noch so einiges mehr passiert ist, unser ganzes Leben bis hierher«, sagte Wanda und nahm seine Hände, drehte sie um, legte sie auf die Tischplatte und ihre obenauf.

Mimi fragte: »Glaubst du, sie haben uns geliebt?«

Wanda sagte nichts, und Mimi fuhr fort: »Na ja, sie haben sich geliebt, sie hatten ja etwas gemeinsam, ihren Hass, ihre Abgrenzung, ihre Identifikation mit Landesgrenzen und Hautfarbe. Haben Asta und ich etwas gemeinsam?«

»Ihr habt Leif, euren Freigeist, die Idee einer Liebe, die sich nicht abgrenzt, eure Begeisterung für Artischocken!«

»Ich habe schon lange keine Artischocken mehr gegessen, ich mag sie nicht mehr, sie sind ein trauriges Gemüse, Nährwert hin oder her«, sagte Mimi, zog seine Hände unter denen Wandas hervor und zog sich ein Stück eingerissenen Nagels ab.

»Du hast dich verändert«, sagte Wanda.

Er zuckte mit den Schultern.

»Hat Asta sich denn auch verändert?«, fragte Wanda.

»Ja, das weißt du doch, sie will alles mitnehmen, immer in Bewegung bleiben, sie geht auf Kinky-Partys.«

»Früher habt ihr sowas zusammen gemacht, da hieß es bloß anders, du hattest nichts dagegen, im Gegenteil.«

»Du meinst, ich bin das Problem?«, fragte Mimi.

»Ich sage nicht, dass irgendjemand das Problem ist, ich sage nur, dass vielleicht nicht sie sich verändert hat.«

»Vielleicht sind es meine Wechseljahre«, sagte Mimi und rieb sich übers Handgelenk.«

»Was ist mit Asta?«

»Sie hatte nie Wechseljahresbeschwerden, das ist es ja, sie macht einfach so weiter, nur eben in älter.«

Ich mischte mich ein und sagte: »Mimi hält sich für unmännlich, er hält das für das Problem, Asta hat hier und da mal solche Sachen gesagt, wenn sie wütend war, und deshalb hat er seine Strickjacken in Müllbeutel gestopft.«

»Männlichkeit? Das ist die Idee?«, fragte Wanda mit Staunen.

»Ja«, sagte ich, »er redet von nichts anderem mehr, es ist eine fixe Idee, sie killt ihn, sie killt alles.« Und ich schlug mir mit der Hand gegen die Stirn.

Meine Mutter seufzte und sagte: »Ich behaupte ja nicht, dass eine Identifikation mit Geschlecht keine Rolle spielt, aber was soll das genau sein, in der Liebespraxis, das ist ein so überkomplexes Thema, da kommt man aus dem Differenzieren gar nicht mehr raus, da gibt es keine einfachen Antworten wie ... ist es beispielsweise männlich ... ähm ... ein Huhn zu schlachten. Ich habe drei Sonderfolgen zu dieser Thematik gemacht.«

»Und was wäre dann weiblich?«, fragte ich, »das Huhn zu rupfen?«

Meine Mutter lachte. Mimi nicht.

»Ich könnte niemals ein Tier töten!«, rief Mimi.

»Ich sagte doch nicht, dass du ein Tier töten musst, ich sagte ja eben, um so etwas geht es nicht.«

Meine Mutter zündete sich eine Zigarette an, Mimi fing sofort an, mit den Händen zu wedeln.

»Nicht Wanda, nicht hier, du weißt doch, wir rauchen hier nicht mehr, auch du nicht.«

»Fang wieder an! Überrasche Asta!«, rief Wanda.

»Wie der Marlboro Mann?«, fragte ich.

»Ja, warum nicht wie der Marlboro Mann, und kauf dir einen Cowboyhut«, rief meine Mutter, »erzürne oder amüsiere sie ein bisschen!«

Mimi sagte: »Das ist es ja, ich verstehe nicht mehr, was sie amüsieren könnte, wie ich sie begeistern könnte, für mich einnehmen.«

»Aber warum willst du das unbedingt, warum lässt du es nicht einfach laufen, pack deine Strickjacken wieder aus und mach dein Ding, schreib ein neues Buch, stell eine absurde Ernährungsthese auf.«

»Ach«, sagte Mimi, ich brauch gerade keine Scheißselbstwirksamkeit, ich habe zu viel Geld und ein eigenes Fernsehformat, ich will einfach nur stundelang mit meiner Frau kuscheln und schon nachmittags französische Filme gucken.«

»Und im Bett rauchen und Pastis trinken?«, fragte Wanda amüsiert.

»Ist mir egal, ob Pastis oder Rotbusch, ich will sie nur wieder ins Bett kriegen, ohne dabei Sex haben zu müssen. Das ist das Einzige, was sie von mir will, sie hat mich objektiviert, ich hab gar keine Macht mehr über sie.«

»Macht?!«, rief Wanda.

»Nenn es, wie du willst, nenn es Wissen, Wissen ist Macht, ich will einfach wieder wissen, verstehen, wie sie tickt, aber sie redet mit niemandem mehr, sie zieht einfach nur noch durch«, sagte Mimi.

Ich warf zum Erkenntnisgewinn ein: »Asta saß die letzten Wochen, bevor sie ausgezogen ist, oft mit Eddy in ihrem Zimmer oder auf dem Balkon, und Eddy hat ihr Fragen gestellt und sie dann gefilmt. Hast du das nicht mitbekommen?«

»Doch«, sagte Mimi traurig, »doch, doch, natürlich, ja, gut, sie redet nicht mehr mit mir.«

»Das ist es doch, Bruder!«, sagte meine Mutter.

»Was ist was?«, fragte ich.

»Es gibt Videos«, sagte Wanda.

»Was meinst du?«, fragt Mimi.

»Du musst sie dir ansehen?«

Ich sagte: »Das geht nicht, es ist Eddys Projekt, es ist nicht fertig, sie ist ja gerade dabei, alles zu schneiden, und macht daraus ihre Kunst, keinen Dokumentarfilm, aber selbst wenn, sie gleicht es ja mit den Interviewten ab, das Rohmaterial ist privat, es unterliegt quasi der ärztlichen Schweigepflicht.«

Wanda räusperte sich, hakte nach.

»Und worum ging es da genau bei diesen Aufnahmen, gab es einen thematischen Schwerpunkt?«

»Krisen«, murmelte ich, stand auf und holte den Pastis aus dem Kühlschrank.

Meine Mutter sagte: »Ist Eddy nicht aus dem Sudan? Kann es sein, dass sie sich lustig über Deutsche macht, das fänd ich toll.«

»Nein, nein, so nicht, sie zeigt Frauen, die ihrem ersten Eindruck nach alles haben, Privilegien Freiheit, sowas eben, und sie selbst zu sein, was auch immer das so mit sich bringt.«

»Ach, und noch, also was bringt das so mit sich?«, fragte meine Mutter.

»Na, Probleme, Erfüllung, Frust, so Menschensachen eben.«

»Hmhm«, machte meine Mutter, »das heißt, diese Eddy ist sehr interessiert an allem Möglichen, und sie hat Asta zum Reden gebracht.«

»Ja, über Stunden«, sagte Mimi und verschränkte die Arme.

Wanda stand auf, ging um den Tisch und schaltete das Deckenlicht ein.

»Du musst an das Material kommen!«, sagte sie.

»Über mich gibt es auch was«, sagte ich.

Meine Mutter überhörte diese Information, packte Mimi an den Schultern und rief ihm ins Gesicht: »Du musst dir das alles ansehen und pack deine Strickjacken verdammt noch mal wieder aus, sie sind nicht das Problem, sie sind wunderschön, hörst du, wunderschön, du bist wunderschön!«, und weiter seltsam entrückt: »Kunst ist immer ein Geschenk, sie macht wach oder wütend, schmückt, erklärt, verwirrt oder versaut dir endlich alles, du musst nur den Code knacken.«

»Den Code der Kunst?«, fragte Mimi.

»Den Code des Laptops, Bruder!«, rief Wanda.

»Willst du sehen, was Eddy von mir an Aufnahmen hat?«, fragte ich meine Mutter.

»Du bist meine Tochter, ich kenne dich doch.«

»Seit wann hältst du Kunst für ein Geschenk? Du hast immer gesagt, ich könne davon nicht leben«, sagte ich.

»Ja, genau deshalb ja.«

»Weil man von Geschenken nicht leben kann?«

»So ähnlich.«

Ich sagte dazu nichts mehr, legte mich auf den Küchenboden, so wie ich es früher gemacht hatte, wenn meine Eltern mir auf die Nerven gingen oder ich eben einfach so für mich sein wollte, und ich schrieb Eddy eine Nachricht, fragte, ob ich mir mein Material ansehen dürfe. Sofort schickte sie mir den Zugang, der Laptop sei in ihrem Zimmer unter dem Kopfkissen.

Meine Mutter durchwühlte die Müllsäcke nach einer Prada-Strickjacke, die sie schon seit Jahren wollte, und rief, die würde perfekt zu ihrem neuen Parfum passen. Wen interessierte das?

In Eddys Zimmer roch es stark nach Marihuana, sie lüftete selten und immer nur kurz, da es ihr zu kalt in Deutschland war. Zu dem Marihuana-Geruch kam ein sehr starker Duft nach Mandarinenschalen, sie lagen überall verstreut, und es sah in der zufälligen Komposition recht hübsch aus.

Ich stellte Eddys mit Stickern zugeklebten Laptop auf den Küchentisch neben den Pastis und rief: »Mimi, bist du bereit, deine Frau kennenzulernen?«

In Windeseile kam er über den Flur angelaufen, wie ein Kind bei Nacht auf dem Weg in das Bett seiner Eltern, und er setzte sich neben mich und nickte, und der Schweiß stand ihm auf der Stirn.

Als ich die Video-Datei von Asta geöffnet hatte und Play drücken wollte, ploppte eine Erinnerung in meinem Telefon auf. Oh. Ich hatte ein Date. Leif nahm seine Arbeit als Date-Doktor neuerdings ernst, er schickte mir Tag, Zeit und Ort und ein Foto.

Mimi hatte den Film inzwischen selber gestartet und sah fasziniert auf den Bildschirm, wo seine Frau es sich gerade auf Eddys Bett gemütlich machte und sich einen Keks in den Mund steckte.

Ich drückte Pause und sagte: »Ich muss los, es ist wichtig, es geht um alles!«

Mimi hob kurz seine geballten Fäuste als Zeichen der Motivation, aber er lenkte seinen Blick nicht eine Sekunde weg vom Bildschirm und seiner temporär eingefrorenen Frau, und er fragte mich auch nicht, worum es bei »alles« ging.

Ich lief an meiner Mutter vorbei, die in einem Haufen Strickjacken saß und nun angefangen hatte, sie ordentlich zusammenzulegen. Manchmal konnte man nicht mehr für jemanden tun, den man liebte, als ein bisschen aufzuräumen, nicht mal die materiell erfolgreichste Psychologin des Landes konnte das, Liebe war ein wirklich furchteinflößender Faktor.

Und dennoch machte ich mich nun auf den Weg, sie zu finden, vielleicht traute ich mich bloß, da ich nicht im Geringsten an das Gelingen meines Vorhabens glaubte.

Kurz blieb ich vor Wanda stehen, ich hätte sie einfach in den Arm nehmen können. Sie hätte auch mich in den Arm nehmen können. Aber sie blickte bloß zu mir hoch und sagte: »Du weißt, ich liebe dich.«

*

Ich knallte die Tür, trat hinaus und ging durch die Straßen der Stadt mit all ihrer tristen Vorweihnachtsromantik. Ich blickte Menschen, die mir entgegenkamen direkt in die Augen, dachte dabei an ihre und meine Sterblichkeit, wir existierten zugleich, und irgendwann wären wir fort, und an die Ewigkeit von irgendetwas zu glauben, schien mir nichts weiter als ein Akt der Verzweiflung zu sein.

Mein Date hieß Ty, und als ich fragte, ob das ein Spitzname sei, war er beleidigt, und ich verstand nicht, warum, aber ich mochte es sofort, dass er so leicht aus der Fassung zu bringen war. Er war überaus breit gebaut und stark tätowiert, bis hoch ins Gesicht. Durch seinen Schnurrbart erinnerte er an einen Pornostar der Siebziger, und ich dachte, dass seine Aufmachung nichts als Sex implizierte, und fragte mich, wie Leif auf die Idee gekommen war, ich könnte mich in Ty verlieben.

Wir waren in einem französischen Restaurant, und er bestellte ein Dutzend Austern, das Entrecôte, eine Flasche Rosé und für mich das Gleiche. Coaches für Männer rieten dazu, gleich bei der Essensbestellung aufs dominante Ganze zu gehen. Seit ich Instagram nutzte, wusste ich so viel mehr, und ich hatte den Eindruck, ihn längst zu kennen, er entsprach einem gewissen Typ, der dort häufig vorkam.

Ich stellte ihm direkte Fragen über seine Ex-Freundinnen, ob er schon mal geliebt hatte, da wich er mit männlicher Entschiedenheit aus, und es stellte sich im weiteren Gesprächsverlauf immerhin heraus, dass er fixiert auf kleine Frauen mit Kurven war, also das nannte er für sich »relevant«, um sich überhaupt auf eine Frau einlassen zu können, und er nannte das die »oberflächliche Eintrittskarte« zu seinem Herzen, er habe es eben gern handlich, größere Frauen seien wie Sperrgut im Bett.

Hatte ich erwähnt, ob ich klein und kurvig bin? Ich werde auch jetzt nichts weiter darüber preisgeben, aber am Ende des Abends hatte ich ihn ein bisschen gern, weil er immer unumwunden ehrlich war, ohne sich zu schämen. Aber darüber hinaus gab es nicht viel zu entdecken, und ich fragte ihn noch, warum er sich auf das Treffen eingelassen hatte, und er sagte, er sehne sich nach etwas Wirklichem, etwas Echtem. Und ich antwortete: »Alles ist echt, das Restaurant, du selbst, der Schneeregen und die Sterne.«

»Ja, aber etwas, das echt real ist.« Er sprach es englisch aus. Etwas, das nicht einfach egal wäre, eine Frau, bei der er vergesse zu essen und zu trinken und es ihm sogar egal würde, ob sie klein und curvy sei.

Ich dachte, dass das eine interessante Definition von Liebe war, zu vergessen, und das sagte ich ihm auch, und er antwortete: »Ja, vergessen, ich will alles vergessen, wie auf Drogen, den ganzen Schmerz, ja, darum geht es, ich möchte den Schmerz vergessen.«

Das war interessant, denn von Schmerz war ja bisher nicht die Rede gewesen, und plötzlich fing er von selbst davon an. Und ich strich ihm mit der Hand über den komplett tätowierten Handrücken und fragte: »Deshalb die ganzen Tätowierungen? Wegen des Schmerzes?«

»Nein, die Tattoos, die sind ich, mein Bild von mir, me myself and I, der Schmerz, da hab ich Piercings, kannste sehen, wenn du willst, da kommt die Sonne selten hin, wenn du verstehst. Aber ich will wirklich etwas spüren, eine Frau, wo die Sonne aufgeht und nie wieder untergeht.«

Das stellte ich mir sehr anstrengend vor, so immer im Licht, das käme für mich nicht in Frage, aber ich fragte ihn, was für eine Frau das sein könnte, die alles für immer zum Leuchten brächte, und er sagte: »Eine, für die ich der Einzige bin und immer sein werde, eine, die nicht verdorben ist von den ganzen anderen Männern, Männer sind scheiße, ich sag, wie es ist! Eine, der ich alles erklären kann, die nur meine Kinder bekommt und die immer an meiner Seite bleibt, weil die Welt auch noch nicht in sie vorgedrungen ist. Und ja, das klingt jetzt vielleicht krass traurig so von wegen Altwerden, Sterben und so Stuff, aber eine, die mich am Ende auch pflegt, wenn ich alt bin und der ganze Sport auch nichts mehr bringt, wenn die Muskeln sich abbauen, die Tattoos nicht mehr zu erkennen sind, eine Frau, die mir die Stirn abtupft, egal, was da herausgetropft kommt, die mich auch noch liebt, wenn ich ... ja, komplett ausgeleiert bin und die aber immer sie bleibt, bis der letzte Hauch aus mir entwichen ist und ich nur noch im Universum ein Staubdings bin, verstehst du?«

Ich sagte: »So wie eine Tochter, die dann zu deiner Mutter wird.«

Und ich dachte, diese klare Diagnose würde ihn furchtbar wütend werden lassen, aber er wurde leider gar nicht wütend, er antwortete: »Voll auf den Punkt, genau, aber das eben auch mit Bumsen for Life.«

Ich kratzte mir die Stirn und überlegte, ob ich ihm irgendwas dazu erklären musste, aber ich wusste nicht, wo ich anfangen sollte, also wechselte ich das Thema und fragte wirklich aus ehrlichem Interesse, welche Partei er zuletzt gewählt habe, und er sagte, dass er nicht wählen gehe, weil keine Partei zu hundertfünfzig Prozent seinen Vorstellungen entspreche, irgendwo sei immer ein Haken, so wie eben auch bei den Frauen ... aber dass er die Nazipartei genauso schlimm finde wie die Grünen, nur dass Stefan Driest ein echt faszinierender Typ sei ...

»Krasses Charisma, und ich glaub safe, dass das für Deutschland eine Gefahr ist, so krass hitlermäßig und deswegen war ich neulich zum allerallerersten Mal auf einer Demo, weil ich voll für Ausländer aller Art bin, ich hab keinen Bock hier nur unter Kartoffeln zu leben, und ich steh vor allem auch krass auf Thaifrauen, sogar die, die male sind, find ich hot, bin da offen, mit mir ist keine Nazi-Mark zu machen! Annalena Baerbock ist auch hot, weil sie so klein ist und karrieremäßig krass abgeht, und auf Ursula von der Leyen habe ich auch voll besoffen schon mal gewichst, und seitdem guck ich auch mal auf die älteren Ladies. Nur so sexuell. Aber das ist nichts für meinen Plan mit der Frau für die Ewigkeit, passt null mit dem, was ich will, und deshalb muss ich wohl für immer ...

»Ein Wichser bleiben«, vollendete ich, und da lachte er und sagte: »Ficken würde ich dich, du bist so geil schlagfertig und auf den Punkt!«

Seine Selbstzufriedenheit war fast schon rührend, und ich schaffte es nicht, wütend auf ihn zu werden. Ich versuchte es mit Mitleid, denn irgendein beschissenes Gefühl von mir hatte er wirklich verdient. Doch auch das klappte nicht, und es blieb zu guter Letzt bei einem schmalen Gefühl der Attraktion ohne Attraktivität.

Weil ich zu mehr der Ausführungen über seine Wahrnehmungsweise von Frauen nicht bereit war, lenkte ich das Thema auf Berufliches, und ich zeigte ihm auf sein Verlangen hin in meinem Telefon unter Favoriten meine Glitzerklumpen, und Ty war sofort begeistert, sagte was von golden Power und kaufte mir direkt einen davon per Paypal ab, für 2500 Euro, den Preis hatte er selbst genannt und gesagt, wir seien doch jetzt sowas wie Freunde. Er gab mir seine Postadresse, und wir verabschiedeten uns taumelnd, weil er ja immer mehr und mehr Rosé bestellt hatte. Drei oder vier Schnäpse hatten wir zu guter Letzt auch noch getrunken, was mein Magen eigentlich nicht mehr vertrug. Jetzt aber wankte ich zunächst zufrieden durch den Schnee und entschied, sofort ein paar aufgeschobene Dinge zu regeln.

Leif hatte mir eine Nachricht hinterlassen: *Wie war es?!!!*

Ich schickte ihm einen Totenkopf, und er schickte mir ein Fragezeichen. Der Typ war seine engste Bezugsperson beim Dreh der letzten Realityshow gewesen. Nachdem wir uns verabschiedet hatten, drehte ich mich noch einmal um, weil ich ein gruppendynamisches Schreien gehört hatte, und sah dann, dass eine Gruppe sehr junger Frauen Fotos mit Ty machte. Das Restaurant befand sich in einem Ausgehviertel, und ich verschwand in der Menge, genoss das Gedränge, ließ mich eine Weile von der Fülle der Heiterkeit tragen und steuerte dann mein altes Atelier an, das nur ein paar Straßen weiter lag. Der alte Glitzerklumpen, den ich Ty gerade verkauft hatte, musste dort irgendwo sein. Jemand arbeitete dort immer, auch bei Nacht, es war eine Art Halle, und das Tor war nur angelehnt, und ich trat ein und es roch noch immer vertraut, und da stand eine Frau auf der höchsten Leiter und schliff an einer Skulptur.

»Hey, du! Ist das ein Penis?«, rief ich.

»Interessant, dass du das denkst!«, rief sie zu mir runter.

»Ist es?«

»Es ist das, was du sehen willst, was immer wer auch immer darin sehen will.«

»Und wie heißt es?«

»Es heißt Forbes.«

»Die Liste?«

»Ist doch egal, was willst du hier, bringst du die Miete vorbei?«

Sie kannte mich, warum konnte ich mich nicht an sie erinnern?

»Kennen wir uns?«

»Du kennst meinen Deadname.«

Jetzt schaltete ich und sagte: »Ah, du bist ... okay, nein, dann bist du?«

»Shakura!«

»Warum nicht gleich Shakira?!« Shit, ich sollte keinen Schnaps trinken.

»Es gibt schon eine Shakira.«

»Aber wir sind doch nicht bloß einzigartig durch unsere Namen.«

Shakura blieb ungerührt und fragte: »Wie würdest du dich denn nennen, könntest du dir einen neuen Namen ausdenken?«

»Du meinst wie bei *Die unendliche Geschichte*?«

»Nein, da hat das Kind sich einen neuen Namen für die kindliche Kaiserin ausgedacht.«

»Aber vielleicht waren sie eigentlich ein und dieselbe Person.«

»Das lesende Kind und die Figur im Elfenbeinturm, der Junge und das Mädchen?!«, fragte sie, und ich wurde ein bisschen nüchtern. Shakura war gut, und ich sagte: »Ich würde mich auf jeden Fall nicht Mondenkind nennen.«

Shakura fragte: »Hast du die Miete?«

Ich fragte: »Haben wir nicht mal rumgemacht?«

Sie sagte: »Ja.«

Ich: »Habt ihr Paypal?«

»Du kannst es auf mein Paypal transferieren, dann kommst du jetzt sofort an deine Sachen.«

»Hab ich gesagt, dass ich an meine Sachen will?«

»Warum solltest du sonst hier sein? Willst du arbeiten?«

»Nein, ich hab zu tun, ich muss Liebe finden.«

»Bist du deshalb betrunken?«

»Muss man betrunken sein, um Liebe zu finden?«

»Es hilft, die Konturen zu verwischen, weniger defizitorientiert zu sein, das wird temporär sehr einfach, Alkohol ist ein Verstärker.«

»Aber ist nicht jeder Mensch auch nüchtern betrachtet ein Unikat?«

»Ja«, sagte Shakura, »aber nicht mit jedem will man ins Bett oder in eine Partnerschaft.«

»Das klingt so konkret, nach Zielen ohne Geheimnis.«

»Dann nenn es eben eine Sache«, sagte Shakura.

»Bist du mit jemandem in einer Sache?«

»Du meinst in der Liebessache?«

»Ja, in der Liebessache.«

»Mit mir selbst, ja.«

Sie kam runter, sie hatte irgendwann heute geweint, ich erkannte es an der Spezifität ihrer Schönheit, leider wich sie einer näheren Verbindung zu mir aus und gab mir bloß noch den Schlüssel fürs Lager, und dann doch eine abrupte Umarmung, nach der ich mich ein paar Sekunden richtig in meiner Haut fühlte.

Meine verbliebenen Klumpen waren in einen, immerhin reißfesten, Müllsack verpackt worden, zuvor sogar noch in Packpapier gewickelt. Noch jemand, außer Ty, hielt sie immerhin für wertvoll. Der Müllsack inklusive meiner letzten Werke hatte ästhetisch eine durchaus interessante Wirkung auf mich, und hätte ich nicht schon 2500 Euro von Ty bekommen, hätte ich es einfach im Ganzen dabei belassen. In einer Galerie hätte ich es genauso auf einen Sockel gestellt und es »Bio aktiv« genannt. Vielleicht, es war mein erster Einfall, mein zweiter »Refugium«, mein dritter »This is where the magic happens«. Ich hörte auf, es gab bis auf weiteres keine Ausstellung, aber immerhin fotografierte ich den Sack von allen Seiten und lud das beste Bild als meinen ersten Beitrag bei Instagram hoch #livingartist. Ich suchte dann in dem Sack nach dem Klumpen, den Ty sich ausgesucht hatte. Es war weit nach Mitternacht, und langsam bekam ich wieder Hunger. Ich ließ die restlichen Klumpen dort zurück und machte mich auf den Weg. Bei Mimi und Asta gab es immer eine ganze Schublade voll mit Packpapier, Umschlägen in allen Größen und für alle bürokratischen und privaten Notwendigkeiten sogar noch bittersüße Leckmarken und wahlweise welche mit Kleber. War so eine Schublade nicht der absolute Beweis fürs Erwachsensein?

Die Wohnung war leer, Eddy zog seit einer Weile, seit ihr Projekt wuchs, meistens noch um die Häuser. Aber dass Mimi nicht zuhause war, war ungewöhnlich. Eddys Laptop stand aufgeklappt auf dem Küchentisch, und die leere Flasche Pastis lag auf dem Boden. Dieses Bild war beunruhigend, und ich rief ihn an, er ging nicht ran. Ich schrieb meiner Mutter eine Nachricht, und sie antwortete knapp, sie sei bei einem Dinner und habe sich schon eine Stunde nach meinem Aufbruch auf den Weg gemacht. Im Schlafzimmer lagen alle Strickjacken fein gestapelt im Schrank, und der Duft meiner Mutter hing noch in der Luft.

Zurück am Laptop gab ich das Passwort ein, die Seite der Bahn war geöffnet, ein Ticketverkauf war abgeschlossen. Ich verstand nicht, und mein betrunkenes Hirn nahm es zunächst einfach hin. Wo war Asta? Sie war in Hamburg, das konnte ich bei Facebook sehen, und so sah ich auch meinen Klapptisch in meinem Profilbild wieder. Ich musste ihn holen, gleich morgen. Ich paypalte Viktoria noch den Rest der Mietschulden und schrieb, dass ich morgen meinen Klapptisch holen würde. Sie antwortete nicht, sie war nicht mehr wütend, Zeiten änderten sich, Wehmut überfiel meine Seele. Dann holte ich mir ein Glas Erdnussbutter aus der Vorratskammer und aß es komplett auf, die dicke Konsistenz tat mir gut, und ich scrollte bei Instagram rum, und es führte zu nichts, außer der Feststellung, dass ich drei Follower hinzubekommen hatte, die ich mir näher ansah, eine Frau hatte ausschließlich Videos von sich selbst hochgeladen, wo sie irgendwas von ihrem Tag und ihren Gefühlen erzählte, in einem der Filme weinte sie sogar, aber es war nicht echt, ich konnte es sehen, ich war Expertin für die Tränen anderer. Das Fett der Erdnussbutter hatte mich wieder wach genug gemacht, und die Frau hatte die Frage in mir aufgeworfen, welche Faszination es haben konnte, sich selbst beim Reden zuzusehen, und so gab ich das Passwort erneut in Eddys Laptop ein und suchte nach meinem Film, der Aufnahme meines Interviews. Keine Ahnung, warum ich mir mich selbst ansehen wollte, denn ich war ja ich, aber Diannalucielle1999 wusste vielleicht mehr als ich, und schließlich siegte der Drang und vermischt mit Rosé, Wodka und Erdnussbutter führte er in der Tat dazu, dass ich Lust hatte, mir selbst zuzusehen.

Als mein Gesicht so nah vor mir auf dem Bildschirm erschien, bekam ich so einen Schreck, dass ich sofort auf Pause drückte. Dann stand ich auf und ging zu der Postschublade. Tesafilm in verschiedenen Größen und Plastik-Abroller in Rot und Grün waren vorrätig. Ich fand einen stabilen Karton von perfekter Größe und wickelte meinen Glitzerklumpen in mehrere Lagen Küchenpapier mit Weihnachtsprint. Ich legte den Klumpen in den Karton, klebte so viele Briefmarken drauf, wie mir genug erschienen, und schrieb Tys Adresse mit einem goldenen Edding drauf, der sich ebenfalls in der Schublade befunden hatte – in einer Extraplastikkiste, die mit einem Blanko-Sticker beklebt, der mit »Weihnachten« beschriftet war. Alles war fertig zum Versand, und zurück am Tisch saß ich vor meinem eingefrorenen Gesicht auf dem Laptop und sah bei Instagram nach, wie viele Follower Tys hatte: 355000. Sein erstes angepinntes Bild zeigte ihn in einer weißen Unterhose, sein Blick war wütend oder sexy. Versehentlich folgte ich ihm durch fahrige Fingertätigkeit, und als ich ein wenig wirr versuchte, ihm rasch wieder zu entfolgen, war er mir bereits zurück gefolgt. Jetzt folgte ich Fidelis und Ty Lobster, vermutlich ein Künstlername. Er schrieb mir: *Schön wars* mit einem grauen Herz für die nötige männliche Unterkühlung. Ich schrieb: *Paket geht morgen in die Post.* Er schrieb, er freue sich wie doof und wisse auch schon, an welchem Spot es seine Wohnung verzieren würde. Ich wusste nichts mehr dazu zu sagen und schickte ein zufälliges Emoticon mit geschlossenen Augen. Das mache ich oft, ich mag das, weil ich nichts von mir preisgebe und irgendjemand sich trotzdem den Kopf zerbricht. Ist das toxisch? Etwas zu sagen, ohne etwas zu sagen. Es gibt die Idee, dass man nicht nichts sagen kann, aber was sagt ein zufällig getipptes Emoticon? Vermutlich etwas über meinen Charakter.

Dann sagte ich ziemlich viel, beängstigend viel, in dem fast fünfundvierzig Minuten langen Video von Eddy. Sie hatte mich einfach reden lassen, und ich redete, sie hatte mich begleitet, in ein Café und beim Einkaufen für meinen Vater in der Drogerie. Zwischendrin hatte sie immer mal wieder Fragen gestellt, ganz unauffällig nebenher, und ich hatte noch gedacht, was soll das alles, es ist so banal, was ich hier labere. Doch nun sah ich es, sah ich mich, und egal, was ich redete und wie ich redete, ich konnte es sehen, ich sah, dass ich traurig war. Sehr traurig, mit einer Tiefe, die ich bei einer anderen Person aufsaugen, in eine Form gießen und mir ins Regal stellen würde. Ich sah aus, als würde ich jeden Moment anfangen zu weinen, und auch wütend sah ich aus. Irgendwann, ganz am Schluss, nachdem ich alles grauenvolle Allgemeine wichtigtuerisch über die akute Zeit erzählt hatte, meine fundamental widersprüchlichen Gedanken über Krieg, meine entschiedenen über die kapitalistische Ungerechtigkeit und den Klimaschutz, über die vergessenen Leidenden überall auf der Welt und das mit den Nazis in Deutschland. Nachdem ich über den Selbstverlust und Fake bei gleichzeitig großer Gefahr durch Social Media in Bezug auf die demokratische Ordnung gesprochen hatte, und nachdem ich Eddy auch noch erklärt hatte, warum die guten Deutschen ihr Land niemals wirklich patriotisch lieben können, so wie sie den Sudan liebte und vermisste, obwohl die politische Situation keine akute Schönheit anbot, nachdem ich zu sogar noch irgendwie darauf gekommen war, dass blaue Lebensmittel in meiner Kindheit als giftig galten, der Erfinder der Schlümpfe wahrscheinlich Antisemit war und die Farbe Blau auch den Zustand des Betrunkenseins bezeichnete und so weiter, nachdem ich also die Einzelteile zu all meinen Gedanken und Gedankenfetzen auseinandergeredet hatte, also alles worüber eben so geredet wird, da sprach ich plötzlich über diese Situation im Park und meinen Traum und dass ich nicht wusste, was überhaupt die

Wahrheit ist und was nur eine Vision, und mich das verrückt macht, dass ich nicht weiß, was ich fühle, nie, dass ich nicht weiß, was ich will, dass ich keine Rituale habe und dass ich glaube, Liebe ist im Grunde ein Ritual, insofern es die Sehnsucht nach Wiederholung ist, und dann hakte Eddy plötzlich mit aller Deutlichkeit nach und fragte nach dem Mann, Dutz, der mir Angst gemacht hatte, und da fror mein Gesicht vollkommen ein, und ich verstummte, und mir lief eine Träne über das Gesicht, und ich sah, dass sie blau war und glitzerte, und ich wusste, meine Mutter war meine Mutter, aber sie war auch eine Lügnerin, sie wusste, dass ich etwas fühlte, aber sie manipulierte sich selbst, und zwar schon eine ganze Weile, und ich wusste, dass es etwas gab in meinem Leben, an das ich mich nicht erinnern konnte, vielleicht weil es so verdammt viel Schmerz enthielt, genauso wie ich mich überhaupt nicht an diese geweinte Träne in Eddys Video erinnern konnte.

Wenn ich nicht rausfand, worum es ging, das wusste ich in diesem Moment, dann würde ich nie mehr erschaffen als immer neue Glitzerklumpen, deren pulsierender Kern mir und dem Rest der Welt verborgen bleiben würde. Für Ty in seiner schneeweißen Unterhose auf seinem formschönen Körper mit eindeutigen Symbolen überzogen schien das absolut auszureichen, aber für mich nicht. Es ging nicht ums Geld, es ging um Liebe und um Macht, um Macht über die eigenen Entscheidungen und Gedanken, nicht um Kontrolle, sondern um Freiheit, um meine Freiheit.

Irgendwann im Morgengrauen war ich eingeschlafen, ohne mich daran zu erinnern. Gefühlsgelage, von denen am nächsten Morgen kaum noch etwas übrig war, außer ein wenig diffuse Scham und schwindelige Verspannungen, selige Irritation und zu viel Magensäure waren mir durchaus bekannt, aber dieses Mal war es anders, dieses Mal war eine gute Prise Erkenntnis beigemischt.

Irgendetwas in meinem Gefühlsdestillat verhielt sich anders, und noch immer mit dem Kopf auf meinen Armen war ich sofort alarmiert und hellwach. Jemand hatte mir eine Decke umgelegt, und ich stand auf, streckte mich und lief ins große Schlafzimmer. Mimi war nicht dort, das Bett gemacht wie in der Nacht. Ich sah auf mein Telefon, keine Anrufe oder persönlichen Nachrichten, dann sah die Nachrichten auf *Tagesschau.de* durch, heute war der Parteitag der Nazipartei in Nordrhein Westfalen, Stefan Driest, ihr Star, würde eine Rede halten, und es gab eine Gegendemo zu der mehrere Tausend Menschen erwartet wurden.

Jetzt ging eine private Nachricht ein, Viktoria bedankte sich tatsächlich für das Geld und schrieb, ich könnte den Klapptisch jederzeit abholen mit einem lächelnden Emoticon und den zwei rosa Herzchen. Noch so ein Typ von Leif wollte sich treffen, Valentin, wir hatten offenbar ein Date ausgemacht, ach ja, und er fragte, ob wir es um eine halbe Stunde verschieben könnten – hätte er nicht darum gebeten, hätte ich es vergessen. Ich stimmte zu, und dann kam wieder das Lied von Junius. Wann würde er aufgeben oder zumindest ein anderes Lied schicken? Valentin schickte ein Lächeln. Junius schrieb, bald sei Ende März, der Tag der Zeitumstellung ... Hatte ich ihm von Plü erzählt? Warum wusste er davon? Bevor ich mir den Kopf zerbrach, rief Asta an, sie sagte, sie habe seltsame Nachrichten von Lothar erhalten, irgendetwas in dem Video von Eddy habe ihn wohl sehr aufgebracht, sie war wütend darüber, dass er es angesehen hatte, und gleichzeitig mache sie sich Sorgen und ob es ihm gut gehe, ich solle nach ihm sehen. Sie war die Einzige, die ihn nicht Mimi nannte, und ich sagte ihr, dass er nicht hier sei, schon seit letzter Nacht nicht, was sie in Panik versetzte. Ich war für Panik nicht ausgeschlafen genug und auch nicht überzeugt genug von Mimis negativem Potential in Bezug auf Handlungsentscheidungen. Vermutlich nahm er sich eine Auszeit in einem Wellness-Resort oder so.

Mein Date war ein Brunch, also von Beginn an eine halbe Sache. Ein Brunch war etwas für Leute, die nicht aufhören konnten zu trinken, nicht allein sein konnten oder es eben gerne eng und tummelig hatten. Ich glaube, Leute, die gern brunchten, standen auch auf Kinky-Partys und Sampler.

Mit meiner gewonnenen halben Stunde fuhr ich mit Mimis Elektrorad zu meiner alten WG. Viktoria strich gerade die Küche in Cremeweiß und erzählte, sie würde sich neu erfinden, sie müsse lernen, auch im Außen allein zu sein, sie sei inmitten einer Healing Journey. Als ich fragte, was das bedeute, sagte sie, sie habe ein Permanent-Coaching und versuche sich von ihrer Rationalität zu befreien, lasse auch Astrologie zu, einfach als Option, sie wolle nichts mehr ausschließen, ihre Arroganz betrachte sie nun als eine Form der mentalen Behinderung, und sie habe auch ihre Ernährung wieder geöffnet. Als ich fragte, was das jetzt wieder für ein Reiche-Leute-Quatsch sei, sah sie mich mit ihrem gekränkten Bonzen-Gesicht lasch an, zeigte mir dann aber einen Fuck-Finger mit Verve, und ich klemmte mir halbwegs zufrieden den Klapptisch unter den Arm und fragte: »Warum bist du wütend?«

Sie funkelte mich an, und ich war fast ein bisschen verliebt in sie, und sie sagte: »Mir ist schon mein ganzes

Leben lang so langweilig, alles war perfekt, ich bin perfekt, mich stört nichts an mir, nur die anderen stören mich an mir, ich hab es versucht, ich hab diese WG gegründet, studiert, gearbeitet, fast 100000 Follower, und eigentlich brauche ich nichts und niemanden, ich habe genug Geld, und ich hasse Sex mit anderen, ich denke, ich bin autosexuell, und das ist auch okay.«

»Und was wirst du jetzt tun?«

»Ich weiß noch nicht, vielleicht eröffne ich eine Galerie.«

Mit dem Klapptisch unterm Arm machte ich mich auf den Weg in das Café. Valentin hatte es vorgeschlagen, und er saß schon am Tisch und hatte einen Haufen Obst auf seinem Teller, in allen Farben, und er sagte zur Begrüßung: »Ich sehe dich!«

Und ich fragte: »Was siehst du genau?«

»Du trägst einen Tisch mit dir rum.«

»Und?«

»Du hast keinen Filter, das ist interessant.«

»Meinetwegen«, sagte ich und setzte mich.

»Du stinkst«, sagte er, und er hatte recht, ich hatte nicht geduscht, nur ein Parfum von Mimi benutzt, und Valentin sagte: »Du stinkst und riechst gleichzeitig nach meinem Vater, es ist *Chanel Allure Sport*.«

»Ja, stimmt«, sagte ich, und ich entschied mich einzusteigen: »Dein Name ist symbolträchtig, als wärst du der Bote der Liebe selbst.«

»Mein Künstlername ist Achmed.«

»Das klingt zu gut, so ganz ohne Chichi. Was für Kunst machst du denn?«

»Ich bin kein Künstler, ich habe nur einen Künstlernamen.«

»Warum denn?«

»Kunst macht mich nervös und oft auch wütend.«

»Nein, warum du dann einen Künstlernamen hast?

»Ach so, keine Ahnung, aus Bock.«

»Und magst du es nicht, wütend zu sein?«

»Nein, ich bin es ja ständig.«

»Bist du auch gewalttätig?«, fragte ich ihn und dachte an Daniel Daniel.

»Nein, nie, ich bin es nur in mir drin, aber ich flippe nie aus, ich könnte nichts und niemandem weh tun.«

»Warum nicht?«

»Ich weiß nicht, wie.«

»Bist du queer?«

»Ich schlafe mit Männern und Frauen, aber ich liebe niemanden, das wäre schlecht fürs Geschäft, nur Pedro, den hab ich geliebt.«

»Pedro war dein Freund?«

»Ein Wellensittich.«

»Wo ist Pedro jetzt?«

»Im Himmel.«

»Wo ist der Himmel?«

Er legte den Finger auf die Lippen, und ich fragte: »Woher kennst du Leif?«

»Aus einer TV-Show, wir kennen uns alle aus den Shows, und wir verdienen alle so viel Geld mit Schönheit und Scheiße, das verbindet.«

Er hatte etwas Jesushaftes, optisch, doch auch Gleichmut umspielte ihn wie eine Aura, viele Frauen schauten ungeniert zu ihm rüber, und er fragte: »Worunter leidest du?«

»Ich versuche es rauszufinden.«

»Hast du schon mal bei einer Dating-Show mitgemacht?«

»Nein, aber ich weiß, wie es ist, sich selbst zu verlieren.«

»Woher?«

»Ich weiß es nicht.«

In diesem Moment, als ich ihm antwortete, durchzuckte mich eine fremdvertraute Energie, so wie ein faseriger Blitz, ein Fließen von Kraft aus Elektrizität fuhr durch meinen ganzen Körper, und ich sah ein weißes Strahlen, viel heller als die Sonne, und ich hörte Beats, so laut in meinem Kopf, immer lauter, und dann waren sie plötzlich nur noch ganz dumpf, rückten in weite Ferne, mein Blick trübte sich ein, meine Arme weichten auf, und meine Beine, meine Gedanken verließen mich alle auf einmal, ich war nichts mehr als ein Gefühl der Furcht vor dem Kontrollverlust und sackte in mich zusammen.

Als ich aufwachte, waren eine Menge Leute über mich gebeugt, und mein Kopf lag auf dem Schoß meines Vaters, er sah mich tröstend an, und er trug einen Cowboyhut mit Zebramuster und hielt mir an ätherisches Zitronenöl unter die Nase, und Valentin reichte mir ein Glas Wasser. Ich richtete mich auf, und Sönke fragte: »Geht es dir besser?«

»Nein, dir?«

Mein Vater war mein Notfallkontakt im Telefon, erst im Krankenhaus hatte ich es neu eingestellt, als meine Mutter mich unentwegt bedrängte, zumindest einen familiären Notfallkontakt hinzuzufügen.

»Was ist das für ein Hut?«, fragte ich.

»Wanda hat ihn mir geschenkt.«

Ich wandte mich an Valentin und fragte: »Kurz bevor ich in Ohnmacht gefallen bin, da war hier Musik, oder? So schnelle Beats? So Technozeugs!«

Valentin schüttelte den Kopf und sagte: »Nee, hier lief nur leise Happyjazz und so anderer Feelgoodmüll, Techno wüsste ich, weil mag ich.«

Sönke notierte sich etwas in sein Telefon, und ich fragte ihn, um von mir selbst abzulenken: »Was macht dein neuer Roman, Papa? Fons hat mich schon ein paarmal angerufen, er wartet, ist beunruhigt.«

»Ja, ähm, ich hab da ... Sag mal, ach, das ist doch nun wirklich unwichtig, was hast du gemeint, Lit, als du gesagt hast, du hast Beats gehört?«

»Die waren da, ich weiß nicht, dann nur in meinem Kopf ... ziemlich laut, immer lauter, und es wurde so hell, als würden Strahlen mein Gehirn direkt mit Wucht durchleuchten.«

Das Gesicht meines Vaters verzerrte sich voller Sorge, Valentin aber lächelte breit, und er rief: »Shit, Alter, du bist Sönke West, safe, Sönke West! Du hast das einzige Buch geschrieben, das ich wirklich durchgelesen habe, du hast es meinem Kopf echt besorgt.«

Mein Vater wurde ein bisschen rot, und ich hielt das jetzt nicht aus, versuchte aufzustehen, meine Knie waren immer noch weich. Die beiden stützten mich, und wir setzten uns zurück an den Tisch, bestellten Rühreier, Saft, Espresso, und Sönke redete und dozierte, er schien nicht zu beabsichtigen, sich wieder zurück in seine Wohnung zu begeben. Valentin hörte ihm zu, ergänzte hier und da unauffällig, stellte interessiert Fragen, sie nahmen zusammen die Welt mit Worten auseinander bis ... ein Raunen durch den Raum ging, alle Leute in dem geräumigen Café starrten nun auf ihre Telefone, und wir auch:

Auf Stefan Driest, den Vorsitzenden der Nazipartei, wurde ein Anschlag verübt, als dieser unter höchsten Si-

cherheitsvorkehrungen den Parteitag verließ. Die Waffe war ein bisher unidentifiziertes Wurfgeschoss, das aus erheblicher Ferne aus der Menge herausgeworfen und den Kopf von Stefan Driest frontal getroffen hat. Er war in sich zusammengesackt und nun im Krankenhaus, über seinen derzeitigen Zustand kann noch keine Auskunft gegeben werden.

Im Café waren vereinzelt Jubelschreie zu hören, und sofort darauf brach eine Diskussion los, über alle Tische hinweg, ob es moralisch vertretbar sei, sich über ein Attentat zu freuen oder womöglich den Mord an einer Person. Und vor allem, ob es bei dieser Erörterung relevant war, wer angegriffen oder eben umgebracht wurde. Mein Vater, der sich über Jahre aus allem rausgehalten hatte, ging hinüber an einen Tisch, an dem ein anderer Mann sich im Besondern darüber erregte, dass ein moralischer Unterschied gemacht werden sollte, und jemand sagte, man müsse sich ohne Wenn und Aber an den Standards der Verhaltensmoral von Ärzten orientieren, da rief jemand: Ärzt*innen! Sönke mischte sich in die Runde ein und vertrat in bestem Sprecherdeutsch seinen Standpunkt, dass ein Arzt ein Arzt, eine Ärztin eine Ärztin und ein mausetoter Nazi ganz sicher immer ein besserer Nazi sei. Seit langem wirkte Sönke überhaupt mal hellwach, und zum ersten Mal seit Jahren hörte ich ihn lauthals lachen, voller Enthusiasmus stellte er sich auf einen Stuhl und rief: »Lasst es uns herausschreien, hoffentlich war es nicht der letzte tote Nazi!«

Einige applaudierten, johlten, andere wiederum brüllten dagegen an und von einem drohenden Bürgerkrieg und einem großen Nutzen für die Nazipartei. Und ich hörte eine Frau rufen: »Bullshit! Wer wählt denn eine Partei aus Mitleid, endlich hat es ihnen jemand gezeigt, endlich schreitet jemand zur Tat, sie verlieren ihren Führer, solche Leute können nicht ohne Führer!«

Und ein Mann sagte: »Ich war immer Pazifist, aber das ist seit Trump allerspätestens vorbei!«

Und ein junger Typ rief: »Aber jeder hat jemanden, der ihn liebt, jeder hinterlässt jemanden, der trauert, auch Nazis!«

Mein Vater sagte: »Ach, papperlapapp, ich bin der Sohn solcher Leute, Blut ist nicht dicker als das Bekömmliche, dieses Blut ist der Wahnsinn, dem man entkommen muss.«

Eine Frau sagte: »Ich habe so einen in der Familie, der die wählt, der kommt mir nicht mehr ins Haus und auch in keine WhatsApp-Gruppe, auch nicht zu Weihnachten und zu keiner Beerdigung. Sie wollen unser ganzes Volk in Haft nehmen, sie unterminieren die Liebe, die Toleranz und die Hoffnung, dem kann meinetwegen ein melonengroßes Loch in den Kopf geschossen werden!«

Irgendjemand rief: »Wer sagt denn eigentlich, dass er tot ist?«

Und jemand anderes: »Es war eine Kokosnuss!«

Großes Gelächter folgte, und dann kurz Ruhe, weil alle auf ihre Telefone starrten. Und jemand sagte: »Ja, es war wirklich eine Kokosnuss, und hier steht, er liegt nur im Koma.«

Weitgehend enttäuschtes Murmeln machte sich breit. Neben mir auf der Bank war Valentin erstaunlicherweise eingenickt, ich weckte ihn, und er entschuldigte sich, aber Euphorie würde ihn immer so sehr ermüden. Trotzdem wollte er sofort wissen, wie der Stand der Dinge sei.

»Es war eine Kokosnuss, und er hat es überlebt.«

Valentin zuckte mit den Schultern und sagte: »War klar, immer, wenn ich denke, es passiert was richtig Gutes, dann ist es nur halb so gut, ich glaub, das ist einfach diese Zeit, in der wir alle leben, irgendwann explodiert oder implodiert alles, um uns, in uns, es ist einfach die Zeit dafür.«

Er tippte auf seinem Telefon herum, und ich sagte: »Wir führen doch aber nicht alle das gleiche Leben und haben nicht ein und dieselbe Perspektive, Erinnerung, Vergangenheit, und schon gar nicht den gleichen Schmerz.«

Er blickte auf, lächelte und antwortete: »Ich mag dich, Lit, aber deinen Vater mag ich noch ein bisschen mehr, meinst du, er gibt mir seine Nummer?«

»Ich weiß nicht, ob er da offen für ist, versuch dein Glück, machs gut, Achmed.«

Ich gab ihm einen Kuss auf die Hand, ging rüber zu meinem Vater, der mit offenem Mund auf sein Telefon starrte. Das Café hatte sich geleert, Erschöpfung breitete sich nach der Euphorie bei den verblieben Gästen aus, und ich legte ihm die Hand auf die Schulter.

»Ich muss los, Sönke, kann ich meinen Klapptisch bei dir abstellen, du nutzt doch ohnehin nur die Küche, oder?«

Mein Vater antwortete nicht, sein Zebrahut lag neben ihm auf dem Stuhl, und das Haar stand zerzaust vom Kopf ab. Ich sagte: »Komm runter, dann ist er eben nicht tot, es hätte die Welt nicht besser gemacht Papa, Sönke?!«

Und dann hielt er mir sein Telefon zu dicht vor das Gesicht, und in dem Moment spürte ich auch meines in meiner Hosentasche vibrieren. Ich nahm seines in die Hand, um zu sehen, was es Neues gab, er hatte ein Nachrichtenportal geöffnet, und dort war ein verwackeltes Foto der Festnahme des vermeintlichen Täters zu sehen, und es handelte sich dabei unverkennbar um Onkel Mimi, wir erkannten ihn an der Strickjacke, die pink-grün gemusterte Strickjacke, die Asta ihm zum dreißigsten Hochzeitstag extra hatte anfertigen lassen. Darunter stand: »Der Täter, ein Deutscher, schweigt zu seinem Motiv.«

*

Eine gute Stunde später saß ich zusammen mit meinen Eltern, Leif, Sherife und Eddy am Küchentisch bei Mimi und Asta. Vor uns stand Eddys Laptop, ein Nachrichtensender lief, in Dauerschleife wurde über die Sachlage berichtet, die sich seit einer Weile schon nicht mehr verändert hatte.

Immerhin ein Gemüsehändler aus der Region des Geschehenen hatte zu berichten, dass der nette Herr bei ihm im Laden die Kokosnuss gekauft habe. Der Mann habe lange und wie ein Experte daran herumgeklopft, sich sogar noch von ihm beraten lassen, er habe gesagt, dass er damit extra frische Piña Colada machen wolle, das Lieblingsgetränk seiner Frau in den Achtzigern. Seltsam war dem Händler vorgekommen, dass eine geeignete Nuss zu diesem Zwecke angeblich eine besonders harte Schale brauche. Da hätte er schalten können, dass da was nicht stimme, sagte er mit betrübtem Blick und fügte hinzu, er würde die nie wählen, aber es sei ja auch keine Lösung, die mit was Hartem zu bewerfen.

Asta war hinten im Schlafzimmer, packte in lauter Hektik eine Tasche, sie wollte sofort nach Düsseldorf, wo Onkel Mimi sich nun in Untersuchungshaft befand. Asta fluchte laut vor sich hin, sie sagte immer wieder: »Lass das dumme Arschloch nicht sterben, bitte lass das dumme Arschloch nicht sterben!«

Sherife sagte: »Selbst, wenn er nicht stirbt, könnte der Schlag einen irreversiblen Hirnfunktionsausfall zur Folge haben, also Großhirn, Kleinhirn, Hirnstamm müssten alle betroffen sein.«

»Na, dann könnten ja zumindest seine Organe noch was Gutes tun«, sagte Leif.

»Auch eine dauerhafte Amnesie wäre eine mögliche Folge«, ergänzte Sherife. Dann hörte man wieder Asta: »Lass das Arschloch nicht sterben, lass es nicht sterben, bitte!«

Mein Vater brüllte: »An wen richtet sich dein Gebet? Den Allmächtigen?«

Nun kam sie in die Küche gerannt.

»An wen auch immer, Sönke! Es ist alles meine Schuld, alles ist meine Schuld!«

Meine Mutter schaltete sich ein.

»Asta, beruhig dich, nichts ist deine Schuld, der Mensch ist frei, die Indolenz, ja sich selbst immer wieder aufs Neue zu überwinden, zu tun und zu lassen, selbst in größter beklemmender Lage, selbst am Galgen noch kann man dem Henker selbstwirksam einen Blick zuwerfen, den er nie vergisst. Ich hoffe auch, Mimi kommt da halbwegs gut wieder raus, und das Erz-Arschloch soll meinetwegen genesen. Ein fitter Nazi mehr oder weniger, kriegt die Demokratie auch nicht geschrottet.«

Sönke schnaubte: »Ach, komm, Wanda, jetzt bitte kein halbgarer Existenzialismus, ein Galgen ist ein Galgen ist ein Galgen! Endlich, ja endlich zeigt Mimi mal Rückgrat, macht er mal Nägel mit Köpfen, und nun geht es wieder nur um Schuld und Moral und die philosophische Würzmischung im Tütchen zum Psychoeinerlei!«

Leif sagte: »Fahrt mal runter jetzt, was bringt es, wenn wir uns hier gegenseitig wehtun oder irgendwas deuten, aber ich find auch, Papa hat echt mal Eier gezeigt!«

Und mein Vater rief: »Genau, mein Junge, Eier hat der, mein Schwager hat endlich mal richtig Eier! Er geht in den Knast für unsere Werte!«

Meine Mutter sagte: »Eier, Knast? Wann ist ein Mann ein Mann, wann ist ein Mensch ein Mensch?«

Eddy sagte: »Wenn er Liebe macht?«

Da ich ihre Sprachfehler mittlerweile kannte, sagte ich: »Du meinst, wenn er etwas aus Liebe macht?«

»Yes, that's it!«, sagte sie. »Aus Liebe für sein Land und für seine Frau!«

Asta haute auf die Lautstärketasten des Laptops, und in den Nachrichten wurde verlesen: »Das Motiv des Täters ist kein explizit Politisches, er sagt, er habe es vor allem aus Liebe zu seiner Frau getan, eigentlich sei er schon sein Leben lang überzeugter Pazifist.«

Eddy räusperte sich und sagte: »Ich glaube, er hat meinen Film gesehen, meinen Film von Asta, ich glaube, er hat ihn gesehen, ich glaube, deshalb hat er das so entschieden, so zu machen.«

»Frei entschieden«, ergänzte meine Mutter.

»Fuck! Fuckfuckfuckfuck!«, rief Asta, und mit einem Türknall war sie weg.

In diesem Film aus den Achtzigern, *Sex, Lies and Videotape* von Steven Soderbergh, spielt Andie MacDowell eine der Hauptrollen. Als Ann sitzt sie bei ihrem Therapeuten und redet über Müll, anstatt über ihren Mann, der sie behandelt wie den letzten Dreck. Meine Eltern haben sich den Film zuhause angesehen, und ich habe mich hinterm Sofa versteckt und mitgeguckt. Damals habe ich nicht alles verstanden, nur dass Liebe ziemlich schmutzig werden kann, sobald man einander verletzt, und dass manchmal nur eine zwischenmenschliche Kamera dabei hilft, alles, was passiert, zu verstehen.

Wir sahen uns das Rohmaterial von Eddy an: Asta, in der Strickjacke, die Mimi nun im Gefängnis trug, erzählte von ihrer Kindheit, ihrem Vater, der Alkoholiker war und manchmal tagelang nicht zu Hause, und wenn er dann kam, war er so besoffen, dass er mit einem Mal alle seine Gefühle zeigen wollte. Die Mutter versteckte Asta und ihren kleinen Bruder dann immer, weil er die Kinder sonst zu fest drückte, so fest, dass sie Angst bekamen. Der Vater heulte japsend und schrie es laut heraus, immer wieder, dass er sie über alles liebte, und er hörte gar nicht mehr auf damit, bis er irgendwann auf dem Boden einschlief. Kurz bevor Asta volljährig wurde, starb der Vater, und ihre Mutter brachte sich um, kaum waren beide Kinder ausgezogen. Asta hatte nie begriffen, wer ihre Mutter eigentlich war, und sie hatte sich vorgenommen, sich nie in solch eine Rolle, in ein solches Leben zwingen zu lassen, in ein Frauen- und Männerbild. Noch immer hatte sie nicht über Mimi gesprochen, mit Begeisterung fast schon idealisierend sprach sie von gesellschaftlichen Entwicklungen, schwärmte von großartigen jungen Frauen, geborenen Feministinnen, die auf vielseitige Art emanzipiert waren, und dass alles sich in die richtige Richtung entwickele, und dann verfinsterte sich ihre Miene, sie sagte, dass sie einen kaum zu ertragenden Hass entwickelt habe, auf die rechtsradikalen Strömungen, die alles Errungene wieder umkehren wollten, und dass sie wirklich bedrückt davon sei und sich ihre moralische Auffassung radikal verändere. Da schwele was Bedrohliches in ihrer Mitte, und dass es weltweit Politiker gebe, die sie gerne tot sehen würde, dass sie noch verstört sei über ihre eigenen Gedanken, noch. Rückwirkend bringe sie aber Sympathien für die RAF auf, könne verstehen, wie man sich aus Verzweiflung und einem Gefühl der Machtlosigkeit radikalisiere, wenn man wirklich an etwas glaube, es verteidigen wolle! Dass sie Leidenschaft in sich wisse, für Grenzüberschreitungen in allen möglichen Bereichen, dass sie den Rest ihres Lebens ohne Angst führen wolle und dass sie in so vielen Ländern gewesen sei, wo es wirklich gute Gründe gab, Angst zu haben, zu schweigen, sich zu verstecken, zu verleugnen, zu fliehen, aber sicher nicht in Deutschland. Und dass ihr Mann da nicht mitgehe, dass er sich immer tiefer in seine schönen Strickjacken verkrieche, dass er nur noch über die richtige Dosierung von Vitaminpräparaten spreche oder die herzstärkende Wirkung von Roter Beete! Dass sie sich wünschen würde, dass er sich mal etwas traue, sich noch mal neu erfinde, als Mensch, als Mann, als Frau oder was auch immer, das sei ihr egal. Sie wolle lebendig bleiben, beeindruckt, nicht erdrückt. Und ja, sie schäme sich ein wenig für ihre Konventionalität, die Erkenntnis, dass ihr das klassisch Männliche neuerdings an ihm fehle, außer sie wären zusammen nackt, beim Sex da stimme das Gleichgewicht noch, aber sonst ... Er müsse ja nicht gleich jemanden erschießen, aber dass sie sich in der Oberstufe damals tatsächlich in ihn verguckt habe, als er Jugendmeister im Kugelstoßen wurde, bei ihren ersten Dates hätten sie oft seine selbst gemachte Piña Colada aus halben Kokosnüssen getrunken und stundenlang diskutiert, zwischendurch Sex gehabt. Während des Studiums, dann als Ernährungscoach, da habe er das Wilde in sich, und auch das Interesse am Sport und auch an der Politik weitgehend verloren, und natürlich sei es toll, dass er jetzt als Ernährungscoach sogar Spitzensportler und andere Machtleute betreue. Ja, er verdiene eine Menge Geld, trete im TV auf, treffe interessante Menschen, werde zu wichtigen Partys und Verleihungen eingeladen, all das, aber diese Verve von damals, der Junge im weißgerippten Unterhemd, der hochkonzentriert und fokussiert diese Kugel in die richtige Richtung stieß, und das über so viele Meter. »Da wusste ich, den will ich, von dem will ich ein Kind, so platt, so wahr.« Sie zwinkerte.

Leif beugte sich über den Tisch und drückte auf Stopp.

»Ich halte das nicht mehr aus«, sagte er.

Mein Vater sagte: »Na komm, Junge, du hast schon im TV gebumst!«

Wanda sagte: »Du guckst das?!«

»Natürlich, ich muss das gucken, ich gehe immer mit der Zeit, ich kann an der Realität nicht vorbei, ich bin immer noch Schriftsteller!«

Ich verschränkte die Arme.

»Aber du schreibst seit langem nur noch Einkaufszettel.«

Mein Vater schwieg und antwortete dann: »Lit, wenn du wüsstest, wenn du wüsstest, ich mach und tu so einiges. Aber ja, ich sorge für mich selbst, ich kümmere mich um meine Balance, meine Ordnung, innen, außen, und dazu gehören auch Einkaufszettel.«

Wanda sagte: »Einkaufszettel für die innere Balance? Früher hast du dafür Charles Mingus gehört, was ich ja auch schon ziemlich schräg fand.«

Und mein Vater sagte aufgebracht zu meiner Mutter: »Na, besser als du und dieses grauenvollen *The Prodigy* und die ganze Technoscheiße, das war ja nun verquere Aggressionstherapie für alle, ob sie es wollten oder nicht, dein Musikgeschmack war ja nun das scheppernde Grauen, aus Liebe, allein aus Liebe hab ich das mitgemacht, und dann bin ich sogar mir dir zur Loveparade gefahren, sogar unser armes Kind musste mit!«

Wie heute Vormittag im Café schon, wurde alles um mich herum dumpf, und ich hörte nun wieder diese Bässe in meinem Kopf, und ich sah diesen *Prodigy*-Typ vor mir, vielleicht war es der Sänger. Das Bild wurde ein wenig deutlicher, aber noch immer mit verschwommenen Konturen, er reichte mir eine Limonade, das Glas fühlte sich klebrig an, so wie seine Hand, er hielt meine fest umschlossen, viel zu fest, und alles roch süß und staubig wie vergammelte Zuckerwatte, er nickte mir zu, er war alt, er war so alt wie Dutz, und er war im Gesicht gepierct, die Piercings wurden beweglich, schlängelten, als Metallwürmer mit scharfen Zähnen zogen sie seine Haut und das Fleisch vom Gesicht ab und legten den Schädel frei. Augenblicklich, schnell, so, dass ich ihn nicht mehr erkennen konnte ... Und ich schaffte es aus der Vision wieder raus und wähnte mich zurück in der Küche in Sicherheit, so konnte ich die Ohnmacht gerade noch abwenden.

Sofort stand ich auf und öffnete das Küchenfenster, ich bekam kaum Luft, hyperventilierte, und Sherife hielt mir eine Brottüte vor Mund und Nase. Ich atmete ein und aus und ein und aus, und dann ging es besser, und ich drehte mich um, Sönke und Wanda waren beide aufgestanden, standen direkt vor mir und in ihren Augen sah ich deutlich, dass es mir nicht gut ging, schon lange nicht, und sie fragten mich zum ersten Mal: »Was ist mit dir?«

*

Ist es die bessere Entscheidung, den Schmerz, dem man sich nicht gewachsen fühlt, mit aller Kraft möglichst für immer nach unten wegzudrücken oder ihn in das Zentrum eines Klumpens hineinzuarbeiten, diesen in einen Müllsack zu stopfen, eine Menge Styroporkugeln obendrauf. Ist es möglich, für immer zu vergessen, was unerträglich scheint? Oder das Dämonische zumindest beiseite und dann sukzessive in die weitverzweigtesten Kammern der Erinnerungs-Pyramide zu legen, sodass es unauffindbar bleibt, wie das Grab einer bisher unbekannten kindlichen Pharaonin? Verschiebung ins Unterbewusste in jungen Jahren ist ein bisschen so etwas wie autonome Freiwillige Soziale Selbstkontrolle, FSK ab 18.

Aber nun war ich schon lange über 18 und hatte zu guter Letzt verstanden, dass die Verschiebung natürlich ein Aufschub war. Und die Angst gärte in heißen Quellen vor sich hin und baute schließlich einen unaushaltbaren Druck auf. Natürlich ist Panik in keinem Alter gut zu ertragen, solange man sie nicht dekonstruieren kann, deshalb musste ich eben weitermachen, über das nicht mehr Aushaltbare wie nebenher drübersteigen, den Blick abgewandt, zum Glühen am Himmel. Dorthin, wo es immer schön scheint, so dass es leichter ist, den Blick zu fokussieren und den Eskapismus unhinterfragt zu bejahen. Natürlich wird davon der Nacken steif, der ganze Rücken verhärtet mit der Zeit, das Herz folgt nach, und so lebt man dann nicht gut, nicht schlecht.

Diese Erlebnisse hatte ich mir nicht ausgesucht, so sortierte ich sie nirgends hin, außer weg, weil ich dafür keinen Ort in mir hatte, weil sie sich so falsch anfühlten und ich mich nicht falsch anfühlen wollte.

Ich habe alles in Schach gehalten, das Erlebte in meinen Tunnelsystemen ausbalanciert, damit in meiner Lebenstrance jongliert, wann immer es sich in meinem Hier und Jetzt verfing. Dann habe ich mich erneut aus mir herausbewegt, was dabei half, war die Umgebung zu ändern, die Lebensumstände, die Kontaktadressen, die Standorte, die Neukunden, die Tapeten und Treppenhäuser, die Klimazonen, Autoimmunsysteme und Sympathien, Grenzen neu zu ziehen und aufzulösen, alles für möglich zu halten, nur nicht den intrinsischen Blickkontakt.

All meine Energie für Lebensverdienste und Glücksprämien wurde immer wieder davon aufgebraucht, Verdrängung ist ein Stromfresser.

Meine Mutter sagte immer, die Verdrängung sei temporär ein Segen, und man dürfe niemanden daran hindern. Und sie musste es ja wissen, denn sie hatte mich nicht daran gehindert.

Die Umstände führten dazu, dass ich mit meiner Mutter wieder in Kontakt geraten war, ohne jede versöhnliche Aussprache. Es war einfach so passiert, im Lauf der Lebensdinge der anderen hatte ich meine Haltung aufdröseln lassen. Ich war nie gut in Konsequenz, und schon gar nicht darin, wütend zu sein. Nach und nach formte sich im Fazit meiner neuorientierten Gedanken die Information aus, dass meine Eltern etwas über mich, über Vergangenes wussten, das ich nicht wissen wollte oder nicht wissen konnte, oder beides ... Und vermutlich war ich noch nicht ganz so weit, sie um Antworten zu bitten. Doch langsam formulierte sich eine Frage aus den Fragmenten, den Ohnmachten, den Träumen, den körperlichen Einbrüchen, der Schwäche, der vereinzelten Tränen. Ich hatte mir selbst zugesehen in Eddys Aufnahme, und ich habe mich gesehen und geglaubt, was ich sah. Ich habe Liebe empfunden in diesem Moment, und ich wusste alles über mich, ich sah meine Unschuld, meine Schwäche, meine Schönheit, ich wusste um mich, und ich wusste auch, so konnte es nicht weitergehen. Irgendwann im

Lauf des Lebens, konnte man was dafür, dass das Negative die unappetitliche Glasur der Tage anrührte.

Mein Onkel, die Mimesis meiner Mutter, er, Onkel Mimi, hatte es geschafft, Asta mit einem zielsicheren Wurf auf das Objekt der falschen gedanklichen Entscheidungen zurückzuerobern, sie war außer sich über seine Leidensentscheidung. Und der Nazi lag noch immer im Koma, es war nicht klar, warum er nicht wieder aufwachte, vielleicht wurden der Öffentlichkeit Informationen vorenthalten.

Onkel Mimi behauptete, er habe einen Dienst an seiner Liebe getan und an seinen Überzeugungen, zudem habe er dem Driest einen Schrecken einjagen wollen, er wisse, aus welcher Entfernung welche Wirkung erzielt werde. Hätte er ihn töten wollen, hätte er sich selbstverständlich für so eine Stahlkugel entschieden. Juristisch war das sicher eine vorteilhafte Auslegung der Angelegenheit.

Zuhause wartete er auf seine Verhandlung. Ein paar Staranwälte hatten sich angeboten, die Sache zu übernehmen, und diejenige, die den Fall schließlich übernahm, sagte, Eddys Rohmaterial dürfe nie an die Öffentlichkeit gelangen.

Ihr könnt euch ja denken, dass lustige Kokosnuss-Memes schon bald nach dem Ereignis vollkommen pietätlos im Internet kursierten und die Nazis den Anschlag als Propaganda nutzten.

Junius versuchte ein exklusives Interview mit Onkel Mimi in seiner Late-Talk-Show zu bekommen. Mimi war für viele ein Held, und das nicht nur in Deutschland, aber seinen Job beim öffentlich-rechtlichen Fernsehen als Ernährungsberater für jede Jahreszeit war er los. Sein

Podcast, der vorerst pausierte, wurde dafür um so mehr abonniert, in den Kommentaren wünschten sich viele neue Fans gesunde Rezepte mit Variationen von Kokosnuss.

*

Weihnachten verbrachte ich ohne große Zwischenfälle bei meinem Vater, der sich ohne Angabe von Gründen den Bart abrasiert hatte. Nur Leif war am zweiten Tag schon früh vorbeigekommen und hatte mit Ausdauer und empathischer Sorgfalt versucht mich zu einer nur Außerwählten zugänglichen Promi-Party zu überreden. Seine Enttäuschung an meinem Desinteresse berührte mich in bizarr trauriger Weise.

Die Reflektionen über Mimis Akt brachen nur langsam ab, einige Leute verloren ihre Jobs, weil sie seinen Anschlag als Heldentat feierten oder bloß, weil sie online einen schlechten Witz darüber machten. Es war nicht klar, ob der Nazi es überleben oder jemals wieder aufwachen würde, die Zeiten blieben turbulent, so wie immer, nur dass ich dieses Mal in direkter Verbindung dazu stand, und ich hatte, ganz ohne Asta und Mimi zu fragen, etwas Eindeutiges über die Liebe gelernt. Natürlich war sie ein Risiko, und die Bereitschaft zu diesem Risiko war vermutlich das Wesen der Liebe selbst, und man konnte sich ihr hingeben oder es lassen. Bei Hingabe passierte dann Unplanbares, Positives oder Negatives, und vielleicht lag am Ende auch mal ein Ober-Nazi im Koma.

Über den Nazi und seine Überlebenschancen hingegen erfuhr man noch immer nichts Eindeutiges, er hatte wohl ein Aneurysma, und die OP wurde bis auf weiteres hinausgezögert, um das Risiko von Sekundärblutungen besser einschätzen zu können, und was soll ich sagen, meine rehabilitierte Freundin, Dr. Sherife Salehi gab sogar ein Fernsehinterview zu der Thematik, weil ihre Freundin, die mittlerweile geoutete Schauspielerin, mit der Redakteurin verwandt war. Sherife sagte, man werde bald sehen, ob Herr Driest wieder ein weitgehend normales Leben führen könne. Man müsse jetzt abwarten. Ihr Gesichtsausdruck glich einem perfekten Pokerface, doch in ihren Augen zuckte ein irisierender Glanz, und dann erstrahlte sie vollumfänglich im Phänomen der Bioluminiszens. Wie ich mit Wohlbehagen feststellte, war die Sicht auf das Geschehen noch immer meiner eigenen ästhetisch-emotionalen Konnotation unterworfen.

*

Es war nun Februar, die Gehwege waren vereist, und bis Ende März, bis zu dem Tag also, an dem die Uhren umgestellt wurden und ich mit Plü verabredet war, war es nur noch einen knappen Monat hin. Eddy war nach Kairo aufgebrochen, um ihre Eltern zu besuchen, und ich befürchtete, sie würde aus Liebe nicht zurückkommen. Ohne sie hätte nichts diese Entwicklungen genommen, und es hatte sich somit herausgestellt, dass sie nicht uns brauchte, sondern wir sie. Ihre Ausstellung war auf April verschoben worden, Asta hatte wegen der Umstände im Institut darum gebeten. Die meiste Zeit verbrachte ich bei meinem Vater, damit Mimi und Asta miteinander sein konnten. Wir ließen einander in Ruhe, und der Riss in der Zeit verwandelte sich langsam aus einer Fantasie zurück in das Greifbare, kroch mit evolutionärem Gleichmut in die Äste der Bäume bis in die Spitzen und drehte am Rad der goldumrandeten Wiederkehr, der Psyche der Welt. Die Natur des Frühlings ist es, alle Menschen auf verblödete Weise glauben zu machen, das große Ganze beginne von selbst aufs Neue. Es ist eine gebilligte Zeit, um jeden Tag durch die Stadt zu schlendern, Ausstellungen zu besuchen, allein im Kino zu sitzen, Leute durch die Fenster von Fitnessstudios zu betrachten, eine Katze anzusprechen und Pistazien zu essen, bis man vom Öffnen wunde Finger bekam.

Ich hatte Eddy vor der Abreise einen handgeschriebenen Brief für Fidelis mitgegeben. Unser Kontakt brach nie ab, aber durch die Ferne und auch den zeitlich zunehmenden Abstand zu unserer einzigen Begegnung verwischte sich der erste Gefühlseindruck immer mehr.

Meine emotional impulsive Reaktion auf ihn im fahrenden Zug hatte ja vielleicht ohnehin nur damit zu tun gehabt, dass er sich auf einer Reise befand, wortwörtlich auf dem Sprung war, hin zu einem Ort, den ich mir nur vorstellen konnte. Ich verliebte mich einfach nicht, nicht einfach so, nicht mal verknallen konnte ich mich ohne distanzgebende Umstände. Ich fühlte nichts, und ich hatte keine Idee, wie ich daran etwas ändern könnte. Ich sah Männer, und ich sah sogar mich selbst dabei nur von außen. Über Sympathie hinaus empfand ich nichts, außer eben Antipathie, Interesse, Amüsiertheit, Langeweile oder Irritation. Die meisten Männer waren in irgendeiner Art absichtlich und oft auch absichtslos unterhaltsam bei dem Versuch, ein relevanter Teil des Universums zu sein.

Ich weiß nicht, ob meine Mutter recht hatte mit ihrer Annahme, man habe sogar am Galgen noch die Freiheit, zu wählen. An wen man als Letztes denkt, welches Lied man summt, ob man die Augen schließt oder seinen Henker direkt ansieht, ihm vielleicht noch etwas Nettes oder etwas anderes sagt.

Mein Vater hat einmal gesagt, er liebe Wanda, weil sie immer recht habe, außer, wenn es um ihn gehe, da habe sie immer unrecht. Auch wenn ich mich bisher nicht selber in der Liebe verloren habe, so weiß ich dennoch, dass mein Vater keine Ahnung hat, warum er nie eine andere Frau liebte als meine Mutter, Liebe ist keine freie Entscheidung, wäre sie es, dann wäre ich bald verdammt reich.

Man liebt nicht die Person, die gerade frei ist, die Person, die zu den eigenen Gewohnheiten passt, oder die schönste, freundlichste, unterhaltsamste, beliebteste oder reichste Person. Man liebt, weil man liebt, und man kann nichts dafür oder dagegen tun. Man kann, falls man im Universum jenseits der Fantasie zufällig auf diese Person trifft, zu der Person hin oder von ihr weg gehen. Und das Beste hoffen, genießen, schreien, den Schwanz einziehen oder schweigen. Das wars.

Stefan Driest wusste nicht, dass eine Kokosnuss direkt auf ihn zuflog. Also konnte er keine freie Entscheidung treffen, im Angesicht eines möglichen Todes durch eine Kokosnuss. Er konnte nicht einmal mehr etwas Menschenverachtendes brüllen, bevor er mit der ganzen Wucht von Mimis großer Liebe für Asta – und natürlich all seiner jugendlich epochalen Erinnerung an seine Fertigkeit als Kugelstoßer – getroffen wurde.

Stefan Driest wachte nicht mehr auf, nicht solange ich euch meine Geschichte erzähle, so viel verrate ich hier, also wartet nicht darauf, ihr wärt enttäuscht. Was würdet ihr euch wünschen? Dass er nie wieder aufwacht, dass er aufwacht, aber vergessen hat, wer er ist und eine unerträgliche Scham ihn überkommt, sobald er darüber aufgeklärt wird? Oder soll er wieder aufwachen, eine Reha machen und dann einfach so weiter wie bisher?

Die Moral des Stefan Driest könnte unberührt von der Amnesie sein. Und er würde sich im Folgenden immer wieder für das Falsche entscheiden und darin sein Glück suchen. So wie ich, nur das mein Falsches der Welt keinen Schaden zufügt, nur mir und ... vielleicht noch Junius' Herz.

*

Junius hatte aufgehört, mir dieses Drama-Lied namens *Naked* zu schicken, und ich fragte mich, warum, denn ein wenig fehlte es mir vielleicht. Die letzte Märzwoche war angebrochen, und das Zweite, das ich mich an diesem Morgen fragte, war: Wo war eigentlich mein Klapptisch? Der Tisch musste noch in dem Café sein, in dem ich mich mit Valentin getroffen hatte, dort, wo die Ereignisse sich bis hin zu uns überschlugen und durch die Telefone an die gesamtgesellschaftliche Oberfläche und in subjektiven Variablen bis in all unsere Alltage kulminierten. Auch wenn ich so etwas wie einen Alltag schon lang nicht mehr hatte, nicht mal eine Vorstellung davon, bloß eine Vermeidungsstrategie dagegen. Ihr kennt mich. Einen stabilisierenden Alltag, im Sinne einer Basis, auf der man zur Ruhe und sogar auf vernünftige Gedanken kommt – ich denke, zuletzt lebte ich das Modell unter fremder Herrschaft während meiner Kindheit, als meine Eltern als Liebesstruktur offiziell fest verpaart waren.

Zu Fuß ging ich zum Café, ich lief sogar ein paar Umwege zu meinem Klapptisch, weil ich es mochte, wie die Kälte auf meinem Gesicht lag.

Das Café-Personal hatte meinen Tisch einfach unhinterfragt in ihr buntes und stilistisch durchmischtes Mobiliar integriert, und niemand hatte etwas dagegen, als ich betonte, es sei mein Tisch, man amüsierte sich, und ich bekam sogar noch einen doppelten Espresso aufs Haus, bevor ich mit meinem Tisch unterm Arm wieder abzog. Es hätte ein leichtlebiger Tag werden können, und eigentlich wollte ich mich bloß wieder hinlegen. Doch Sönke hatte mich per Textnachricht um etwas Zeit gebeten, um mir zu erklären, was es mit seiner Schreibsituation auf sich hatte. Er nannte es nicht »Blockade«, das war interessant, denn das war eigentlich eines seiner Lieblingswörter. Ständig nutzte er es, wenn er in einer Situation mit Gefühlsproblemantik war, er betonte dann stets mit restpatriarchischer Aufmüpfigkeit, er habe eine nicht näher definierbare Blockade. Womit das Gespräch umstandslos beendet war.

Dass mein Vater den Fall nun eine »Situation« nannte, war ein Hinweis darauf, dass es unheimlich oder zumindest strapazierend werden könnte, und mir war klar, dass ich mit dieser Ahnung recht hatte, als ich das Auto meiner Mutter an der letzten Straßenecke vor seinem Haus entdeckte, und sie saß sogar drin und aß eine Kiwi. Meine Mutter bewahrte immer ein, zwei Kiwis, Messer und Löffel im Zipp-Beutel im Handschuhfach auf, seit Onkel Mimi ihr erzählt hatte, Kiwis würden die Tryptophan-Produktion im Gehirn anregen und nachweislich die Psyche beruhigen. Ich wechselte die Straßenseite, um nicht aus Versehen Teil ihrer Kiwi-Trance zu werden, und ich war mir sicher, wir würden ohnehin in Kürze aufeinandertreffen.

»Willst du, dass wir daran sitzen?«, fragte Sönke und stellte, ohne meine Antwort abzuwarten, drei seiner Stühle an den Klapptisch.

Meine Mutter hatte ihn damals für mein neues großes Teenager-Zimmer in ihrer Wohnung organisiert. Er stammte aus dem Bestand des Gartenequipments ihrer verstorbenen Eltern. Nach dem Kontaktbruch vor Jahrzehnten hatte sie das Erbe ohne zu zögern ausgeschlagen und fuhr noch am selben Tag zum verlassenen Haus am Stadtrand, stahl diesen Tisch aus dem Gartenschuppen und übergab ihn in meinen Besitz. Und dazu schenkte sie mir eine Geschichte aus ihrer Kindheit.

Sie berichtete mit einer seltsam passenden Mischung aus Sachlichkeit und Melancholie, sie habe nur eine gute Erinnerung an diesen Tisch, an einen Morgen im Garten, als ihre Mutter ihr mit blauem Auge und bluttrockenem Riss in der Oberlippe sagte, dass sie die politisch rechtsextremen Ansichten des Vaters nicht unbedingt teile, aber dass es wohl besser sei, das in Zukunft für sich zu behalten, besser für das Gelingen einer Ehe, man müsse sich dem Mann und seinen Ansichten unterordnen, um das eigene Überleben zu sichern. Dabei hatten sie gemeinsam eine aufgeschnittene Grapefruit gegessen, die Wandas Erinnerung nach völlig überzuckert war, die weiße Kristallschicht bedeckte die gesamte Oberfläche des Fleisches und schimmerte feucht in der Morgensonne. Doch noch immer schmeckte die Frucht bitter, und die Säure drang so weit hervor, dass Wanda das Gesicht verzog und ihre Mutter entschuldigend sagte, sauer mache lustig, und ihr flüchtig über den Kopf strich. Meine Mutter meinte, es sei das einzige Mal gewesen, dass ihre Mutter offen, sogar ehrlich und ein wenig zärtlich war.

Als Wanda ihre Mutter später als Jugendliche mit offener Kritik auf ihr Eingeständnis ansprach, da ließ sie sich nicht mehr auf die geteilte Wahrheit ein, sondern schlug sofort zu, und zwar so sehr, dass Blut spritzte. Wanda hat bis heute eine Narbe davon neben der Schläfe.

Mein Vater und ich saßen nun also zusammen an diesem Klapptisch, und er fragte mich, wie es denn allen an unseren Leben mehr oder weniger Beteiligten gehe. So erzählte ich ihm, was ich wusste, tänzelte in Aufzählungen über das Leben unseres Umfeldes und merkte sofort, dass er überhaupt nicht zuhörte, sondern bloß Zeit gewinnen wollte.

Als es klingelte, stand er ruckartig auf und kam mit meiner Mutter an der Hand zurück. Dass sie sich an den Händen hielten, konnte ich überhaupt nicht einordnen. Endlich ließen sie einander los, ich hörte mich aufatmen, und Wanda setzte sich, und so saßen wir da zu dritt in der Mitte des seit Jahren ungenutzten Wohnzimmers meines Vaters. Sönke stand sofort wieder auf, ging in die Küche und machte Kaffee. Wanda und ich schwiegen uns in gegenseitigem Einverständnis an. Peinlich war es gar nicht, irgendetwas daran war sogar schön. Doch konnte ich diesen Eindruck genauso wenig einordnen, wie die archaische Verbundenheit meiner Eltern.

Als Sönke zurückkam, fragte ich: »Was soll das hier, was ist hier los?«

Und meine Mutter sprach in einem Ton, als würde sie das Ende jeder Geborgenheit verkünden: »Wir müssen mit dir reden, also wir müssen dich auch ein paar Sachen fragen, wir hätten das schon längst tun sollen.«

»Schon längst?«

Sönke sagte: »Seit damals, seit wir zusammen mit dir zur Loveparade gefahren sind, wir hätten das nicht tun dürfen, du warst sowieso viel zu klein für den ganzen Partyspuk.«

»Und darüber wollt ihr jetzt sprechen? Dass ich zu klein war, um mit euch dort gewesen zu sein?«

Wanda frage: »Woran erinnerst du dich?«

»Na, ich bin irgendwann im Gewühl der Menge stehen geblieben und absichtlich verloren gegangen ... Und dann, als ihr mich abgeholt habt, habt ihr nicht mehr miteinander geredet, ihr wart wortlos sauer auf mich, habt es nicht gezeigt, vorher habt ihr nie gestritten, und dann ist eure Liebe zerbrochen.«

Ich zuckte mit den Schultern, als wäre im Grunde nichts gewesen und die Zeitschneise für das Drama längst im Orbit verpulvert und zu Sternenschmutz verkommen.

Meine Mutter schaute trüb im Blick an mir vorbei, Sönke stand auf und ging mit verschränkten Armen um den Tisch herum, bis meine Mutter sagte: »Das ist wirklich das, was du glaubst, erlebt zu haben?«

Warum fragte sie mich das, es implizierte, dass mit meinen Erinnerungen etwas nicht stimmte, und mich störte ihr Mangel an Direktheit. Weshalb ich versuchte, Klarheit zu schaffen.

»Worum geht es hier?«

Sönke setzte sich wieder, und er rauchte eine Zigarette, was wirklich schon lange nicht mehr vorgekommen war, ich wusste nicht mal, wo sie herkam, auf dem Tisch lag keine Schachtel, und er rauchte sie nur zur Hälfte, brachte sie in die Küche und dann im Zurückkommen setzte er seinen Hut ab, es war ein Cap mit einem aufgenähten Glitzerschmetterling. Sein Haar war kaum licht, nur durcheinander, und er faltete die Hände auf dem Tisch und begann zu erzählen, dass es bei der Recherche für sein nächstes Buch auch um krasse Themen gegangen sei, und ich wunderte mich, dass er dieses Wort benutzte, es war so wenig literarisch, und ich hatte ihn noch nie dieses junge Wort benutzen hören, überhaupt bemühte er sich nun im weiteren nicht um schöne Wörter, vielmehr bemühte er sich überhaupt um Wörter. Die Handlung seines neuen Romans sollte eine Familiengeschichte werden, über mehrere Generationen, es ging um Traumata, die sich vererbten, und auch um Missbrauch im Rahmen einer streng religiösen Erziehung, seelischen Missbrauch, physischen, und mein Vater verlor sich minutenlang in Ausführungen verschiedener Arten des Missbrauchs und dass er überall und häufig vorkam, und ich war froh, dass er nicht sagte, auch in den besten Familien. Und schließlich unterbrach ihn Wanda.

»Was dein Vater meint, ist, dass diese Recherchearbeit etwas in ihm bewirkt, etwas wachgerufen hat.«

»Und was?«, fragte ich.

Mein Vater stand auf und stellte sich hinter seinen Stuhl, stützte die Hände auf die Lehne und sagte: »Lit, kannst du dich an den Mann erinnern, der dich damals auf der Polizeiwache abgegeben hat, als wir dort waren, wir waren schon zwei oder drei Stunden dort und hatten auf dich gewartet.«

In meinem Kopf war alles leer, als hätte ich gerade eben einen Schlag abbekommen, und ich antwortete: »Nein, das kann nicht sein, ich habe doch auf euch gewartet, ich saß da in diesem abgewetzten Sessel, und ihr seid irgendwann reingekommen.«

Sie schüttelten synchron den Kopf, und mir wurde kalt, ich begann zu zittern. Meine Mutter sagte: »Es ist gut möglich, dass wir noch einmal rausgegangen sind, um irgendetwas Formales zu klären, und dann wieder reingekommen sind und du dich auf diese Weise daran erinnerst.

Ich fühlte meinen Körper immer stärker zittern und erwiderte: »Was wollt ihr damit sagen?«

Und meine Mutter: »Du wirktest sehr müde, konntest

kaum sprechen, und wir dachten, du seist dehydriert, aber es war wohl eher ... Es schien wie eine Sedierung.«

Sönke sagte: »Du hast gar nichts gesagt, und dieser Mann, er hat gesagt, er habe dich in einem Park gefunden, und du hättest geschlafen, und er habe dich bis zur Wache getragen.«

»Was war das für ein Mann?«, fragte ich, und meine Mutter antwortete: »Er war wohl auch ein Besucher der Loveparade, er wirkte nicht seriös in der Art, aber gepflegt, und immerhin nüchtern.«

»Wie sah er aus?«

»Er hatte, na ja, es ist lange her, er hatte ein Piercing in der Braue, trug einen silbernen Hut.«

Mein Vater sagte: »Neonfarbene Flip Flops, daran erinnere ich mich, und er roch stark nach Rauch und ...«

»Stopp!«, rief ich. Ich zog meine Beine auf den Stuhl und umklammerte sie fest, so sehr fror ich nun.

»Erinnerst du dich?«, fragte meine Mutter.

»Kann ich eine Decke haben?«

Mein Vater holte eine Wolldecke vom Sofa und legte sie mir um den Körper.

»Erinnerst du dich?«, fragte Wanda.

»Nein«, sagte ich. Ich erinnerte mich nur an meinen Traum im Park, nicht an die Realität.

Dann sagte sie, sie wolle mir erzählen, was wirklich vorher auf der Loveparade passiert und wie es passiert war.

Sie hatten sich gestritten, weil die Frau, mit der Sönke gerade eine Affäre hatte, auch dort gewesen war, sie hatten sie zufällig getroffen, aber Wanda glaubte ihm nicht. Sie behaupteten, dass sie vor der Fahrt nach Berlin seit Wochen gestritten hätten, wenn ich abwesend oder schon im Bett gewesen sei, und dass ich wohl doch etwas mitbekommen hätte, da ich ein paarmal weggelaufen sei, einmal sogar nachts, und sie die Polizei gerufen hätten.

Und ich begann mich nun vage zu erinnern, dass ich trainiert hatte, stressige Situationen auszublenden. Mich auf andere Dinge zu fokussieren, wurde mein vordergründiges Ziel ... Und ich war immer besser geworden, bis in die letzten Monate hinein, bis in diese Zeit, und jetzt, während meine Erinnerung immer mehr Form annahm und es sich beinahe so anfühlte, als hätte ich es die ganze Zeit gewusst und mir nur mit aller Konsequenz eine andere Geschichte erzählt, da redete meine Mutter immer weiter und sagte, sie hätten geglaubt, sich eingeredet, ich würde das alles nicht so schwernehmen, ich sei schon immer ein so fantasievolles Kind gewesen, dass sich Geschichten und Spiele für sich und andere Kinder ausdachte, dass ich immer bis zum späten Abend draußen blieb, selbst im Winter, und einmal hätte ich alleine eine ganze Schneefamilie gebaut. Und mein Vater sagte: »Du warst so versponnen in deiner eigenen Welt, an dir prallte deshalb alles allzu bedrückend Reale ab, so schien es.«

Das stimmte so nicht, ich hatte Strategien entwickelt, um Eindrücke, die mir schaden könnten, sofort von der Bühne zu stoßen, umzudeuten, wegzusortieren.

Und dann sprach Wanda wieder über die Loveparade: »Wir haben uns angeschrien dort in der Menge, und die Musik war so laut, die Bässe, alles dröhnte, und dein Vater war so wütend und ich auch, und er rannte weg von mir, wegen der Vorwürfe, und ich rannte hinterher, und du bliebst zurück, und dann, als uns klar wurde, dass wir beide gerannt waren, da warst du verschwunden, du warst einfach weg, mitten in der berauschten Menge von Menschen, und alle tanzten, und unser Kind war weg.

Sönke sagte: »Du hättest mir nicht hinterherlaufen dürfen, du hättest bei Lit bleiben müssen.«

»Schuldverteilung wird uns jetzt nicht weiterbringen, wir müssen ihr sagen, dass sie sich erinnern darf, sie muss ihre Erinnerungen zulassen, das tut sie nicht, wenn sie glaubt, es werde uns schaden! Sie ist nicht für uns verantwortlich, das war sie nie, sie fühlt sich schuldig, Sönke, das muss aufhören, unsere Tochter braucht uns jetzt.«

Ich hielt meine Beine so fest ich konnte, und mein Magen zog sich zusammen, Säure schoss die Speiseröhre hoch, mein Darm schien sich aufzublähen, so als würde er aus meinem Körper brechen wollen, mir wurde heiß, meine Ohren glühten, und in meinem Kopf hörte ich wieder die Bässe, sie wurden immer lauter und lauter, und dann stand ich da wieder in der Menge, starrte in den Himmel, und ich hatte furchtbare Angst, und ich konnte meine Eltern nirgends entdecken, und ich fing an zu schreien und zu weinen und rannte durch die Menge in Panik und bekam keine Luft mehr, niemand nahm mich wahr, die Leute waren alle auf Drogen oder total betrunken, und dann mitten aus der Menge heraus sah ich diesen eindringlichen Blick des Mannes mit schwarz umrandeten Augen und Ringen und Steckern im Gesicht, sein silberner Hut glänzte in der Sonne, und er war älter als die meisten anderen hier, seine Füße steckten in neonfarbenen Flipflops, und seine Zehnägel waren gepflegt wie die meines Vaters, und ich sah von unten in seine aufgeblähten Nasenlöcher, vielleicht waren sie auch gar nicht so groß, ich weiß nicht, ich blendete meinen Ekel aus, ich brauchte Hilfe, ich brauchte jemanden, der sich für mich interessierte, der sich jetzt um mich kümmerte. Er fragte: »Brauchst du Hilfe?«

Ich nickte und sagte: »Ich weiß nicht, wo meine Eltern sind.«

Er hielt mir seine große raue Hand hin, wischte damit die Tränen weg, streckte sie nach mir aus, und ich legte meine kleine tränennasse Hand hinein. Er führte mich hinaus aus der Menge, immer weiter hinaus, er wusste einen Weg, und ich fragte: »Weißt du, wo meine Eltern sind?«

Und er sagte: »Ja, ja, es gibt da eine Sammelstelle im Park, da gehen alle hin, die jemanden verloren haben, und da bringe ich dich jetzt hin, und dann werden deine Eltern da auch bald hinkommen, und bis dahin passe ich gut auf dich auf.«

Und ich lief immer schneller, da er an mir zog, da er es eilig zu haben schien, und ich weiß noch, dass ich eine Polizistin und einen Polizisten sah und es ihm sagte und fragte, warum wir nicht sie ansprechen, und er sagte sowas wie, die seien für andere Sachen zuständig, ich solle ihm vertrauen, alles werde gut werden. Wir liefen weiter und weiter und hinein in einen großen Park und immer weiter, bis man keine Menschen mehr sah, sondern nur noch weit entfernt die Bässe hörte, und irgendwo zwischen ein paar Bäumen, da stand ein großes graues Zelt, und ich fragte: »Wo sind denn die anderen, die jemanden verloren haben?«

Und er sagte: »Das hier ist nicht die Stelle, hier wohne ich, und ich muss kurz was holen, und dann gehen wir weiter zu der Sammelstelle, okay?«

Ich sagte: »Okay.«

Er kroch in sein Zelt und erzählte laut weiter, er komme aus der Nähe von Frankfurt und zelte hier nur übers Wochenende, und er habe ein schönes Haus mit Swimmingpool, und ich könne ihn ja mal besuchen kommen und alle meine Freunde mitbringen. Und dann fragte er, ob ich Durst habe, und mein Mund war ganz trocken, und ich sagte, ja, und er kam aus seinem Zelt gekrochen und hielt mir lächelnd einen Pappbecher hin.

»Fanta? Du magst doch bestimmt Fanta.«

Ich trank und trank, weil ich so durstig war, und dann sagte ich noch: »Ja, ich mag Fanta, aber das schmeckt irgendwie anders.«

Und dann verschwamm der Geschmack ganz und alles andere auch, und es wurde ganz dumpf, taub und dunkel, und ich verschwand aus meinem Körper und meinen Erinnerungen und ... dann saß ich in dem Sessel auf der Polizeiwache, und meine Eltern kamen rein, wir fuhren nach Hause, sie sprachen kein Wort und ich auch nicht, und dann trennten sie sich, und mein Leben ging weiter. Bis jetzt.

Hallo. Hey. Seid ihr noch da? Seid ihr noch bei mir? Hättet ihr eine Trigger-Warnung gewollt? Es tut mir leid, falls ja, aber ich fand es so besser, ich hatte ja auch keine bekommen, damals.

Und ich bin nie wieder richtig wach geworden. Bis jetzt. Jetzt schon, jetzt bin ich wach.

Und ich saß noch immer auf diesem Stuhl, meine Beine umklammert, langsam löste ich die Kraft auf, ließ locker, und ich erzählte meinen Eltern alles, alles, was ich wusste, und ich sah sie an und sah, dass sie nicht weinten, um mich zu schonen, und meine Mutter sagte: »Lit, ich bitte dich um Verzeihung, bitte verzeih mir.«

Ich sagte: »Wofür?«

»Ich habe damals sofort gemerkt, dass etwas mit dir nicht stimmte, ich habe es sofort bemerkt, und als ich mir diesen Typ genauer ansehen wollte, da war er schon verschwunden, ich war ... Es gibt keine Entschuldigung, aber ich war so froh, dass du wieder da warst. Dass dir nichts passiert war, aber ...«

Und Sönke schaltete sich ein: »Etwas stimmte nicht mit dir, und dieser Typ, der war mehr als unangenehm, er wirkte nicht okay, nichts an ihm wirkte okay, aber ich dachte, weil deine Mutter ja damals schon fast fertig mit dem Studium war, wenn sie nichts merkt, dann ist vielleicht alles okay, sie wird die richtigen Antennen haben.«

Ich dachte, meine Mutter würde in diesem Moment wieder wütend werden und von Schuld reden, aber sie sagte: »Er hat recht, es ist mir aufgefallen, aber ich habe nichts gesagt, ich wollte es nicht wissen, ich konnte nicht. Nicht mal als du dich im Auto übergeben hast.«

Ich erinnerte mich nicht daran, ich erinnerte mich nur an die ganzen Nachrichten, die ganze Rückfahrt über lief Nachrichtenradio, und es ging um Kriege, Anschläge, das Ozonloch.

Ich fragte: »Was ist eigentlich mit dem Ozonloch?«

Mein Vater sagte: »Lit, was hat der Mann mit dir gemacht?«

»Ich weiß es nicht, ich erinnere mich an nichts, nur an den Geschmack der Fanta, dass damit was nicht stimmte.«

Ich erinnerte mich an ein Gefühl von Lähmung, mein Körper, mein Geist, alles war gelähmt, ich konnte nichts sehen, nur verschwommene Farben und Dunkelheit, und ich glaube, ich hörte ein Rauschen, das der Bäume vielleicht, vielleicht auch das in meinen Ohren und weit entfernt die Bässe, und dann irgendwann war nur noch Nichts, für eine Weile keine Geschichten mehr, keine Gefühle, Gedanken oder Erinnerungen keine Angst, keine Wut, nur der Gleichklang der Stille, der Gleichgültigkeit, der Betäubung.

Natürlich war innerhalb der Betäubung etwas passiert, mir war etwas passiert, die Betäubung selbst war schon ausreichend, ohne zu wissen, was noch. Ich werde es nie wissen, ich werde es nicht für mich auslegen oder umdeuten, meinen eigenen Film daraus machen, meine Geschichte erzählen, sie ausgestalten, Entscheidungen treffen, ich werde nie die Freiheit haben, mich dazu zu verhalten.

Alles, was ich mir erschaffen habe, all die Freiheiten, die ich mir herausgenommen habe, haben mich durch mein weiteres Leben bis hierher getragen. Ich wusste nicht, was passiert war, ich wusste nur, dass mir ein Teil für immer fehlte, ein traumloser Teil, nicht meinem natürlichen Bedürfnis nach Schlaf zuzuordnen, Schlaf, den mein Körper einforderte, die Erschöpfung ... Ich wusste, dass ich keine Kontrolle mehr hatte über das, was mit mir passierte, was dieser Mann mit mir gemacht hat. Ich will es nicht wissen, ich fühlte nichts außer Hoffnung, ich hoffte, er sei tot.

Meine Mutter sagte: »Es ist möglich, dass er damals auf der Wache seine Daten hinterlassen hat, immerhin hat er dich gebracht und eine Geschichte erfunden, er fühlte sich sicher, solche Leute fühlen sich oft sicher, sie sind in einem Allmachtswahn, vielleicht hat er seinen Namen hinterlegt.«

»Nein, nein«, sagte mein Vater, »der ist ganz schnell wieder raus, der wusste, wo die Tür ist, und ist ganz schnell weg, ich sah ihm nach, ich spürte meine Aggression, sie verfolgte mich noch über Tage.«

Meine Mutter nickte und sagte: »Ich erinnere mich, dass ich mich nicht bei ihm bedankt habe, aus einem Instinkt heraus, dass ich da gedacht habe, etwas stimmt nicht, und ja, dann war er weg.«

Sönke fuhrt fort: »Aber wir haben nichts gemacht.«

»Nein, nichts.«

Und ich fragte: »Habt ihr mich gefragt, was passiert ist?«

»Nein.«

»Nein, das haben wir nicht.«

Meine Mutter stand jetzt zum ersten Mal auf, ging zum Fenster, öffnete es und sagte: »Du wirktest stark, ab da sogar noch stärker, du warst nicht auffällig, erst mit den Jahren, als dir alles misslang, das Erwachsenwerden, das Eingehen einer Bindung, du überall rausflogst und deine Talente nicht nutztest, so viele verrückte Sachen, wie oft ich dich bei der Polizei abholte.«

Ich habe eine Zeitlang geklaut, obwohl ich wirklich genug Taschengeld bekam, oft habe ich auch Fensterscheiben besprüht, komplett dicht mit Farbe, und ich hatte genau jetzt Lust, es wieder zu tun.

Aber ich wusste jetzt, was es bedeutete: Ich wollte einfach nur allein sein, und das sagte ich ihnen. Indem ich sie beide umarmte, machte ich möglich, dass sie mich gehen ließen. Beide fühlten sich warm an, warm, weich und zugleich fest, so wie Erwachsene eben, meine Erwachsenen. Auch etwas in mir war weich, so weich, dass es mir beinahe entglitt, es war die vorsichtige Freundschaft mit der Angst. Denn sie war noch da, aber nicht mehr als etwas Absurdes, kein Gigant, sie war jetzt eine von mir, ich ließ sie in mein Herz, schlicht und einfach.

Ich bat meinen Vater schon in der Tür, endlich sein Buch zu Ende zu schreiben, ohne etwas aus unserem Leben dafür zu benutzen, und meine Mutter bat ich, nie wieder öffentlich über mich zu sprechen und auch sonst mit niemandem, auch nicht aus der Familie.

Sie versprachen es beide und fragten mich wie immer, ob ich Geld bräuchte, und ich schüttelte den Kopf und versicherte ihnen, ich sei da an einer großen Sache dran. Wie so oft schon. Natürlich glaubten sie mir nicht, aber ich sah ihnen an, wie erleichtert sie waren, dass ich mich in gewisser Weise normal verhielt.

Zu Fuß ging ich durch die halbe Stadt bis zu Sherifes Appartement. Sie hatte es mir vorerst überlassen, ich wusste nicht mal, wo sich Sherife gerade aufhielt, vielleicht hatte sie es erwähnt. Alle waren so mit sich beschäftigt, glücklich oder zusammengebrochen, Leif hatte eine eigene Realityshow zusammen mit seiner neuen Freundin, die ein noch größerer Star war als er, weswegen er sich sofort in sie verliebt hatte, das behauptete er zumindest unverhohlen. Sie hatte sich beeindruckt gezeigt vom Polit-Drama-Fame seines Vaters und war endlich in seine DMs geslidet, nachdem er seit einem Jahr an ihr dran war. Für die neue Show hatten sie sich extra mit Pomp verlobt. Für die Show hatte er sogar das Dschungelcamp sausen lassen. Jetzt galt es, noch ein paar vertragliche Details zu klären, die Produktion wollte auch Asta und Mimi integrieren, wofür eine Bewährungsstrafe denkbar günstig wäre.

Und als ich allein in Sherifes leerem Appartement auf dem Boden saß und mir das Profil von Leifs Verlobter Leonie-Tanita und all ihre beschönigten Fotos ansah, da begriff ich plötzlich, dass ich immer gewusst hatte, was passiert war, nur eben nicht an vorderster Front, ich hatte mich entschieden, nicht daran zu denken. Ein bisschen so, als hätte ich ein Gedicht verschluckt, was dann über Jahrzehnte in meinen Eingeweiden rumorte, das klingt nicht besonders poetisch, war es ja auch nicht.

Als die Dämmerung am Nachmittag einbrach, sah ich mich in der Fensterscheibe, die Schönheit meiner Umrisse, und ich legte mich auf die Seite und sah mich an, und dann rollte eine Träne über meine Wange und dann noch eine, und ich setzte mich wieder auf, um es besser auszuhalten, und ich weiß nicht, was alles aus mir rauskam, mein ganzes vergangenes und zukünftiges Leben voller Ungewissheit und Liebe, all die Energie des Wegschiebens brach heraus und gab nicht nur einen Sturzbach von Tränen frei, und dann schlief ich ein und schlief und schlief bis zum letzten Tag, und ich sah verdammt verquollen aus.

*

Ich habe euch noch immer nicht erzählt, wie ich aussehe, also phänotypisch auf den Punkt gebracht, und sowieso könnt ihr über all das, was ich euch erzählt habe, denken was ihr wollt, das war ja Teil unserer Abmachung, und wenn ihr etwas gefühlt habt, dann habt ihr ja was erlebt, und das war alles, worum es ging, die Realität, eure und meine, in all diesen Variationen unserer sich überschneidenden Zonen. Wir alle sind ein bisschen älter geworden, jetzt in dieser Sekunde schon wieder. Es gibt ein paar Dinge, die sind sicher, alles andere ist Plü.

Und ja, heute war der Tag, ich hatte eine Verabredung. Und ich dachte ganz fest an Plü und fragte an rasenden Asteroiden vorbei, ob es bei Zeit und Ort bliebe. Und sofort bekam ich eine Antwort, und natürlich wusste Plü längst alles, schon zuvor, schon immer ... Plü war aus der Zwischenwelt der Erinnerungen in mein Leben gekommen und hatte dort mit Ansage ausgeharrt, das habt ihr euch ja vielleicht schon gedacht. Plü war ein vollkommen realistisches Fantasiewesen, das eine hohe Existenzberechtigung hatte, nicht bloß eine repräsentative Funktion wie die Weinkönigin oder der Bundespräsident, ach, denkt doch, was ihr wollt. Die Wahrheit ist ohnehin bitter und stark gezuckert.

Und natürlich könnte ich euch das alles liefern. Ich könnte euch die Zuckerwatte vom Himmel holen und Plü auf einem neonfarbenen Riesen-Frosch auf die Erde herabreiten lassen.

Als ich mich dem Florapark in der Schanze näherte, da war der Himmel bloß ein wenig verhangen und Plü saß bereits dort oben auf dem Hügel abseits des Bunkers mit dem Blick auf die Rückseite der Flora und rauchte eine gläserne Pfeife. Der bunt gescheckte Rauch entwich und stieg schnell in den Himmel empor und roch tatsächlich stark und bis zu mir hinunter nach Zuckerwatte.

Der Florapark ist ein kleiner Park hinter dem politischen Zentrum. Die meisten Leute durchquerten den Park mit schnellen Schritten, und ich mochte daran, dass man vom Eingang aus bereits den Ausgang sehen konnte und natürlich beides dasselbe war, je nach Perspektive.

Auf den Bunker konnte man klettern, er war dafür mit Vorrichtungen versehen, es ging so hoch man eben wollte, und der Bunker wurde immer wieder aufs Neue besprüht. Neben dem Bunker stand ein leeres Klettergerüst, daneben ein kleiner Fußballplatz, auf dem eine Gruppe Frauen und Männer in neonfarbenen Aerobic-Outfits eine Choreografie zu *Umbrella* von Rihanna einstudierten. In der Mitte des Parks gab es den Hügel, von dem man herunterrutschen konnte, und auch Sitzgelegenheiten, im kleinen Tal, auf das man hinabschaute, einen Tisch, an dem eine Frau Sushi aus einer Plastikschale aß und ein Mann etwas, das aus der Entfernung nach überladenem Kumpir aussah.

Ich stieg den kleinen Hügel hinauf zu Plü, und Plü erklärte mir gleich, dass der Tabak, der aus der geschwungenen Transparent-Pfeife stieg, Tartufo Polyholy hieß und es viele Farben und Geschmacksrichtungen gebe und heute zur Feier des Tages sei die Entscheidung zugunsten des Favoriten ausgefallen, mit großer multiperspektivischer Einhelligkeit.

Ich sah dem Rauch nach, schärfte meinen Blick, aber die Farbe verlor sich in Hamburgs Himmeln, die Partikel entwichen und wurden Teil des großen Ganzen, der Schneekugel, in der wir alle lebten und glaubten.

Das Erste, was Plü fragte, war nicht etwa, ob ich Liebe gefunden und mich fallen lassen hatte, sondern: »Hat dieser zauberhafte kleine Berg einen extra Namen?«

»Wir könnten ihm einen geben.«

Plü grinste und sagte: »Hast du eine Idee, Lit?«

»Wie wäre es mit Erlipu?«

»Gut, klingt nach, dann empfange ich dich nun also auf dem kleinen Hügel Erlipu, möchtest du dich zu mir setzen?«

Ich setzte mich, und ich war mir sicher, dass ich nichts erzählen müsste, da Plü alles zu wissen schien.

Und trotzdem sagte ich: »Ich denke, ich war nicht in der Lage, die Vertragsbedingungen zu erfüllen.«

Plü sagte: »Guck dir die Menschen an, sie sehen noch winterschwach aus, wie geht es dir, Lilith?«

»Besser.«

»Das dachte ich mir.«

»Inwiefern?«

»Na, jetzt, wo du so viel mehr weißt. Was wirst du jetzt damit anfangen?«

»Ich weiß nicht, es fühlt sich gerade nach ziemlich viel an, ich hab eine Weile geschlafen, könnte gut sein, dass ich nun ein paar Dinge anders mache.«

»Möchtest du das?«

»Vielleicht mache ich auch alles anders oder alles genauso wie vorher.«

Plü lächelte in sich hinein und fragte dann: »Empfindest du Liebe?«

»Ja.«

»Gut.«

»Danke, Plü.«

»Ach, nicht dafür, das warst du selbst, dein Wille, ich habe es zu tun mit Leuten, die reisen hundertmal durch die Galaxis und sehen doch nichts.«

Das Dröhnen eines gigantischen Soundchecks ertönte von der Vorderseite der Flora, der Abend brach an, Klangfülle durchdrang die Atmosphäre, eine Rückkopplung, dann wurde es ruhiger, doch ein anwachsendes Stimmengemenge verwies auf ein Publikum, das sich fand, Teilnehmer strömten in vager Erwartung herbei, um etwas zu erleben, um sich in einem Gedränge zu verlieren, bereit für jede Art von Show.

Plü sagte: »Das Auditorium ist geneigt, bist du es auch?«

»Das hat doch nichts mit mir zu tun.«

»Du wirst schon sehen.«

»Was wird es zu sehen geben?«

»Wir werden beizeiten reich beschenkt, von manchem Quatsch, den wir beiläufig verzapft haben. Und notfalls kann man immer im richtigen Moment gehen.«

Ich nickte, verabschiedete mich von Plü mit einer Verbeugung und sah beim Abstieg hinauf zu den Wolken, die sich für diesen Moment und nur für mich zu einer einzigen dunkelblauen Fläche zusammengefunden hatten, eine rote Sonne brach die Fläche auf und färbte den Abend ein, so als wäre die Welt verdammt lebendig und als wartete das Glück an jeder Ecke, noch nie hatte ich mich nüchtern so gefühlt.

Ich drehte mich um, der Park lag im Licht, überall hatten sich Menschen zu Gruppen vereint, sie zeigten sich gegenseitig ihre Displays, öffneten Getränke, fläzten sich ins Gras und fotografierten den Himmel, Plü war fort. Über einen Seitenausgang verließ ich den Park, entschlossen die Menschenmenge zu meiden und die Schanze unauffällig im Schnellschritt zu verlassen. Doch alle Leute, die mir entgegen kamen, grüßten freundlich, lächelten mich an, ohne dass ich etwas dafür getan hatte, niemand schien mir fremd oder wütend zu sein, und die Sonne strahlte hell, als wäre die Zeitumstellung längst vollzogen worden, und so wandte ich mich um, änderte meine Richtung, lief wie ferngesteuert mit ihnen mit, als wäre nichts falsch daran. Als wir um die nächste Ecke auf das überfüllte Schulterblatt bogen, sah ich sofort die absurd große Bühne vor der Flora, Menschen standen schon bis dicht davor, schoben einander hin und her, hielten ihre Telefone hoch, obwohl es noch gar nichts zu sehen gab. Sogar ein paar Fernsehteams hatten sich mittendrin platziert. Außer mir schienen alle zu wissen, was sich gleich abspielte. Und dann trat er auf die Bühne: Junius, splitternackt, und die ersten Töne von *Naked* erklangen, und er sagte: »Ich mache das hier für die Liebe meines Lebens: Lit! Lilith! Lilith Innocentia West, ich liebe dich, das ist für dich, und natürlich für euch, geile Crowd, yeah!«

Dann sang er dieses Lied von James Arthur, erstaunlich gut sogar, und er verrenkte seinen Körper dabei zu dramatischen Posen des Liebes-Schmerzes, ballte die Faust, sprang, kroch und litt, von vorn, von hinten, von oben, von unten, er lief auf seinen Händen, er bog sich im Liegen, alles nackt, ich übertreibe nicht einen Deut. Habt ihr eine Gänsehaut bekommen?

Ich bekam tatsächlich eine Gänsehaut, aber wovon genau, das wusste ich nicht. Noch bevor das Lied mit einem letzten pathetischen Aufbäumen von Klang und Körper endete, hörte man eine Polizeisirene, Polizistinnen bahnten sich einen Weg durch die Menge, stiegen auf die Bühne, umhüllten Junius mit einer goldenen Folie, die ihm gut stand, und sie ließen ihn als Metallic-Lover zu Ende singen, dann erst nahmen sie ihn fest unter Gejohle, als gehörte es zur Show. Keine Ahnung, ob er eine Genehmigung für seinen Act und all das hatte, und ich fragte mich bloß noch: War das jetzt Liebe oder Populismus? Was meint ihr?

Und als die unzähligen Menschen mit großer Begeisterung jubelten und gar nicht mehr aufhörten, das Lied immer weiter zu singen, wurde mir schwindelig, und ich begann mich diffus für alles verantwortlich zu fühlen und wusste nicht, ob das gut war oder schlecht. Meine Angst, es könnte etwas wirklich Schlimmes passieren, das nur ich verhindern konnte, expandierte, und Junius merkte wieder einmal nichts von alledem, so zufrieden war er mit seiner Lebens-Performance. So sehr ich es ihm gönnte, war ich doch nicht bereit, länger auszuhalten, wie er allen zuwinkte und jede Polizistin und jeden Polizisten küsste. Natürlich ging alles längst viral, Junius' Follower verdoppelten sich innerhalb weniger Minuten, und dann endlich wurde es ganz still um mich herum, all die Menschen froren in ihrer Haltung ein, die Szenerie sah nun aus wie ein gigantisches Kunstwerk aus perfekt gefertigten Humanskulpturen, glanzvoll poliert, wie von KI ausgespuckt. Ein großes Fest auf dem höchsten Punkt des Taumels und der Euphorie angehalten, es war wunderschön. Nur noch ich war echt, nur ich war hier, und die Angst war fort. Wie am Ende einer Apokalypse bewegte ich mich sicher durch die starren Körper hindurch, dabei bemühte ich mich wie eine brillante Agentin, keine der Figuren zu berühren, weil ich nicht wusste, ob ich sie dann zum Leben erweckte oder sie zu Staub zerfielen. So bahnte ich mir vorsichtig einen Weg bis zu Junius, und ich stellte mich ganz nah vor ihn hin, strich durch die Luft über die Form seiner Wange, sein Gesicht war in bizarr narzisstischer Verzückung erstarrt. So sollte es sein, so sollte es für immer sein. Doch Einsamkeit ergriff mich schon in dem Moment des Gedankens, und ich verstand, ich wollte die anderen nicht kontrollieren, um es, um mich, um alles auszuhalten. So lief ich aus der Menge hinaus, so weit wie möglich, ließ noch einmal meinen Blick über die Grandezza des Stilllebens schweifen, seufzte, schloss die Augen und ließ den Trubel aller Lebendigkeit wieder zu, die wirbelnden Menschen bemerkten mich gar nicht, es ging ihnen gut, jetzt in diesem Moment, und auch ich konnte es fühlen und war zugleich sicher, hier am Rand.

Bis auf weiteres
eure Lit

Foto: © Axel Anselm Woesler

Jasmin Ramadan, Jahrgang 1974, studierte Germanistik und Philosophie in Hamburg. 2009 gelang ihr mit ihrem Debüt *Soul Kitchen*, dem Roman vor Fatih Akins gleichnamigem Film, der Durchbruch. Es folgten zahlreiche Kurzgeschichten und vier weitere Romane. 2020 eröffnete sie auf Einladung von Philipp Tingler mit einem Auszug aus ihrem Roman *Auf Wiedersehen* (Weissbooks 2023) den Wettbewerb um den Bachmann-Preis. Jasmin Ramadan lebt als freie Schriftstellerin in Hamburg und schreibt die *taz*-Kolumne *Einfach gesagt.*